Vom Spielball zur Spielerin

Für Willem

Auch danke ich Dr. Sabine Korsukéwitz für die wertvollen Anregungen im Verlauf des Schreibens.

IRMTRAUD GALLHOFER

Vom Spielball zur Spielerin

Das Leben der Tochter Kaiser Maximilians I.

Bibliografische Information der Deutschen Nationalbibliothek:
Die Deutsche Nationalbibliothek verzeichnet diese Publikation
in der Deutschen Nationalbibliografie; detaillierte bibliografische
Daten sind im Internet über dnb.d-nb.de abrufbar.

TWENTYSIX – der Self-Publishing-Verlag
Eine Kooperation zwischen der Verlagsgruppe Random House und
BoD – Books on Demand
© 2018 Irmtraud Gallhofer
Herstellung und Verlag:
BoD – Books on Demand, Norderstedt
ISBN: 978-3-7407-3500-5

Inhalt

1   Die Verstoßung der Königin

Ein Krachen, ein Klirren, Hufschlag und Männerstimmen rissen Margot und Aline aus dem Schlaf. Die Uhr auf dem Kaminsims zeigte im Licht der Kerzen die dritte Morgenstunde an. Hastig schlugen die beiden jungen Frauen die warmen Brokatdecken zurück und sprangen aus den Himmelbetten. Sie stürzten zum Fenster und rückten den schweren Samtvorhang zur Seite. Als Margot in den Hof spähte, verdoppelte sich ihr Herzschlag: Fackeln erleuchteten gespenstisch die Nacht. Amboises Innenhof wimmelte von Soldaten. Fuhrwerke rumpelten durch die Tore.

Angst stieg in ihr auf. Ihr Blick fiel auf die Schilder der Soldaten: Lilien auf einem blauen Hintergrund. Die Leibgarde ihres Gatten! Hatte Charles sie trotz seines Versprechens doch fallen gelassen? Zehn Jahre schon währte ihre Kinderehe und sie hatte sich allmählich an den missgestalteten Charles gewöhnt. Im nächsten Jahr sollte die Ehe vollzogen werden. Der Vorstoß ihres Vaters in die Bretagne und seine Verlobung mit deren Herzogin hatten aber alles infrage gestellt.

Wollte ihr Gatte sie bei Nacht und Nebel aus Amboise fortschaffen, um die Braut ihres Vaters zu ehelichen, sodass er sich die Bretagne unter den Nagel reißen konnte?

Ein kalter Schauder lief Margot den Rücken herunter. Sie fühlte sich, wie zu einem Nichts geschrumpft.

Da packte Aline sie am Arm und zog sie weg vom Fenster. »Wir müssen uns ankleiden!«, rief sie heiser vor Aufregung. »Charles' Männer werden gleich hier sein und uns holen! Wir werden ihnen nicht die Genugtuung gönnen, uns im Hemd aus dem Schloss zu schleifen.«

Während Aline Margot mit zittrigen Händen das Mieder zuschnürte, polterten schwere Stiefel die Treppen hinauf.

Als Aline die Haube an Margots goldblondem Haar befestigte, flüsterte sie ihr noch zu: »Vergiss nicht, du bist noch immer Frankreichs Königin!«

»Euer Ehren«, hörten sie Madame de Segré im Vorraum rufen. »Lasst den Damen Zeit, sich zu bekleiden. Ich flehe Euch an, wahren Sie Anstand und Würde!«

Vergeblich.

Die schwere Eichentür wurde aufgerissen. Flankiert von vier grobschlächtigen Gardisten, baute sich der Chevalier de Vesc, Charles' Lieblingskumpane und ehemaliger Stallknecht, vor Margot auf. Sein Haar war zerzaust, am Gürtel seines Wamses blitzte ein silberner Dolch.

Schweißgeruch und Schnapsatem erfüllten den Raum.

»Im Namen unseres Königs verhafte ich Euch, Margarete von Österreich! Wir werden Euch nach Mélun bringen und dort als Geisel verwahren, bis sich König Maximilian mit König Charles einigt.«

De Vescs rüpelhaftes Benehmen trieb Margot das Blut in die Wangen, doch sie kämpfte ihren Zorn nieder. Sie richtete sich kerzengerade auf und streckte ihm hoheitsvoll die Hand entgegen. »Lasst die Order sehen!«

Ärgerlich warf er den Kopf zurück, kramte aber dann in seinem Wams und händigte ihr ein zerknittertes Papier mit königlichem Siegel aus. Mit gespielter Ruhe entfaltete Margot das Schreiben. Die Buchstaben tanzten ihr vor den Augen. Sie bezwang sich und las den Text. De Vesc führte tatsächlich Charles' Befehl aus.

Aber Margot wollte nicht aufgeben. Da gab es ja noch Anne, ihre Schwägerin.

»Könnte ich kurz Madame de Beaujeu sprechen?«, wandte sie sich mit einem gewinnenden Lächeln an den Chevalier.

Speicheltropfen flogen aus de Vescs Mund, als er trunken vor Macht loslegte: »Die kann Euch nicht mehr helfen. Begreift Ihr denn nicht, dass es aus ist mit der Weiberwirtschaft in Frankreich! ... Endlich hat der König das Sagen. Er ist der Gängelei seiner Schwester überdrüssig. Auch sie sollten wir festnehmen, hätte sie sich nicht gestern aus dem Staub gemacht.«

Anne hatte sie also fallen gelassen, um sich selbst zu retten. Margot fühlte, als wäre sie über den Rand eines Abgrunds getreten. Nur jetzt nicht weinen, Haltung bewahren!

»Der König lässt Euch ausrichten, dass die Schuld an allem Euer Vater trägt. Hätte er nicht den verräterischen Plan mit der Bretagne ausgeheckt, wäret Ihr jetzt noch unsere Königin.« Er schnalzte verächtlich mit der Zunge und schrie: »Ab geht's zur Kutsche!«

In aller Eile betrat Madame de Segré den Raum, bewaffnet mit zwei warmen Mänteln. Schweigend reichte sie den einen Aline und trat mit dem anderen auf Margot zu.

Der Zorn über das, was Charles ihr angetan hatte, gab Margot Kraft. Sie wandte sich ab von de Vesc, als sei er nur ein Bote. Mit einem Nicken bedeutete sie ihrer Gouvernante, näher zu treten. »Würdet Ihr mir die Schatulle, die auf der Truhe liegt, holen? Sie enthält ein Geschenk meines Vaters. Der Chevalier hat zwar kein Benehmen, aber er ist sicherlich kein Dieb.«

De Vescs Nasenflügel bebten vor Zorn.

Madame de Segré legte den hermelinverbrämten Mantel behutsam auf einen Stuhl, eilte zur Truhe und reichte Margot die Schatulle. Margot öffnete sie mit einer eleganten Bewegung und entnahm das Geschmeide. Sie ersuchte ihre Gouvernante, es ihr anzulegen. Ein goldenes Collier mit funkelnden Rubinen zierte ihren Hals. Dem Chevalier gingen die Augen über, als er die Juwelen sah, die ihm als Beute entgangen waren. »Abmarsch!«, schnaubte er wütend.

Die Sporen klirrten auf den Marmorfließen, als die Männer Margot und ihre Begleitung auf den Hof trieben. Eine Woge der Ohnmacht überrollte Margot. Würde ihr Vater sie retten? Zusammen mit ihren Damen kletterte sie in den Innenraum der Kutsche, die sich sogleich rumpelnd in Bewegung setzte. Sie rollten den steilen Schlossweg von Amboise hinab, hinaus in die eisige Winternacht.

***

Wie wuchtige Eiszapfen ragten Innsbrucks Wehrtürme in den nächtlichen Himmel auf. Schwere Schneeflocken fielen auf die Stadt nieder, überzogen die Dächer, Gassen und Stege und umhüllten die Plätze mit einer nasskalten Decke. Am Neuhof unter den Arkaden drehten Wachposten zähneklappernd ihre Runden. König Maximilian war nach seinem Sieg über die Ungarn geradewegs nach Innsbruck gereist, um sich von den Strapazen des Kriegs zu erholen. Ein Wachmann trat aus dem Laubengang und inspizierte die Fassade des vierstöckigen Palais. Zufrieden rieb er sich die Hände, als er den anderen zurief: »In den Erkern sind die Lichter aus. Die Kanzlei macht Feierabend. Ruft die innere Bewachung zur Ablöse. Auf geht's in die warme Stube!«

Trotz der nächtlichen Ruhe im Palais konnte König Maximilian in seinem Gemach den Schlaf nicht finden. Er wälzte sich herum im Eichenbett, sodass die Bettpfosten ächzten. Seine Gedanken kreisten immer um dasselbe Ziel: die Vorherrschaft im Abendland. Die Ungarn hatte er besiegt und er konnte sich dem Westen zuwenden, der Bretagne und den burgundischen Ländern. Seine französischen Erzrivalen zwänge er nun endgültig in die Knie. Die Bretagne war ihm durch die Heirat mit der blutjungen Erbin zugefallen, genauso wie die Niederlande und Burgund nach dem Tod seiner geliebten Maria.

Was für Opfer brachte er doch, um seine Sendung zu vollziehen! Heiraten hatte er nicht mehr wollen. Schlafweiber halfen ihm über einsame Momente hinweg. Aber diese Bretonin war hartnäckig. Sein

Eingreifen in der Bretagne gegen Frankreich sollte er durch eine Ehe mit ihr besiegeln. Nur auf diese Weise könne sie seines Schutzes sicher sein. Er dagegen beabsichtigte nur, die Franzosen in die Zange zu nehmen, die sich dieses Land aneignen wollten. Frankreich sollte nicht noch mächtiger werden!

Die Wut kroch in ihm hoch. Er ballte die Fäuste, als er an den Schandvertrag von Arras dachte. Über seinen Kopf hinweg hatten die niederländischen Stände in den Wirren nach dem Tod seiner Gattin einen Frieden mit Frankreich ausgehandelt. Nicht nur die burgundischen Länder hatten sie dem französischen König in den Rachen geworfen, sondern sie verschacherten auch seine dreijährige Tochter als Braut des verkrüppelten Dauphins.

Nun konnte er sich rächen! Mit der bretonischen Heirat wischte er den Franzosen eins aus. Wenn nur sein Gesandter von Polheim den Auftrag, die Ehe in Stellvertretung einzugehen, schnell erledigte! Maximilian gähnte laut. Seine Glieder schmerzten. Könnte ihm ein Schlaftrunk helfen? Er klingelte einem Diener und bat ihn darum.

Kurz danach reichte ihm der Mann einen Becher mit dem Getränk. Der Geruch von Kamille, Melisse vermischt mit Schnaps stieg Maximilian angenehm in die Nase. Er dankte dem Lakai mit einer Handbewegung und trank den Becher in ein paar Zügen aus. Wohlige Wärme durchströmte seinen Körper, als er sich entspannt im Bett ausstreckte. Der Schlaf übermannte ihn. Er träumte vom Papst in Rom, der ihm unter berauschenden Chorgesängen die Kaiserkrone aufs Haupt setzte.

Vom Fenster drang Tageslicht in das Schlafgemach, als ihn der Diener weckte. Maximilian gab sich einen Ruck, wandte sich aus den verschwitzten Laken und stand auf.

Bald danach begab er sich in das Audienzzimmer und ließ sich froh gelaunt in einem Lehnstuhl nieder. Das Feuer im Kamin knisterte und sorgte für wohltuende Wärme. Mit Genuss löffelte er die dampfende Suppe, die ihm ein Lakai reichte. Gleich käme sein Sekretär, um mit ihm die Tagesgeschäfte zu besprechen.

Er musste eingenickt sein, denn eine Hand rüttelte ihn am Arm. Als er aufschaute, war es nicht der Sekretär, sondern sein Freund und Gesandter Wolfgang von Polheim. Die Vorahnung von etwas Unangenehmen beschlich ihn, da von Polheim in Reisekleidung mit von Lehm beschmutzten Stiefeln vor ihm stand.

Er bedeutete seinem Freund mit einer Handbewegung, im gegenüberliegenden Stuhl Platz zu nehmen. »Also, was ist geschehen, heraus mit der Sprache und keine Schönfärbereien!«

»Du hast es noch nicht erfahren?«, seufzte von Polheim und senkte den Blick. Dann straffte er sich und begann mit dem Bericht. »Während du deinem Vater in den Erblanden zu Hilfe geeilt bist, sind die Franzosen in der Bretagne einmarschiert. Plündernd und brandschatzend sind sie durchs Land gezogen und haben Rennes belagert. Unsere Mannschaften hätten die Stadt nicht verteidigen können. Da lud

König Charles deine Gattin zu einem geheimen Gespräch ein. Am nächsten Morgen weckten uns die Festglocken. Die Verlobung von Anne de Bretagne mit Charles de Valois ist vollendete Tatsache, mein Freund! Wir Österreicher haben in Windeseile den Hof verlassen.«

Maximilian sprang aus dem Lehnstuhl auf. Er rannte ziellos im Raum umher. Seine Augen funkelten unter den buschigen Augenbrauen, als seine geballte Faust auf der marmornen Tischplatte landete. »Eine solche Schande ist noch keinem römischen König widerfahren! Was haben sie mit meiner Margot gemacht?«

»Den Berichten zufolge hat Charles sie in der Festung von Mélun eingeschlossen, nachdem der Bischof von Rennes ihre Ehe für nichtig erklärt hat. Charles wird um jedes einzelne Land ihrer Mitgift feilschen wollen und behält sie deswegen als Geisel.«

Maximilian umklammerte mit beiden Händen den Rand der Tischplatte. Sein kräftiges Kinn schob sich noch ein Stück weiter nach vorn. »So, schachern will der Valois mit mir? Wen denkt er, dass er vor sich hat, einen venezianischen Krämer? ... Zweifach hat er mich hintergangen. Das muss mit Blut abgewaschen werden! Am liebsten forderte ich ihn vor aller Welt zum Zweikampf heraus! Aber ein Krüppel ist kein angemessener Gegner.«

Von Polheim stand auf, ging auf Maximilian zu und legte ihm beschwichtigend die Hand auf die Schulter. »Lass Flugschriften im Reich verbreiten und prangere darin die Übeltaten des Franzosen an.

Brautraub, Verstoßung und Diebstahl gelten noch immer als schwerwiegende Verbrechen.«

»Du meinst, dass man mir helfen wird, Truppen aufzustellen?«

»Zweifellos, denn du kämpfst für eine rechtmäßige Sache. Nur musst du dich gedulden!«

Maximilians Züge erhellten sich. Er bedachte von Polheim mit einem dankbaren Blick. »Zwar juckt es mich, die Franzosen sofort aus Burgund herauszuprügeln und Margot zu befreien, aber mit meinen Tirolern «.ihnen nicht gewachsen.«

»Unterhandle mit den Reichsfürsten! Nur gegen klingende Münzen riskieren Landsknechte ihr Leben. Deine Tochter ist in Frankreich aufgewachsen. Man wird ihr kaum etwas zuleide tun. Die Burgunder leben seit Jahren unter französischem Joch. Sie können noch etwas ausharren, bis wir sie befreien.«

Maximilian nickte. »Dein Plan gefällt mir! Nach der Schneeschmelze ziehen wir ins Reich und dann geht es nach Burgund mit einem bis an die Zähne bewaffneten Heer!«

2 Geisel in Mélun

Träge dämmerte der Morgen herauf. Margot blickte aus dem Fenster ihres Turmgemachs. Unter ihr wälzten sich die Fluten der Seine. Sie gähnte und schloss den samtenen Morgenumhang enger um ihre Taille. Womit würde sie die Leere des heutigen Tages füllen? Seit einigen Wochen lebte sie schon auf dieser Burg, umgeben von wuchtigen Ringmauern und Wehrtürmen, mitten in einer Insel. Nur einen Steinwurf entfernt lag die Stadt Mélun, die sie nicht betreten durfte. Eine gewaltige Brücke mit sechs Pfeilern trennte ihren Kerker vom emsigen Treiben der Menschen dort drüben.

Margot lenkte ihren Blick zur Brücke. Der Nebel verschluckte die Pfeiler auf der gegenüberliegenden Seite. Sie hörte nur die harten Schritte der Wachposten aufs Pflaster schlagen. Was für ein irrwitziger Aufwand für eine einzige Gefangene!

Ihre Gedanken wanderten zurück zu jener Nacht, in der man sie aus Amboise verschleppt hatte. Wie zerbrechlich war das Leben! Ein Federstrich genügte, um alles zu verlieren: ihr Ansehen, ihr Zuhause und ihre Zuversicht. In den letzten Wochen hatte sie sich nichtig gefühlt. Am liebsten wäre sie als Wolke am Himmel entschwunden. Hätten sich Aline und Madame de Segré nicht um sie gekümmert, während sie tagelang ihren Tränen freien Lauf ließ, wäre sie in ihrer Verzweiflung vom Fenster in den Abgrund gesprungen.

Margot schauderte. Sich das Leben zu nehmen ist eine schwere Sünde! Gottlob wusste es niemand! Nicht einmal Aline hatte es erahnt, obwohl sie meistens alles von ihren Augen ablas. Margot strich sich fahrig über die Stirn.

Ein Pochen an der Tür ließ sie in die Gegenwart zurückkehren. Sogleich betrat Aline in Begleitung einiger Zofen die Kammer. Geräuschvoll stellten drei Mägde eine Staffelei und ein Tischchen mit allerlei Farbtiegeln und Pinseln darauf inmitten des Raums ab. Mit einem Knicks überreichte eine vierte Zofe Margot eine Laute. Ihre Augen begannen zu leuchten.

»Und hier sind Bücher!«, strahlte Aline, während sie sie auf dem Tisch stapelte. »Was sagst du dazu?«

»Hm, jetzt können wir uns die Zeit sinnvoll vertreiben! Über die Laute freue ich mich ganz besonders! Wenn ich darauf spiele, ist mir, als schwebe ich in eine andere Welt.«

»Ja, das sollst du auch! Und wir werden wieder gemeinsam lesen!« Aline wies auf das erste Buch auf dem Stapel am Tisch. »Boëthius' Trost der Philosophie, erinnerst du dich noch?«

»Oh du lieber Gott!« Margot verzog ihr Gesicht. »Mein Versuch, mich mit Charles einmal anspruchsvoller zu unterhalten!«

Alines Augen glitzerten amüsiert. »Ich sehe ihn noch vor mir, wie er erschrocken nach Luft geschnappt und dann die Augen himmelwärts verdreht hat, bis ihm ein Geistesblitz gekommen ist.« Sie äffte Charles' Gesichtsausdruck nach. »Tja Margot, die

Philosophie, würde ich sagen, ist Frauenzeug. Ich tröste mich lieber mit Bacchus. Er spült mir im Nu alle Sorgen weg!«

Margot kicherte.

»Jetzt hast du endlich wieder gelacht!«, rief Aline erleichtert aus. »Sei froh, dass du diesen Hohlkopf los bist!«

Während Aline sie begann anzukleiden, bemerkte Margot wehmütig: »Und doch habe ich mich am Hof in Amboise wohlgefühlt! Anne hat mich immer respektvoll behandelt. Für sie war ich die zukünftige Königin. Und die Gelehrten und Künstler, die uns unterrichtet haben, möchte ich nicht missen!«

»Ja, die Bildung, die wir in Amboise erworben haben, ist wohl das Einzige, das Charles uns nicht rauben kann!«, stichelte Aline, während sie Margot das Mieder zuschnürte. Danach öffnete sie eine Phiole. Lilienduft umhüllte Margot und lebhafte Erinnerungen brachen über sie herein.

»Erinnerst du dich noch an unseren letzten Einzug in Paris? Die Liliengirlanden mit diesem betörenden Aroma untermalt von den feierlichen Klängen der Trompeten! Und dann die fröhlichen Gesichter der Leute, die sich um meine Sänfte gedrängt und lauthals gerufen haben: »Nöel! Vive la reine!« Margot strahlte.

»Und Charles' finstere Miene, da der Jubel nur dir gegolten hat, ist dir zum Glück entgangen.«

Um Margots Augen zuckte es kurz. Ihr Lächeln verschwand. »Aline, ich wollte doch nur die Aufgabe einer Königin erfüllen! Anne war immer mein Vorbild. Und doch hat sie mich fallen lassen.«

»Margot, Anne hat ein doppeltes Spiel mit dir getrieben! Vergiss sie!« Sie reichte Margot die Laute. »Wie wäre es mit einer heiteren Melodie?«

Mehr als ein Jahr war verstrichen. Margot hatte nichts von ihrem Vater vernommen. Ihre Laune schwankte an diesem trüben Morgen zwischen Zorn und Verzweiflung. Sie kauerte sich auf das Bett und vergrub den Kopf in den Händen. Das Vibrieren von Schritten auf dem Holzboden im Flur ließ sie aufhorchen. Ein kurzes Pochen an der Tür. Madame de Segré betrat die Kammer. Margot richtete sich auf und sah sie misslaunig an.

Die Gouvernante setzte sich auf den Rand von Margots Bett und warf ihr einen mitfühlenden Blick zu. »Margot, ich wünschte, ich könnte dir berichten, dass dein Vater in Burgund gesiegt hat! Aber leider wirst du dich noch eine Weile gedulden müssen. Aber der Kommandant unserer Leibwache – du weißt ja, er stammt aus der Freigrafschaft Burgund – hat mir gestern zugeflüstert, dass ein Entsatzheer aus dem Reich bei deinem Vater im Feldlager eingetroffen ist.«

Margot machte ein langes Gesicht und dann platzte es aus ihr heraus: »Wer weiß, hat mich mein Vater ohnehin schon fallen gelassen!«

Madame de Segré fasste sie an der Hand. »Was redest du da für dummes Zeug!« Sie schüttelte den Kopf. »Du bist sehr wichtig für ihn! Er hat nur eine einzige Tochter, mit deren Hilfe er ein Bündnis schmieden kann. Er wird dich niemals im Stich lassen, geschweige denn vergessen!«

»Oh ja! Einzig und allein als Unterpfand für Allianzen diene ich und soll jährlich mit einem Kind niederkommen, wie ein Zuchttier!«

»Margot, wer hat dir denn das ins Ohr geblasen! Doch nicht Aline?«

Margot senkte den Kopf.

»Merke dir, jede Frau muss sich dem Wunsch ihres Vaters fügen, erst recht eine Prinzessin. Die Natur hat dich aber mit einem wachen Verstand und einem anziehenden Wesen bedacht. Ein Zuchttier – nein! Ich bin mir sicher, dass du zu Größerem ausersehen bist! Nun aber gib deinem Vater vor allem Zeit!«

Madame de Segré erhob sich, nickte ihr aufmunternd zu und verließ die Kammer.

Zeit? Hatte sie sich nicht schon mehr als ein Jahr geduldet, wie lange brauchte ihr Vater noch, um seine Länder zurückzuerobern? Und wenn er im Krieg sterben sollte wie ihr burgundischer Großvater, was geschah dann mit ihr? Margot ballte die Fäuste. Oh, diese Hilflosigkeit!

Unwillkürlich schaute sie auf zum Himmel. Er war wie verwandelt. Rosafarbene Wolkenstreifen zogen über das Firmament und dazwischen glänzte es glasblau. Zum ersten Mal in diesem Jahr lag ein Hauch von Frühling in der Luft. Oh Gottesmutter, lass Madame de Segrés Voraussage eintreten!

Sie nahm einen tiefen Atemzug, stand auf und eilte zu ihrem Toilettentisch. Sie sei eine anziehende junge Dame, hatte ihre Gouvernante gesagt. Wegen ihrer starken Backenknochen und der zu vollen Unterlippe zweifelte sie aber daran. Sie musterte ihr Gesicht. Ihr

Teint war makellos. Um das goldblonde, volle Haar hatte man sie schon immer beneidet. Sie lachte etwas verlegen ihrem Spiegelbild zu und auf einmal begriff sie, was Madame de Segré gemeint haben könnte. Ihr Lächeln kaschierte die Backenknochen und die starke Unterlippe. Mit einem heiteren Blick könnte sie tatsächlich Menschen für sich einnehmen.

Nach einigen Wochen begann sich der Frühling einzurichten. Untermalt vom Geschnatter der Enten im Burggraben schlenderte Aline über den gepflasterten Innenhof. Sie traute ihren Augen nicht, als sie die Soldaten beim Würfelspiel sah.

»Edle Dame, wozu die Eile? Setzt Euch doch ein wenig zu uns und genießt das Leben!«

»Hat Euch der Frühling so verwirrt, dass Ihr Eure Pflichten vergesst?«

»Nein, nicht der Frühling, aber König Maximilian!« Der Soldat stand auf, schob den Helm zurecht und trat dicht an sie heran. »Mit Verlaub, Madame de Valois, wir stammen aus der Freigrafschaft und die gehört seit einigen Tagen wieder dem römischen König! ... Wir wollen zurück in unsere Heimat, am liebsten gleich ... zusammen mit Euch und der Erzherzogin!« Er grinste breit.

»Seit einem Monat gehen schon derlei Gerüchte wie ein Lauffeuer durchs Land. Was macht Euch so sicher, dass es diesmal stimmt?« Aline sah ihn stirnrunzelnd an.

»Madame, diesmal ist es so wahr, wie ich hier stehe!«

Er nahm eine stramme Haltung an. »Vorgestern gegen Mitternacht ist ein Bote König Charles' bei unserem Befehlshaber eingetroffen. Ich war dabei und kann bezeugen, wie wütend der Mann war über den Ausgang des Krieges! Er hat übrigens die Order gebracht, einen Gesandten König Maximilians bei der Erzherzogin vorzulassen.«

Das war noch nicht geschehen, schoss es Aline durch den Kopf. Eine letzte Schäbigkeit, um Margot die Nachricht vorzuenthalten! Nur Schurken haben bei Charles das Sagen!

Mit einem kurzen Lächeln dankte sie dem Mann für die Neuigkeit und hastete in die Burg.

Während sie mit gerafften Röcken die Treppe hochging, bestürmten sie widerstreitende Gefühle. Nie hatte sie den Gedanken zugelassen, sich jemals von Margot trennen zu müssen. Für sie war Margot wie eine Schwester, an deren Seite sie einen Platz hatte.

Wie verloren die dreijährige Margot in ihren ersten Tagen in Amboise gewesen war! Sie hatte das Kleinkind spontan bei der Hand genommen, ihr die Tränen abgewischt und sie zum Lachen gebracht. Als ihre Halbschwester Anne sie danach zur ersten Hofdame ernannte, endete ihr Schattendasein. Sie hatte ein Amt und jemanden, für den es sich zu leben lohnte. Nähme Margot sie mit in die Niederlande? Sollte sie sie darum bitten? Charles ließe sie zweifellos hinter französischen Klostermauern verschwinden.

Madame de Segrés Stimme riss Aline aus ihren Gedanken. Margots Gouvernante stand oben an der Treppe. Sie erteilte den Mägden Anweisungen: »Schrubbt tüchtig den Boden in der Halle, vergesst nicht, die Teppiche und Wandbehänge auszuklopfen! Das Tafelsilber muss blitzblank sein! An die Arbeit! Beeilt Euch!«

»Aline, du kommst wie gerufen!«, sagte sie in angespanntem Ton. »Ich weiß nicht, wo mir der Kopf steht! Ein Gesandter des römischen Königs hat sich angekündigt. Er kann jederzeit eintreffen. Ich schäme mich so für unsere Behausung!«

Aline begutachtete die Halle. »Ein Diner bei Kerzenschein wäre ein würdiger Ausklang, meint Ihr nicht? Die Kapelle aus der Freigrafschaft könnte uns aufspielen.«

»Das ist eine gute Idee! Eine musikalische Begleitung verleiht einen höfischen Anstrich, aber ohne die lärmenden Pauken!«

»Habt Ihr Margot darüber unterrichtet?«

»Nein. Ich wollte dich ersuchen, es ihr mitzuteilen.«

»Das tue ich gerne. Endlich erhält sie eine erfreuliche Nachricht!«

Aline betrat Margots Kammer. Sie sah sich um und entdeckte ihre Freundin beim Toilettentisch. Margot tupfte sich einige Tropfen aus einer Phiole auf die Schläfen. Der Duft von Veilchen stieg Aline in die Nase. Auf ihrem Weg zum Schrank hielt sie hinter Margot inne und legte ihr sanft die Hand auf die Schulter. »Ich bin froh, dass du wieder lächelst, das steht dir gut! Alle sind heute in Aufbruchstimmung außer mir!«

»Fühlst du dich unpässlich?«

»Ich möchte jetzt nicht darüber sprechen. Lass dich ankleiden!«

Als Margot das rote Samtkleid mit der Goldbordüre sah, protestierte sie: »Dieses Kleid ist doch viel zu festlich für unseren bescheidenen Haushalt!«

»Eine Überraschung, Margot! Noch heute wird ein Gesandter deines Vaters dir seine Aufwartung machen. Du wirst ihn doch würdig empfangen wollen!«

Margots Augen hefteten sich auf Alines Gesicht. »Aline, heraus mit der Sprache, was ist geschehen?«

Aline verzog ihre Lippen zu einem Lächeln. »Dein Vater hat die Freigrafschaft Burgund zurückerobert und es scheint, dass der Gesandte dich besucht, auf dem Weg zu Friedensbesprechungen.«

»Es ist also wirklich wahr? Die Freigrafschaft ist wieder in Vaters Besitz? Oh Aline, endlich, endlich!« Margot umarmte ihre Freundin und gab ihr einen herzhaften Kuss auf die Wange. Mit einer Drehung fast wie im Tanz warf sie den Morgenrock ab. Ein Kribbeln durchströmte sie. »Ich kann es kaum erwarten, dass mein Vater jemanden schickt. Was er mir wohl mitteilen wird? Wie schön wäre es, wenn er mich gleich mitnähme! Aber so verlaufen die Dinge meistens nicht.«

Während ihre Freundin ihr schweigend in die Robe half, bemerkte Margot deren bekümmerten Blick. Ist es etwa meine nahende Heimkehr, die sie quält, ging es ihr durch den Kopf. Sie musste endlich mit ihr darüber sprechen. »Aline, spüren wir nicht beide, dass wir zusammengehören? Wird es nicht Zeit nachzudenken, wie wir beieinanderbleiben können. Gefiele es dir, mit in die Niederlande zu ziehen?«

Ein Leuchten ging über Alines Gesicht. »Ja, Margot, oh ja, wie gerne will ich bei dir bleiben!« Sie verstummte und ihre Augen schimmerten feucht.

Margot wandte sich zu ihr und nahm ihre Hand. »Du lieber Himmel! Hast du etwa gedacht ... Ach, Aline, wir hätten schon früher darüber sprechen sollen! ... Aber Charles muss seine Zustimmung erteilen. Lass uns einen Brief verfassen mit Argumenten, die ihn überzeugen!«

Aline wischte sich mit dem Handrücken über die Augen. »Ich möchte auch an Anne schreiben. Sonst könnte sie sich übergangen fühlen. Madame de Segré hat mir erzählt, dass sie sich mit Charles versöhnt hat und wieder am Hof verkehrt. Ihre Fürsprache könnte nicht schaden!«

»Ja, Annes Unterstützung könnte dir helfen! Mein Vater muss ebenfalls seine Erlaubnis geben. Aber das können wir mit seinem Gesandten besprechen.«

Wolfgang von Polheim ritt hoch aufgerichtet auf dem Rappen, den pelzgefütterten Umhang um seinen schlanken Körper gewickelt. Die Reise durch Frankreich hatte ihm wohlgetan nach all dem Kanonendonner, Geruch von Blut und Rauch. Der Krieg war ihm zuwider, schließlich war er Diplomat. Jetzt sollte sich alles ändern. Er würde rasch einen Frieden herbeiführen und die Erzherzogin in ihre Heimat bringen. Ob sie wohl so schön ist wie ihre Mutter?

Die Rüstungen seiner Begleiter klirrten, während die Hufe der Pferde auf der Burgbrücke aufschlugen. Die Festung, die sich vor ihnen erhob, war düster, kein Ort für eine Prinzessin. Als sie das Haupttor erreicht hatten, übergab von Polheim den Wachen König Charles' Begleitbrief. Ein Blick auf das Siegel genügte, um das Fallgitter hochzuziehen.

Unterdessen warteten Margot und Aline im oberen Geschoss der Burg auf die Ankunft des Gesandten. Das safranfarbige Sonnenlicht brach sich in den Fenstern und der Eichenschrank warf seinen Schatten auf den Boden. Eine erwartungsvolle Stille erfüllte den Raum.

Endlich hörten sie Hufschlag auf der Brücke, dann den Lärm von Berittenen auf dem Hof. Eine Fanfare ertönte. Was für ein hoffnungsvoller Klang! Der Gesandte ihres Vaters war eingetroffen.

Madame de Segré wirbelte in die Kammer und forderte Margot auf, sich in die Halle zu begeben.

Die ehemals düstere Halle hatte sich in einen Empfangsraum verwandelt. Fackeln brannten in den Halterungen und Wandteppiche, die man eilends aus der Stadt hatte bringen lassen, bedeckten den grauen Steinboden. Margot blieb in der Mitte des Raumes stehen, dort wollte sie den Gesandten empfangen. Rechts von ihr harrte ein festlich gedeckter Tisch, während sich links um den Kamin gepolsterte Stühle reihten.

Die Türflügel schwangen auf, und ehe sie es sich versah, verneigte sich ein elegant gekleideter Herr mittleren Alters vor ihr. In seiner rechten Hand hielt er ein Barret, geschmückt mit einer Pfauenfeder.

»Herzlich willkommen, Exzellenz!«, sprach Margot und schenkte ihm ihr strahlendes Lächeln.

Während sich von Polheim aufrichtete, begutachtete er Margot. Vor ihm stand nicht das Abbild der

Maria von Burgund, sondern eine weibliche Ausgabe seines Freundes Maximilian.

»Madame, es ist mir eine Freude, Euch mitzuteilen, dass Ihr in absehbarer Zeit heimkehren werdet! Noch heute reise ich nach Senlis, um die letzten Hindernisse für den Frieden aus dem Weg zu räumen.«

Eine Welle der Erleichterung durchströmte Margot.

»Wie viel Zeit werdet Ihr benötigen? Denkt Ihr an Wochen oder Monate? Ich möchte mich gerne darauf einstellen, da ich hier noch etwas zu erledigen habe.«

Von Polheim staunte, wie sachlich die Dreizehnjährige ihre Lage erkundete. »Sobald eine Einigung erzielt ist – ich denke an ein paar Tage – müssen die Könige ihr zustimmen. Das mag zwei Wochen dauern. Vielleicht muss ein Wortlaut noch verändert werden ... das kostet wiederum zwei Wochen bis zur Unterzeichnung. Danach wird die Ratifizierung durch die Stände und das Parlament eingeleitet. Aber nach der Unterzeichnung ist Eure Haft aufgehoben!«

Von Polheim wiegte abwägend den Kopf. »Rechnet mit sechs Wochen!«

Margot strahlte. »Tausend Dank für diese Nachricht! Ihr werdet sicher müde und hungrig sein, Exzellenz! Ich habe ein bescheidenes Mahl vorbereiten lassen.« Mit einer einladenden Geste wies sie auf den festlich gedeckten Tisch. Was sie das gekostet hatte, sagte sie nicht. Wie hatte Madame de Segré doch den Befehlshaber der Festung anbetteln müssen für die paar Brocken. Erst als sie anführte, dass er sonst als Geizhals dastünde, hatte er sich bereitgefunden, der Lump!

Während Mägde auf poliertem Silber Gänse, Pasteten und Gemüse auftrugen, sprach von Polheim Madame de Segré und Aline namens Maximilian seinen Dank aus.

»Wie Ihr hört, ist König Maximilian gut informiert. Nur selten entgeht ihm ein Detail!«, sagte er augenzwinkernd.

»Dann möchte ich ihn damit überraschen, dass Madame de Valois mich in die Niederlande begleitet!«

Von Polheim stützte das Kinn in die Hand und überlegte. »Was Euren Vater betrifft ... ich müsste natürlich noch seine Zustimmung einholen ... sehe ich keine Bedenken. Die Erlaubnis König Charles' ist jedoch unerlässlich.«

Aline war die Farbe aus dem Gesicht gewichen.

»Was meint Ihr, wenn wir König Charles mitteilen, dass seine Halbschwester auf jeglichen Unterhalt verzichtet und sich fern von Politik halten werde? Könnten diese Zugeständnisse eine Einwilligung begünstigen?«

Von Polheim schmunzelte. »Gewiss, Madame, Ihr scheint die Schwächen Eures ehemaligen Gatten zu kennen! Durch Madame Alines Abreise ersparte er sich den Brautschatz an ein Kloster.«

Dann wandte er sich an Aline und fügte scherzend hinzu: »Seid froh, Madame, dass Ihr kein Mann seid! Wäret Ihr ein männlicher Bastard, hätte man Euch zwar schon in jungen Jahren einen Kardinalshut aufgesetzt ... Aber es geht das Gerücht, dass Euer Halbbruder in Kürze zu einem Kreuzzug über die Alpen aufbrechen wird. Ihr müsstet ihm durch ganz Italien folgen und wer weiß, was Euer Los wäre!«

Drei Augenpaare sahen von Polheim verblüfft an. »Ein Kreuzzug?«

»Ja richtig, Charles hat sich schon immer in die Gunst des Papstes einschmeicheln wollen«, entschlüpfte es Margot. »Dafür braucht er also seine Söldner! Die Zeit ist somit reif für einen Frieden mit meinem Vater?«

»Ihr sagt es, Madame! Wir müssen die günstigen Umstände nützen.«

3   Heimkehr in die Niederlande

Dumpf fiel das Eichenportal ihres Kerkers hinter Margot ins Schloss, als sie zusammen mit Aline und ihrer Gouvernante den Burghof betrat. Sie hielt den Atem an. Im milden Licht des Junimorgens glänzten, so weit ihr Auge reichte, die bunten Wappen von Frankreichs Hochadel auf den Kutschen des Reisezugs. War diese hochmütige Schar etwa gekommen, um sich am Spiel des Abschieds zu vergnügen?

Laut hallten ihre Schritte auf dem Steinpflaster wider, aber noch lauter klopfte ihr Herz. Erhielte sie endlich Charles' Zustimmung für Alines Abreise oder musste ihre Freundin eilends das Weite suchen, um ihrem Schicksal zu entgehen?

Ein älterer Mann, geputzt wie ein Pfau, strebte auf Margot zu. Sie kniff die Augen zusammen. Nicht doch – Louis von Orléans! Eine letzte Gemeinheit von Charles! Ausgerechnet der Drahtzieher ihrer Verstoßung sollte sie aus dem Kerker geleiten! Margot schluckte den bitteren Geschmack in ihrem Mund hinunter.

Orléans' geübtes Lächeln erreichte seine Augen nicht, als er sich vor ihr verneigte. Mühsam beherrscht ließ Margot den Schwall höfischer Floskeln über sich ergehen, um ihn auf der Stelle wegen Aline anzusprechen: »Durchlaucht, habt Ihr mir nicht etwas mitzuteilen?«

Orléans griff sich an die Stirn und zog lässig aus seinem scharlachroten Wams ein Schriftstück hervor.

»Eure strahlende Erscheinung, Madame, hat mich so gefangen genommen, dass ich Euer Personal vergessen habe.«

Er winkte Aline zu sich und warf ihr einen scharfen Blick zu, als er ihr den königlichen Brief aushändigte. Aline zitterte am ganzen Körper und wäre nicht imstande gewesen, das Siegel zu brechen, hätten Madame de Segrés hilfreiche Hände es nicht für sie erledigt. Nachdem sie den Brief hastig überflogen hatte, entspannten sich ihre Züge und sie nickte Margot erleichtert zu.

»Solltet Ihr eines Tages dieser Dame überdrüssig sein, schickt sie uns nur zurück, ein abgelegenes Kloster wird sie schon aufnehmen! Auf eine Ehe darf sie allerdings nicht hoffen.« Orléans lächelte boshaft.

»Nun geht Ihr zu weit! Ich verbitte mir, meine Gefährtin zu beleidigen!«

»Vergebt mir diesen Scherz, Madame!«

Margot hatte die Bestätigung in der Hand und sah keinen Grund mehr, dem verbohrten Intriganten um den Bart zu streichen. »Natürlich – von Euch ist nichts anderes zu erwarten!« Sie drehte sich auf dem Absatz um und bestieg die Kutsche.

Während Aline in der Kutsche die aufsteigenden Tränen zu unterdrücken versuchte, schloss Madame de Segré sie in ihre Arme und wiegte sie sanft.

»Wollt Ihr mir nicht endlich sagen, was vor sich geht? Worauf spielt Ihr an?«, fragte Margot besorgt.

Aline löste sich aus Madame de Segrés Umarmung, wischte sich die Tränen ab und brachte mit rasselndem Atem hervor: »Als Kind hat mich ein Mann bei

einer Jagd ins Gebüsch gezerrt und mir wehgetan ...
Es war Orléans. Gottlob ist er damals bald aus Amboise verschwunden ... ich habe mich so geschämt, aber habe es dann tief in mir versteckt ...«

»... Und jetzt, wo er dir so schamlos begegnet ist, bricht die alte Wunde wieder auf«, ergänzte Margot und strich ihr behutsam über den Kopf.

Als Margots Wangen sich rot vor Wut färbten, griff Madame de Segré ein. »Zermartere dir nicht den Kopf. Gegen Orléans können wir nichts unternehmen. Er ist und bleibt ein mächtiger Mann. Was er getan hat, gilt als Kavaliersdelikt! Nirgends würde man ihn zur Rechenschaft ziehen.«

»Und doch möchte ich ihm gerne zum Abschied etwas sagen, das ihm die Sprache verschlägt.«

»Lass es bitte sein! Er ist der Nächste in der Thronfolge, sollte Charles etwas zustoßen. Mit einer unbedachten Bemerkung könntest du deinem Haus nur schaden.«

»Wäre ich ein Mann, hätte er es nicht gewagt, so dreist aufzutreten!«

Nach fünf Reisetagen wurde die Landschaft zusehends trostloser und die Straßen übler. Der Wagen rüttelte, die Räder sprangen und polterten durch Rinnen und Schlaglöcher. Fassungslos blickten Margot und Aline auf verbrannte Wälder und zerstörte Häuser.

»Wir nähern uns der niederländischen Grenze!«, bemerkte die Gouvernante. »Charles hat das Land in Schutt und Asche legen lassen, damit den Truppen deines Vaters nicht eine gefüllte Kornkammer in die Hände fällt.«

»Was ist mit den Menschen geschehen, die hier gewohnt haben?«, fragte Margot.

»Die haben betteln gehen müssen und man sagt, dass viele an Hunger gestorben sind.«

Entlang brachliegender Felder blieb der Reisezug ruckartig stehen. Grobschlächtige, zerlumpte Kerle mit Spießen und Äxten strebten auf Margots Kutsche zu. Sogleich preschte eine französische Eskorte herbei und umringte den Wagen. Es hagelte Flüche.

»Keine Angst, meine Damen, es sind herumstreunende Söldner, die seit dem Friedensschluss auf Beutezug sind!«, rief der Kommandant in den Wagen.

»Wir werden ihnen schnell den Garaus …«

Eine Salve von Schüssen aus Hakenbüchsen schnitt ihm das Wort ab.

Einige der zerlumpten Gestalten stürzten, die anderen rannten um ihr Leben. Madame de Segré schloss das Kutschenfenster und zog rasch die Gardinen vor.

»Vorwärts, marsch!« Der Kutscher ließ die Peitschen knallen und der Wagen holperte über den Weg.

Margot und Aline zitterten und blickten zu Madame de Segré.

»Der Kommandant hat rechtmäßig gehandelt! Dieses Lumpenpack! Nicht viel besser als gedungene Mörder!«

Nachdenklich lupfte Margot einen Zipfel des Vorhangs und spähte hinaus. Einige Söldner trugen blutige Verbände. »Nun, sie haben für ihren Herrscher gekämpft …«

»Ach wo! Ihr einziges Ziel ist es, am Leben zu bleiben und sich zu bereichern. Es geht ihnen nicht um die gerechte Sache!«, konterte Madame de Segré.

Schweigend setzten sie ihre Reise fort. Margot war eingedöst, als sie ihre Gouvernante kurz vor der niederländischen Grenze sanft weckte. »Margot, ich möchte von dir Abschied nehmen, bevor wir aussteigen.«

Die Kutsche war bereits zum Stillstand gekommen. Sie schlug die Arme um Margot und drückte sie an sich. »Ich bin so stolz darauf, dich großgezogen zu haben. Du bist zu einer eigenständigen, anziehenden Prinzessin herangereift.« Tränen stiegen ihr in die Augen. »Möge Gott dich weiterhin beschützen! Er hat gewiss Großes mit dir vor!«

Schon öffnete jemand geräuschvoll die Kutschentür. In aller Eile zog Margot eine Schatulle aus ihrem Seidenbeutel hervor. »Ich weiß nicht, wie ich Euch danken soll für Eure selbstlosen Dienste in all den Jahren.« Ihre Augen wurden feucht und sie drückte Madame de Segré ihr Abschiedsgeschenk in die Hände. »Diese Reliquie soll Euch beschützen!«

Sie stiegen aus und stellten sich vor der Kutsche auf. Während Louis von Orléans und seine Begleitung zum Abschied vor Margot defilierten, rückte die niederländische Eskorte heran. Etwa fünfzig berittene Bogenschützen postierten sich an beiden Seiten des Reisezugs.

Margot war jetzt hellwach. Seit zwei Jahren hatte sie sich immer wieder diesen Moment der Heimkehr in den leuchtendsten Farben ausgemalt. Nun war es so weit. Würde die Wirklichkeit ihren Erwartungen standhalten?

Vor ihr ließ sich ein junger Mann vom Pferd gleiten. Er hatte breite Backenknochen, eine starke Unterlippe und roch nach teurem Moschus. »Willkommen in den Niederlanden, Schwester!«, sagte er mit glänzenden Augen. Er nahm sie in die Arme und schien so überwältigt, dass er sie für einen Moment nur sprachlos anstarrte. »Niemand kann leugnen, dass wir Geschwister sind! Aber wie bezaubernd du bist!«

Margot schmiegte sich an ihn und genoss den Moment des Glücks. Sie war nicht mehr allein. Sie hatte eine Familie.

Als die ersten Fanfaren ertönten, lösten sich die Geschwister aus der Umarmung. Philipp hielt Margots Hand noch umklammert, während sich Männer in purpurnen Mänteln mit schweren Goldketten vor ihr verneigten. Das sind also die Vliesritter, die Elite der Niederlande, schoss es Margot durch den Kopf.

»Willst du in einer Sänfte in Valenciennes einziehen oder lieber mit mir reiten?«

»Philipp, das Reiten wird mir guttun und ganz besonders an deiner Seite!«

Sie sah sich um und winkte Aline herbei, die einige Schritte hinter ihr stand. »Darf ich dir Aline de Valois vorstellen, meine einzige Freundin, die meine Gefangenschaft mit mir geteilt und mein Elend erleichtert hat. Sie reist gerne in der Sänfte.«

»Es freut mich, Euch willkommen zu heißen in meinem Land, Madame de Valois!«

Galant half er ihr hoch aus dem Knicks und bedeutete einem Edelmann, sie zur Sänfte zu begleiten. »Später werden wir mehr Gelegenheit haben, einander kennenzulernen«, rief er ihr mit einem Lächeln zu.

Philipp reichte seiner Schwester die Hand und zusammen begaben sie sich zur Spitze des Zuges. Er half Margot auf den Sattel eines prächtig geschmückten Zelters. In gemächlichem Trab ritten sie, durch die von der abendlichen Sonne vergoldete Landschaft. Zu beiden Seiten erstreckten sich saftgrüne Wiesen, auf denen fette Kühe weideten. Es roch nach frischem Gras, vermischt mit Dung.

»Es ist herrlich, auf diese unversehrten Landschaften zu blicken! In Frankreich habe ich überwiegend vom Krieg verheerte Gebiete gesehen.«

»Liebe Schwester, auch bei uns ist ein Großteil des Landes zerstört. Ich habe aber für deine Heimkehr einen lieblichen Weg gewählt!«

»Haben die Franzosen das Land verwüstet?«

»Nur teilweise, Margot! Die meisten Zerstörungen hat unser Vater verursacht, weil man ihn nicht als rechtmäßigen Erben der Niederlande anerkannt hat. Er hat das Land zwar in die Knie gezwungen, aber den Handel lahmgelegt und ganze Landstriche der Hungersnot und den Seuchen preisgegeben.«

Sie zuckte zusammen. »Wie ist unser Vater als Mensch?«

»Margot, auch ich bin ihm niemals begegnet. Kriege zu führen und Länder zu erobern waren für ihn wichtiger als sein Sohn. Ja, manchmal habe ich ein ermahnendes Schreiben von ihm erhalten.«

Philipps Augen wirkten seltsam verschleiert. Er hatte sich wohl jahrelang nach seinem Vater gesehnt. Wie jeder Junge wäre er gern mit ihm auf die Jagd gegangen und hatte nach Anerkennung gefiebert. Auch sie hatte damals in Amboise in ihren Tagträumen manchmal Zwiegespräche mit Maximilian geführt und sich vorgestellt, dass er sie in die Arme nehmen und loben würde. Philipps Stimme riss sie aus ihren Gedanken.

»Hierzulande will man den römischen König loswerden und mich als Herzog einsetzen. Er wird ja bald zu meinem Einhuldigungsfest eintreffen, dann werden wir ihn schon kennenlernen. Mach dich darauf gefasst, dass er für unser zukünftiges Leben bereits Pläne hat. Aber vorerst wollen wir noch unsere Freiheit genießen!«

Im Zwielicht des Abends erreichten sie die Stadt Valenciennes. Fackeln erhellten die winkeligen Gassen, die zum herzoglichen Schloss führten. Die Menschen drängten sich an den Hauseingängen und Fenstern und riefen »Noël«, als sie Margot neben Philipp erkannten. Margot gefiel dieser königliche Jubelruf ganz und gar nicht. Ihre französische Periode war abgeschlossen. Sie wollte dem Volk deutlich machen, dass sie wieder ein Mitglied des burgundisch-habsburgischen Hauses war. Sie zog die Zügel an und antwortete lauthals: »Es lebe Burgund!«

Der Beifall schwoll von pflichtmäßig zu begeistert an. Die Menschen riefen aus voller Kehle: »Hoch lebe das Haus Burgund! Hoch! Hoch!«

Aus den Augenwinkeln sah Margot, wie ihr Bruder das Gesicht verzog.

Im Schloss verabschiedete sich Philipp von seiner Schwester. »Staatsgeschäfte verhindern mich leider, dich morgen nach Mecheln zu unserer Großmutter zu begleiten«, sagte er etwas verlegen. »Aber ich habe für ein sicheres Geleit gesorgt!«

Margot verbarg ihre Enttäuschung. Sie wollte ihm schon einen Abschiedskuss geben, da fasste sie Philipp an den Händen und sah ihr merkwürdig lächelnd in die Augen. »Margot, – Es lebe Burgund! – klingt zwar verlockend, aber du solltest dich auf den Boden der Realität begeben!«

Philipps Bemerkung versetzte Margot einen Stich. »Sollte ich mit diesem Zuruf einen Fehler begangen haben, verzeih es mir, bitte! In Frankreich haben sie mich in den letzten Jahren häufig als burgundische Prinzessin bezeichnet.«

Um Margots Bestürzung zu mildern, sah er sie aufmunternd an. »Schwester, es liegt nicht in meiner Absicht, dich zu tadeln! Aber merke dir, Frankreich hat das Herzogtum Burgund für immer verschlungen. Die Freigrafschaft, die unser Vater zurückerobert hat, ist zu unbedeutend, um noch von Burgund zu sprechen. Die Niederlande sind unser Herrschaftsbereich!«

Er gab ihr einen brüderlichen Kuss und verschwand hinter den Säulen in der Halle. Dort liefen zwei Damen mit raschelnden Röcken auf ihn zu.

Ein strahlend blauer Himmel begrüßte Margot, als sie am nächsten Morgen den Burghof betrat, um ihre Reise fortzusetzen. In ihrem Herzen regte sich reine Freude.

Ein hochgewachsener, Edelmann mit schulterlangem Haar eilte auf sie zu. Während er sich anschickte, sich zu verneigen, sah er ihr bezauberndes Lächeln und es verschlug ihm für einen Moment die Sprache.

»Madame, mein Name ist Antoine de Lalaing …«, stammelte er. »Herzog Philipp hat mich beauftragt, Euch nach Mecheln zu begleiten.«

Mit einer einladenden Geste bedeutete Margot ihm, sich zu erheben. »Es freut mich, in Eurer Begleitung nach Mecheln zu reisen, Antoine! Ich darf Euch doch so nennen?«

»Gewiss, Madame!« Antoine stieg das Blut in die Wangen. »Wollt Ihr in der Kutsche oder zu Pferd reisen?«

»Zu Pferd an Eurer Seite! Ihr könntet mir noch einiges über meine Heimat erzählen. Als ich die Niederlande verlassen musste, war ich ein Kleinkind. Ich kann mich an nichts erinnern.«

Antoines Herz machte einen freudigen Satz. Diese anziehende Prinzessin wollte an seiner Seite reisen! Er bot ihr galant den Arm und führte sie zu ihrer Stute.

Der Reisezug setzte sich in Bewegung. Grünbelaubte Pappeln säumten die Landstraße. In der Ferne hoben sich am Horizont Windmühlen ab.

Antoine räusperte sich. »Es ist, als hätte die Natur Euch zu Ehren ein Festkleid angelegt!«

Margot schmunzelte. »Ach Antoine, so bedeutend bin ich nun auch nicht! Aber was wollt Ihr damit sagen?«

»Vor ein paar Wochen suchten verheerende Unwetter die Niederlande heim. Heulend ist der Sturm durchs Land gerast. Er hat Dächer und Kirchtürme weggeblasen. Menschen und Tiere sind in den Fluten ertrunken.«

Margot starrte ihren Begleiter entsetzt an.

»Aber wir haben auch ein seltsames Schauspiel erlebt!« Antoine sah zu Margot hinüber und zögerte.

»Fahrt fort, ich brenne, es zu erfahren!«

»Eines Tages hat Herzog Philipp die Nachricht erreicht, dass am Strand bei Middelburg – das ist in Seeland – ein rätselhaftes Ungeheuer angespült ist.

Sogleich sind wir dorthin geritten. Auf dem Rücken eines riesigen Fisches herrschte ein lebhaftes Treiben. Mit Meißeln und Jagdmessern haben die Leute Stücke aus dem Tier herausgeschnitten.«

Margot machte große Augen.

»Zuhause sieden sie das Fleisch so lange, bis Öl herausfließt.«

»Wie einfallsreich! Ihr habt mich neugierig gemacht! Ich möchte dieses Monster sehen!«

»Madame, das solltet Ihr lieber sein lassen!«

Antoine verzog das Gesicht, als müsste er sich übergeben. »Der bestialische Gestank ist nichts für die Nase einer Prinzessin. Je länger das Seeungeheuer liegen bleibt, desto ärger werden die Ausdünstungen! Auch tummeln sich schon Ratten um den Kadaver.«

Margot lächelte ihn an. »Dann werde ich wohl davon absehen. Habt aber Dank für diese Geschichte!«

Sie setzten stumm ihre Reise fort. Antoine gefiel ihr. Sein offener Blick, die dunklen Augen und die Grübchen um den Mund, wenn er lachte, hatten in ihr etwas zum Klingen gebracht, das sie noch nicht kannte.

Am dritten Tag der Reise wies Antoine mit dem Zeigefinger auf den Horizont: »Madame, da hinter dem Hügel, seht ihr die hohen Mauern mit den Türmen?«

»Ja, ich sehe ein Meer von runden, eckigen und spitzen Türmen!«

»Das ist Mecheln, die Residenz Eurer Großmutter! Ich wünsche Euch von ganzem Herzen, dass Ihr Euch dort wohlfühlt!« Er sah scheu zu ihr hinüber, während spontan ein Leuchten in seine Augen trat.

Eine leichte Röte überzog Margots Wangen. Stumm ritten sie nebeneinander weiter.

Als sie sich den Stadtmauern näherten, erklangen Fanfaren. Glocken dröhnten und Menschenmassen säumten den Weg. Waffenknechte eilten herbei, um die Erzherzogin zu begleiten. Vom Stadttor schob sich der Reisezug wie ein Lindwurm fort. Beim Anblick der jungen Frau stimmten die Menschen ein Jubelgeschrei an: »Willkommen Madame! Willkommen zu Hause!«

Von den Fenstern der treppenförmigen Giebelhäuser regnete es Blumen. Antoine beugte sich zu Margot herunter und flüsterte ihr zu: »Wie Ihr hört, hat man Euch hier nicht vergessen!«

Margot rollten Freudentränen über die Wangen. Sie hatte kaum Zeit, sie wegzuwischen. Mit einer Hand hielt sie die Zügel und mit der anderen winkte sie dem Volk zu. Ihr schulterlanges goldblondes Haar glänzte in der abendlichen Sonne.

Nachdem sie das Spinnennetz von Gassen durchquert hatten, weitete sich der Weg. Sie näherten sich einem aus roten Ziegeln erbauten Schloss mit hohen spitzbogigen Glasfenstern. Grüne Wiesen schimmerten im Hintergrund.

»Gleich sind wir am Ziel, Madame. Dieses Gebäude ist der Hof von York, der Wohnsitz Eurer Großmutter!«

Margot wischte sich die restlichen Freudentränen von den Wangen und nickte.

Im Innenhof angelangt, half ihr Antoine aus dem Sattel. Mit einer Verneigung verabschiedete er sich von ihr. Für einen winzigen Augenblick trafen sich ihre Blicke. Beide erröteten.

Vor Margot erhob sich eine elegante Freitreppe. Zwei gewaltige, marmorne Löwen bewachten den Aufgang. Mitten auf der Treppe zeichnete sich eine hochgewachsene Frauengestalt ab. Die hoheitsvolle Erscheinung fesselte sie, aber flößte ihr auch Unbehagen ein. Das war Margarete von York, die Witwe ihres Großvaters Karl, den sie den Kühnen nannten. Wie hatte Charles' Schwester sie doch genannt? Die intrigante Greisin, die an den Fäden ihrer englischen Marionetten zog, um Frankreich zu vernichten. Hoffentlich nahm ihr ihre Großmutter die französische Erziehung nicht übel!

Aline hatte bereits ihren Platz hinter Margot eingenommen. Als sich ihre Freundin nicht fortbewegte, flüsterte sie ihr zu: »Margot, weshalb zögerst du? Lass uns deine Großmutter begrüßen! Es schickt sich nicht, sie warten zu lassen.«

Margot atmete tief durch und begab sich zur Treppe. Während sie die Stufen emporstieg, lächelte ihr ein von Falten zerfurchtes Gesicht mit milden grauen Augen zu. Ein Stein fiel ihr vom Herzen, als Margarete von York spontan ihre Arme ausbreitete und sie an sich drückte.

4 Spielball der Machtpolitik

Das trübe Licht schluckte die Farben der Glasmalerei. Zähe Regenbänder liefen außen am Fenster herunter. Dennoch begrüßte Margarete von York diesen Tag! Im Schlafmantel schlurfte sie zu ihrem Gebetspult und kniete sich auf dem blauen Samtkissen nieder. Wie immer umklammerte sie die ausgestreckte Hand ihrer Madonna. Das Holz war abgegriffen von den vielen Malen, in denen sie sie in ihrer Not berührt hatte. Sie hatte diese Statue aus England mitgebracht, obwohl sie nicht wertvoll war. Aber sie wollte dieses sanfte und alles verstehende Lächeln nicht missen. Nur bei dieser Madonna fühlte sie sich geborgen.

»Ich danke dir, dass du mir meine Enkelin wohlbehalten aus Frankreich zurückgebracht hast! Leider ist Margot ganz und gar kein Abbild meiner geliebten Maria! Konntest du oder wolltest du mir diesen Wunsch nicht erfüllen?« Sie schaute zur Muttergottes auf, doch diese blieb ihr die Antwort schuldig.

»Wenigstens hat Margot die frische Gesichtsfarbe und das goldblonde Haar ihrer Mutter.«

Während die Perlen des Rosenkranzes durch Margaretes Hände glitten, dachte sie schon an ihr nächstes Anliegen.

»Als Frau wirst du verstehen, dass eine schwere Verantwortung auf mir ruht. Ich muss Margot in kurzer Zeit auf die Rolle einer spanischen Kronprinzessin und Mutter vorbereiten! Eigentlich bin ich zu alt dafür ...« Ein heftiges Gähnen übermannte sie und sie hielt sich die Hand vor den Mund. »Es fällt mir immer schwerer, mich in die jungen Leute hineinzudenken. Anstatt die Bibel zu lesen, verschlingen sie die Schriften der Römer und Griechen. Diese setzen ihnen so viele Flausen in den Kopf, dass sie sogar darauf bestehen, ihr Leben mitzubestimmen. Die Demut ist ihnen abhandengekommen!«

Die Türe ging auf. Jeanne von Hallewijn, ihre Haushofmeisterin, meldete, dass Margot und Aline zum Messgang draußen warteten.

Entschuldigend wandte sich Margarete der Madonna zu: »Ich muss zur Messe!«, bekreuzigte sich und erhob sich mit schmerzverzerrtem Gesicht. Die Gicht machte ihr wieder zu schaffen. Margarete atmete einige Male tief ein und aus, bevor sie mit entspannter Miene den Gang betrat.

Margot knickste und küsste ihr die Hand. »Soll ich die Regenkleidung holen lassen für den Kirchgang?«

»Nicht nötig, mein Kind! Da es hier kaum Tage ohne Regen gibt und ich es bequem haben will, habe ich mir den Luxus eines überdachten Korridors geleistet.« Sie nahm die beiden jungen Frauen bei der Hand und führte sie durch einen mit bunten Teppichen ausgelegten Gang, über dem sich ein Dach aus massivem Eichenholz erhob. Fenster entlang der Holzwände spendeten Licht.

Als sie das Gotteshaus betraten, gingen Margot die Augen über. Es war trotz des strömenden Regens schwarz von Menschen. Vom höher gelegenen herzoglichen Gestühl, seitlich des Altars konnte Margot die Anwesenden beobachten. Der Kleidung nach zu schließen saßen höhere Stände neben bescheidenen Leuten. In dieser Kirche schien vor Gott jeder gleich zu sein.

»Das sollten sie in Amboise sehen! Die Höflinge würden empört die Nase rümpfen!«, lispelte Aline Margot ins Ohr.

Die Orgel setzte ein und ein Priester schritt zum Altar. Margot traute ihren Ohren nicht: Er sprach Französisch. Alle konnten ihn verstehen. Verblüfft sahen sich Margot und Aline an. Der Geistliche ging in seiner Predigt auf die Mühen des täglichen Lebens ein! Ein Laie las aus einem Buch vor, wie man zum inneren Frieden gelange, was Margot sehr berührte. Hätte sie diese Worte doch in Mélun gekannt, wäre sie nicht so verzweifelt gewesen. Dieses Buch musste sie lesen!

Am Ende erklang vom Chor ein mehrstimmiger Gesang. Das Echo dieser lieblichen Töne hallte in den Pfeilern wider und erfüllte den Raum wie ein glänzendes Licht.

Mit leuchtenden Augen sah Margot zu ihrer Großmutter auf, die ihr die Hand reichte. In stiller Eintracht verließen sie die Kirche.

Gleich beim Frühstück begann Margot Margarete über den Gottesdienst auszufragen. »Ich habe noch nie eine so innige Messfeier erlebt! Ist das hier üblich?«

»Es freut mich, dass dich unsere Frömmigkeit anspricht! Bei uns meinen es viele Menschen ernst mit der Religion. Sie bemühen sich, Christus in seiner schlichten Lebensweise nachzufolgen. Ich spreche natürlich nicht von den hohen Geistlichen. Diese suchen ihr Heil eher in gewinnbringenden Ämtern, der Völlerei und dem Würfelspiel.«

»Hat der Papst Euch erlaubt, in der Landessprache zu predigen?«

»Was soll er dagegen haben, wenn man versucht, nach der Bibel zu leben? Er erhält pünktlich die Abgaben. Das ist wohl das Einzige, was Rom interessiert!«

Madame von Hallewijn reichte Margot eine Schale mit graugrünen Fischen. Ein scharfer Geruch stach ihr in die Nase. Als sie zögerte, lächelte sie ihre Großmutter an. »Das sind gesalzene Heringe, mein Kind! Wir essen sie mit Brot und Zwiebeln und spülen sie mit einen Becher Bier herunter. Probiere es doch aus!«

Margot befolgte den Rat und fand Geschmack an der bodenständigen Kost. Aus den Augenwinkeln sah sie, wie Aline daran würgte.

»Ihr werdet euch schon noch an die Heringe gewöhnen, meine Lieben! Nach den Kriegen ist vom Burgunderschatz kaum etwas übrig geblieben, sodass ich sogar meine Juwelen verpfändet habe, um mein Personal zu bezahlen.«

Verschämt strich sie sich mit der knochigen Hand über die Stirn. »Im täglichen Leben sind wir sparsam, aber bei festlichen Anlässen halten wir uns an die burgundischen Traditionen.«

Margot wischte sich mit der damastenen Serviette die Fischreste von den Fingern. »Die Stelle aus dem

Buch, die der Mann vorgelesen hat, hat mich zutiefst ergriffen. Ich möchte dieses Buch gerne lesen.«

»Oh, das geistliche Tagebuch von Thomas von Kempen, meinst du! Ich werde dir eine Ausgabe auf dein Zimmer bringen lassen. Den Inhalt dieses Buchs musst du dir zu eigen machen! Als dein Großvater starb und später deine Mutter, habe ich mich an Thomas von Kempens Rat geklammert, um nicht den Verstand zu verlieren!«

Margot warf einen verstohlenen Blick auf ihre Großmutter. Bislang hatte sie sie ja eher gefürchtet. Doch die Falten, die sich um ihren Mund in die Haut gegraben hatten, sprachen von Schmerz und Entbehrung. Sie hatte kein leichtes Leben gehabt. Aber sie hat sich nicht unterkriegen lassen! An ihr könnte sie sich ein Beispiel nehmen, sollten Angst und Leere sie wieder heimsuchen, was Gott für eine Weile verhüten möge!

Margarete ergriff Margots Hand. »Nachdem wir uns sowohl geistig als körperlich gestärkt haben, sollten wir über deine Zukunft sprechen, Margot! Dass dein Vater dich wieder verheiraten will, wirst du doch verstehen!«

Margots Herzschlag verdoppelte sich, aber sie nickte.

»Maximilian plant ein Bündnis mit den katholischen Königen gegen Frankreich. Du wirst den spanischen Thronfolger Juan heiraten und Philipp vermählt sich mit deren Tochter Juana. Doppelhochzeiten verstärken die Allianz. So Gott will, wirst du Königin von diesem aufstrebenden Land!«

Als sie Margots angespanntes Gesicht sah, fügte sie hinzu: »Schaue mich nicht so betrübt an, Margot! Ich habe ja verhindern können, dass Maximilian dich mit dem Sohn dieses Tudorabenteurers verheiratet, dem er Unsummen schuldet! Prinz Juan, mein Kind, ist gebildet und von sanftem Wesen! ... Wir könnten eine Wallfahrt machen, um den Beistand der Muttergottes zu erflehen, sodass aus diesem Zweckbündnis ein Bund der Liebe erwächst, wie bei deinen Eltern!«

Eine leichte Röte überzog Margots Wangen. »Wann denkt Ihr, muss ich wieder fort? Ich habe mir so sehr gewünscht, mich hier eine Weile auszuruhen!«

»Das kannst du auch! Obwohl die Niederlande diesmal deinen Vater sehnlichst erwarten, lässt er sich Zeit. Sobald er hier eintrifft, erfahren wir Näheres.«

In Frankreich hatten sie über Spanien gespottet. Dort seien sogar die Christen mit den Sitten der Mauren und Juden verseucht! Sie sollte also Kronprinzessin in diesem fremdartigen Land hinter den Pyrenäen werden!

Margot stützte die Hand auf die Wange. Sich dem Willen ihres Vaters zu widersetzen, wäre sinnlos. Wer weiß, was er ihr androhen würde. »Was haltet Ihr davon, wenn ich beginne, die Sprache dieses Landes zu erlernen?«

»Du bist ein kluges Mädchen! Es freut mich, dass du dich dem Wunsch deines Vaters anpasst!«

»Hätte ich denn eine andere Wahl?«

»Offen gesagt, nein! Euch jungen Leuten haben die heidnischen Philosophen mit ihren Freiheitsgedanken den Kopf verdreht. Meines Erachtens kann man sich nur zwischen Gut und Böse frei entscheiden!«

Margots Blick flog verstohlen zu Aline und dann rasch zu ihrer Großmutter zurück. »Hat Vater noch mehr Wünsche?«

»Und ob! Aber ich glaube, diese Bitte wird dir gefallen! Du sollst die lateinische Aktensprache erlernen. Mein Bibliothekar wird dich darin unterrichten. In Spanien darfst du als Königin deinen Gatten vertreten, wenn er sich auf Reisen begibt!«

Margots Augen begannen zu glänzen. »Es freut mich, dass man in diesem Land auf die geistigen Fähigkeiten einer Königin Wert legt!«

Margarete stand auf und gab Margot einen Kuss: »Wie du hörst, es ist alles nur halb so schlimm! Aber dass dir das nicht zu Kopf steigt! Das Weib ist noch immer dem Manne untertan.«

Margot holte Luft, um etwas zu sagen, doch ihre Großmutter warf ihr einen strengen Blick zu. »Ich weiß schon, am liebsten hättest du dich gegen den Beschluss deines Vaters aufgelehnt. Das ist die neue Denkart, die ich nicht gutheißen kann! Der Mensch maßt sich an, Gottes Ordnung zu ändern, seinem Leben mehr Bedeutung einzuräumen, als es einem Sterblichen zusteht. Jeder hat seinen Platz auf Erden, vergiss das nicht!«

»Aber Ihr ...«

»Ich hätte es vorgezogen, deinem Großvater zu gehorchen, anstatt mich in den Sumpf der Intrigen zu begeben, um deiner Mutter die Erbfolge zu erkämpfen«, schnitt Margarete ihrer Enkelin das Wort ab.

»Maximilian ist nicht nur dein Vater, sondern auch dein Gebieter.«

***

Maximilian ritt im gemächlichen Trab über die staubige, geldrische Straße – vorbei an glitzernden Kanälen, Windmühlen und Wiesen mit Schafen. Er blickte auf zu den sonnenbestrahlten Wolkentürmen, die sich über den spätsommerlichen Himmel schoben. Ja, er war zufrieden mit seiner Reise ins Reich. Er hatte zahlreiche Fehden geschlichtet und bei den Fürsten endlich Respekt erworben. Sie bezahlten ihm sogar das Heer, mit dem er die Niederländer beeindrucken wollte.

Vor ihm ritten fünfhundert Reiter in glänzenden Rüstungen. Dann folgten die schweren Geschütze der Artillerie und seine Leibwache. Hinter ihm marschierten die Landsknechte in bunt geschlitzten Wämsern, bewacht von seiner Ordonnanztruppe, sodass sie nicht der Versuchung erlagen, sich schnell etwas zusammen zu stehlen.

Am Horizont ragten die Stadtmauern von Nimwegen auf. Wie schade, dass er dieses aufsässige Geldern nicht hatte behalten können, wo es doch für ihn lebenswichtig wäre, über eine Landbrücke zwischen den südlichen und nördlichen Niederlanden zu verfügen. Aber nein, das geldrische Volk grölte »Freiheit« und zog es vor, sich vom einheimischen Karl von Egmont aussaugen zu lassen, als unter seinem königlichen Schutz zu gedeihen.

Reiter mit schmetternden Fanfaren preschten auf das königliche Heer zu. Maximilians Zug geriet ins Stocken.

Die Einwohner Nimwegens empfingen ihn doch nicht so freundlich, nachdem er sie zweimal bis zum Aushungern belagert hatte?

Seinem Sekretär war unterdessen das Blut aus dem Gesicht gewichen. Er zupfte nervös an den Zügeln. »Ein Hinterhalt, Majestät?«

»Nur Mut, Matthäus! Mit diesem Heer könnte ich alle Einwohner Gelderns ins Jenseits befördern.«

Breit grinsend kam Wolfgang von Polheim herangeritten. »Max, ein vor Angst schlotternder Herzog von Geldern möchte dir gerne seine Aufwartung machen. Die Städte weigern sich, dir ihre Tore zu öffnen ...«

»... und Egmont will einen Krieg vermeiden, da ihm die Hilfe der Franzosen fehlt!«, fügte Maximilian grinsend hinzu. »Lass ihn vortreten, ich bin auf sein Angebot gespannt!« Er brachte sein Pferd zum Stehen und gab dem Zug ein Handzeichen. Hoch aufgerichtet, mit unleserlicher Miene erwartete er den Herzog.

Die Sonnenstrahlen spiegelten sich in den Hellebarden der königlichen Leibwache und blendeten Karl von Egmont, als er vor Maximilian in die Knie sank. Maximilian hieß ihn aufzustehen und sah, dass die Lippen seines Gegenübers vor Unruhe bebten. Er ließ ihn etwas zappeln und setzte ein überlegenes Lächeln auf. »Mein lieber Vetter, dass ich auf dem Weg nach Maastricht bin, um an der Einhuldigung meines Sohns teilzunehmen, sollte Euch bekannt sein. Als Euer oberster Lehnsherr habe ich doch das vollste Recht, durch Geldern zu ziehen?«

»Gewiss, Majestät!« Karl von Egmont räusperte sich. »Aber, um Euch einen reibungslosen Durchzug zu ermöglichen – Ihr kennt ja unsere Leute –, sollte man die Stimmung nicht unnötig aufheizen … Es wäre mir eine Ehre, Euch mein Geleit anzubieten und Euch in meinem Schloss in Grave zu empfangen. Euer Heer könnte in seinem Zeltlager auf freie Verpflegung und andere Annehmlichkeiten rechnen.«

Maximilian wiegte abwägend den Kopf. Er ersparte sich einen Batzen Geld! Aber Egmont erhoffte sich etwas dafür. Ein ironisches Lächeln huschte über sein Gesicht und er erteilte den Befehl, über Grave nach Maastricht zu ziehen.

In der Burg von Maastricht herrschte reges Treiben. Handwerker standen auf Gerüsten und schmückten die Mauern des Innenhofs mit Blumengirlanden und Wandteppichen. Sie alle waren in Aufbruchstimmung, denn nun trat der friedfertige Philipp die Herrschaft an und der römische König konnte seine kriegerischen Abenteuer anderswo ausleben. Sie würden in Frieden leben und nach getaner Arbeit ihr schäumendes Bier trinken.

Unruhig ging Margot unterdessen in dem für sie bereitgestellten Zimmer in der Burg von Maastricht auf und ab. Gleich lernte sie ihren Vater kennen. Wie oft hatte sie doch diesen Moment herbeigesehnt und in Gedanken durchgespielt: Sie lächelten einander an, umarmten sich und schlossen sich augenblicklich ins Herz. Ob sie nicht zu viel von ihm erwartete? Nein, sie wollte eine innige Beziehung zu ihm aufbauen. Ihr Gefühl sagte ihr, dass er diese Zuneigung erwiderte. Er hatte ja nur sie und Philipp.

Nochmals eilte sie zum geöffneten Garderobenschrank und suchte nach einer passenden Robe. Nervös glitten ihre Finger über die darin aneinandergereihten Kleider. Das Blaue? Nein, das macht blass. Das eine war zu abgetragen, das andere zu unbescheiden für die Gelegenheit! Unsicher ließ sie die Hände sinken.

»Nimm das Lindgrüne!«, schlug Aline vor. »In dieser Robe siehst du aus wie der Frühling! Sie betont dein goldblondes Haar.«

Das Dröhnen der Glocken und Pauken aus der Stadt drang durch das Bleiglasfenster. »Beeile dich, du kannst deinen Vater nicht im Unterkleid begrüßen«, mahnte Aline mit schriller Stimme.

Unter Trommelwirbel und Trompetengeschmetter zog Maximilian in den Burghof ein. Die Sonne näherte sich bereits dem Horizont und warf ein schweres rotorangenes Licht über den Himmel. Philipp und Margot eilten auf den Rappen mit dem königlichen Wappen zu. Margots Hände waren feucht vor Aufregung. Gottlob hatte sie Handschuhe an! Ihr eigener Atem hallte in ihren Ohren wider. Ein Blick auf Philipp verriet ihr, dass es ihm ähnlich erging.

Ein Mann mittleren Alters schwang sich gewandt aus dem Sattel. Sein halblanges dunkelblondes Haar wies einige Silbersträhnen auf. Philipp und Margot fielen auf die Knie. Mit beiden Armen umfasste er sie und half ihnen auf. Für einen Moment standen sie einander Auge in Auge gegenüber. Die scharfe Adlernase und das markante Kinn flößten Respekt ein. Ein warmes Lächeln breitete sich auf Maximilians Gesicht aus. »Ich kann euch gar nicht sagen, wie glücklich ich bin, euch in meine Arme zu schließen!« Seine Augen leuchteten. »Lasst euch ansehen!«, rief er in einem nicht akzentfreien Französisch. Er maß Philipp von Kopf bis Fuß und klopfte ihm anerkennend auf die Schulter. »Du bist zu einem vollendeten Ritter herangewachsen! Die Weiber werden sich um dich reißen!«, zwinkerte er ihm zu.

Dann blickte er zu Margot. Ihr Lächeln entwaffnete ihn. Ein bewunderndes Strahlen huschte über sein Gesicht, als er sie auf die Stirn küsste. Mit sanfter Stimme fügte er hinzu: »Ich bin stolz auf dich, dass du aus eigener Kraft deine Gefangenschaft überstanden hast! Vor mir steht eine strahlende Braut!«

Überschwänglich drückte er beide mehrmals an sich. Arm in Arm begab er sich mit ihnen unter dem feuerrot ausgeleuchteten Himmel ins Schloss.

Eine wohlige Wärme durchströmte Margot, ihr Vater mochte sie.

Am Abend lud Maximilian seine Kinder zu einem vertraulichen Essen ein. Das Licht der Kerzen und Fackeln blendete Margot, als sie den Speisesaal betrat.

»Nur zu, Margot, nimm Platz! Philipp und mir knurrt der Magen«, hörte sie ihren Vater rufen.

Als sie sich an das Lichtermeer gewöhnt hatte, fiel ihr Blick auf die sorgfältig arrangierten Sommerblumen, die drei Gedecke aus purem Gold und die blinkenden venezianischen Kristallgläser. Hm, Vater liebt höfischen Glanz! Auch kleidet er sich erlesen!

Maximilian trug ein schwarzes Barett mit einem Topas. Sein dunkles Wams war aus erlesenem Tuch.

»Meine Lieben, dieser Abend gehört uns, der Familie, die die Welt umgestalten wird!«

Während Philipp sorgenvoll die Stirn runzelte, sah Margot ihren Vater erwartungsvoll an.

Maximilian gab dem Diener, der beim Eingang wartete, ein Zeichen. Sogleich trugen Lakaien Servierplatten herein, die nach gebratenem Wildbret und Rotkohl dufteten.

»Lasst euch den Hirschbraten munden! Das Essen stammt aus unseren österreichischen Erbländern. Den Hirsch habe ich auf den Weg hierher eigens für uns erlegt.«

»Doch nicht in Geldern, Vater?«, schmunzelte Philipp. »Ich wildere auch manchmal dort. Die Rebhühner sind sehr schmackhaft.«

»Nein, mein Sohn, dieser Hirsch stammt aus Brabant. Mit Geldern werden wir anders abrechnen, aber darüber später.«

Maximilian erhob den kristallenen Pokal. Seine Augen sprühten vor Tatendrang, als sie von Philipp zu Margot wanderten. »Auf die ruhmreiche Zukunft unseres Hauses!«

»Dieses geschmorte Fleisch ist eine Gaumenfreude!« Philipp stopfte sich erneut den Mund voll, als hätte er seit Tagen nichts Köstlicheres gegessen.

»Wenn ich mich nicht irre, ist diese Soße mit Preiselbeeren zubereitet«, bemerkte Margot. »Man sieht sie zwar nicht, aber schmeckt sie!«

»Ja, das stimmt, mein Kind! Ich habe einmal dem Koch zugesehen, wie er die Beeren durch ein Sieb gepresst und mit der Rahmsoße vermischt hat.«

»Euer Koch muss mir dieses Rezept geben, dann führe ich es am spanischen Hof ein!«

»Ich werde euch nun in ein Geheimnis unseres Hauses einweihen.« Maximilian legte eine Pause ein und lächelte väterlich. »Vor Jahren haben Astrologen eurem österreichischen Großvater verkündet, dass unser Haus ausersehen sei, das Abendland zu regieren! ... Mein Vater ist ein nüchterner Mann und hat zunächst der Weissagung keine Bedeutung zugemessen. Als aber eines Tages Feuerbälle über unsere Erblande gerast und diese unversehrt geblieben sind, ist er zur Überzeugung gelangt, dass der Allmächtige mit dieser Himmelserscheinung ein Zeichen zum Handeln gegeben hat.«

Stille senkte sich über den Raum, nur unterbrochen durch das Knacken der Holzscheite im Kaminfeuer.

Die Farbe war aus Margots Gesicht gewichen. Sie dachte an die niedergebrannten Dörfer und verwüsteten Felder. Wusste er nicht, wie viel Unheil er über unschuldige Menschen brachte, nur um über mehr Länder zu herrschen?

Nach einer Weile räusperte sich Philipp. »Bei allem Respekt, Vater, unser burgundischer Großvater hat ähnliche Ziele verfolgt und Ihr wisst nur zu gut, mit wie viel Blut die Niederlande dafür bezahlt haben.«

»Was willst du damit sagen, mein Sohn? Meinst du etwa, dass unseren Rivalen, den Franzosen, die Vormachtstellung zukommt?«

Maximilians Stimmung drohte umzukippen.

»Vater, nehmt es bitte Philipp nicht übel! ...Wir sind beide glücklich, Euch kennenzulernen! Auch mich haben Eure politischen Pläne verwirrt! Würdet Ihr uns Eure Absichten erklären?«

Maximilians Gesicht erhellte sich.

»Seht doch die Zeichen der Zeit! Euer Vater ist der erwählte römische Kaiser. Du Philipp trittst das burgundisch-niederländische Erbe an ... und wenn du dich als gehorsamer Sohn erweist, lasse ich dich zum römischen König wählen!«

Philipp kniff verärgert seine Lippen zusammen. Er wollte nicht mehr als kleiner Junge behandelt werden und sicher nicht von einem Vater, der ihn im Stich gelassen hatte. Der Königstitel war allerdings verlockend!

»Vater, missversteht mich bitte nicht! Ich wünsche Euch alles Ansehen dieser Welt! Aber sollten wir in den Niederlanden nicht das Problem mit Geldern lösen? Karl von Egmont streift ungehindert mit seinen räuberischen Banden durch Brabant und Holland. Er schlachtet die Bauern ab, zerstört ihre Höfe und vernichtet die Ernten. Er legt unseren Handel lahm. Wir brauchen Eure Hilfe hier!«

»Beruhige dich, mein Sohn!«, Maximilian klopfte ihm ermutigend auf die Schulter.

»Dieses Problem werde ich nach deiner Einhuldigung gleich aus der Welt schaffen! Nach meiner Strafexpedition wird Egmont von dir mit Geldern belehnt. Dann hat er alles erhalten, was ihm zusteht, und er wird es nicht mehr wagen, die Niederlande zu belästigen.«

Obwohl Philipp zustimmend nickte, spiegelten sich Zweifel in seinen Augen. Gäbe sich Karl von Egmont so schnell geschlagen?

»Wie Ihr wisst, habe ich ein Bündnis mit den spanischen Königen vereinbart, das durch eure Heiraten bekräftigt wird. Diese Ehen sind der Schlüssel zu unserem Erfolg! Sowohl in Italien als im Norden umzingeln wir die Franzosen.« Er stützte die Arme auf sein Kinn und sah seine Kinder breit lächelnd an. »Prinzessin Juana soll im Spätherbst in den Niederlanden eintreffen. Dieselbe Flotte wird dich, Margot, nach Spanien geleiten.«

Margot zuckte zusammen und schnappte nach Luft. So schnell sollte sie ihre Heimat verlassen? Aber die Vernunft sagte ihr, dass sie ihre Pflicht erfüllen musste.

»Macht doch nicht so betrübte Gesichter! Beide Infanten sind von Stand. Ich habe unseres Reiches wegen ein viel größeres Opfer bringen müssen, als ich Bianca Maria Sforza zum Weib genommen habe. Sie gackert den ganzen Tag über Kleider und knabbert an Konfekt. Kein vernünftiges Wort verlässt ihren Mund.« Maximilian verdrehte die Augen, wackelte mit dem Kopf und ahmte Biancas Geschnatter nach.

Philipp und Margot brachen in schallendes Gelächter aus.

»Aber diese Ehe ist doch eine rein finanzielle Angelegenheit, Vater?«, warf Philipp ein.

»Letztlich schon, mein Sohn. Aber auch ich habe auf eine gefällige Gefährtin gehofft. Prinzessin Juana hingegen ist gebildet und soll atemberaubend schön sein. Mit etwas Glück kann ein inniges Band zwischen euch entstehen.«

Mit einem warmen Blick wandte Maximilian sich zu Margot. »Man rühmt Prinz Juan wegen seiner Bildung und Güte. Zwar ist er nicht ein so schneidiger Ritter wie dein Bruder, aber keineswegs ist er zu vergleichen mit dem buckligen Franzosen. Der spanische Kronprinz braucht eine Gattin, die ihm tatkräftig zur Seite steht. Wer eignet sich besser dazu als du, Margot?«

Ihre Blicke kreuzten sich und Margot lächelte gehorsam.

Maximilian steigerte sich in seine politischen Wunschträume hinein. »Die Lombardei und das venezianische Festland müssen wieder dem Reich angehören. Diese Länder sind ein wahrer Geldschrein!« Er schnalzte mit der Zunge. »Und danach lasse ich mich in Rom vom Papst zum Kaiser krönen! Wir sind dann die mächtigste Familie des Abendlandes!«

Philipp schenkte seinem Vater lauten Beifall, denn schließlich würde er daraufhin zum römischen König gewählt werden. Die Niederlande gingen nicht mehr gebückt unter der Steuerlast!

Margot klatschte nur halbherzig. Ein schwarzer Gedanke flog ihr zu. Was geschah, wenn Maximilian bei einer der Schlachten sterben würde wie ihr burgundischer Großvater? Sie schloss die Augen, um diese Vorstellung weit wegzuschieben.

»Es freut mich, dass euch meine Pläne gefallen! Die kommenden Tage wollen wir unbeschwert genießen. Ich hoffe, mein Sohn, dass deine Stadtväter uns glänzende Einzüge bescheren werden!«

5 Austausch der Bräute

Mit raschelnden Röcken stürmte Margot nach dem Diner in ihr Zimmer. Beinahe wäre sie über die Türschwelle gestolpert. Sie schwebte auf einer Wolke des Glücks, als sie Aline in die Arme fiel. Dann rieb sie sich mit beiden Händen die Schläfen. »Der Wein ist mir in den Kopf gestiegen!«

Aline nahm Margot bei der Hand und führte sie zum Bett. Sie brannte darauf, mehr über Maximilian zu erfahren, aber der Zeitpunkt schien nicht geeignet. Behände streifte sie Margot die lindgrüne Robe ab und löste die Schnüre und Haken des Mieders. »Jetzt kannst du wieder frei atmen, der Panzer ist weg!« Aline warf Margot das Nachthemd über, damit sie sich nicht erkälte.

Sie nahmen am Bett Platz. Margot schmiegte sich an ihre Freundin. »Stell dir vor, Vater hat sich in meine Lage in Mélun versetzt, und mich gelobt, dass ich das alles ertragen habe.«

»Er muss dich wirklich in sein Herz geschlossen haben ... sonst sind Männer nicht so einfühlsam!«

»Doch hat mich Vater heute Abend überrascht. Bald hat er gesprüht voll Humor, bald ist er aufgebraust. Es wäre beinahe schiefgegangen zwischen ihm und Philipp. Vater hat sich nämlich in den Kopf gesetzt, der erste Fürst des Abendlands zu werden.«

»Oh nein, das bedeutet, dass er ständig Kriege führt!«

»Ja, Philipp war der gleichen Meinung, aber hat dann gottlob geschwiegen.«

»Hat euer Vater euch etwa weisgemacht, dass der Himmel ihm einen Wink gegeben hat?«

»Ja, aber wie kommst du darauf?« Margot legte ihren Kopf schief und hob die Brauen. »Du hast dich doch nicht in den Saal geschlichen und hinter der Anrichte versteckt? Dort hat es manchmal stark geknirscht.«

Aline lachte auf. »Was für eine Vorstellung! Ich bin doch kein Backfisch mehr! Hast du dich niemals gefragt, warum ich so viel Zeit in der Bibliothek verbringe?«

»Liest du nicht die antiken Philosophen?«

»Das habe ich ebenfalls getan. Aber weil du wieder Königin wirst, hat es mich gereizt, mehr über Herrscher zu erfahren. Ich habe mich in Chroniken vertieft.«

»Jetzt spanne mich nicht auf die Folter, was hast du herausgefunden?«

»Unter anderem, dass sich die Mächtigen von ihren Schandtaten reinwaschen, indem sie sich auf einen göttlichen Auftrag berufen!« Aline schürzte ironisch die Lippen. »Der Stellvertreter Gottes in Rom ergattert sich auf diese Weise Mittelitalien. Charles tarnt den Raubüberfall auf Italien als Kreuzzug und dein Vater will sich Norditalien unter den Nagel reißen.«

Margot stand auf. »Du hast den Nagel auf den Kopf getroffen! Vater unterscheidet sich in nichts von den anderen Herrschern.« Ihr Gesicht wurde immer länger. »Er benutzt Gott als Deckmantel für seine Zwecke und redet sich ein, dass jedes Mittel erlaubt sei! Die verwüsteten Landschaften und die Toten nimmt er einfach in Kauf!« Wie angewurzelt stand sie da und ließ ihre Schultern hängen.

»Margot, du kannst den Lauf der Welt nicht ändern. Jetzt schlüpfst du ins Bett und erholst dich von dem anstrengenden Tag!«

Kaum hatte Aline ihr die Brokatdecke übergestreift, klappten Margot die Augen zu.

Herbstnebel hing über Mecheln. Möwen schwärmten kreischend über den Schlosshof. Ihr Gezeter gellte bis in die Bibliothek. Margot und Aline hatten sich auf die Bänke mit den samtenen Kissen vor dem Glasfenster niedergelassen. Sie warteten auf ihre Spanischlehrerin. Der Geruch von altem Pergament und ledernen Buchdeckeln stieg ihnen in die Nase. Aline zupfte eine Daunenfeder von Margots linkem Ärmel. »Erinnerst du dich noch an die leuchtenden Farben und die kunstvoll drapierten Gewänder bei unserem Einzug in Löwen?«

Margots fahles Gesicht bekam wieder Farbe und ihre Augen begannen zu glänzen. »Oh ja! Und als die Sonne aufgegangen ist, haben Philipps und Vaters diamantenbesetzte Mäntel bei jeder Bewegung ein Sternenmeer entfacht! ... Und dann die lebenden Bilder auf dem Marktplatz, als wären sie einem Gemälde entstiegen.«

Aline verzog ihren Mund. »Der riesige Walfisch, den sie beim Bankett unter Flötengezirpe angekarrt haben, wie grässlich!«

Beide brachen in schallendes Gelächter aus. Margot kollerten die Tränen über die Wangen. »In den Augen der Stadtväter von Löwen ist diese Vorführung echt kastilisch gewesen.« Margot griff sich mit der Hand auf die Stirn. »Dort wäre es doch ein Sakrileg, Mauren in einen Walfisch zu stopfen und sie vor Gästen entblößt tanzen zu lassen! ... Wie schade, das war wohl die letzte Einhuldigungsfeier, die ich miterleben durfte!«

Die hohe Flügeltüre ging knarrend auf und Doña Maria, klein und kugelrund, schob sich herein. Als sie Margot beim Fenster erblickte, rollte sie schnaufend auf sie zu. »Madame, die Zeit drängt! In den nächsten Tagen habt Ihr die Ferntrauung und Doña Juana befindet sich bereits auf dem Weg in die Niederlande ...«

Margots Magen zog sich zusammen. Sobald Juana hier eingetroffen war, müsste sie abreisen.

»Ich muss Euch noch so viel beibringen!«, seufzte Doña Maria. »Solltet Ihr nicht gut vorbereitet sein, lade ich eine schwere Schuld auf mich. Ich würde Königin Isabellas Gunst verlieren!«

Margot legte sogleich ihren Arm um Marias Schulter. »Doña Maria, wir sind lernbegierig! Königin Isabellas Missfallen werden die Barmherzigen Schwestern schon weg beten!«

Maria wischte sich den Schweiß von der Stirn und nickte gottergeben. »Euer Spanisch ist zufriedenstellend. Wir widmen uns nun dem Zeremoniell! Wenn die Königin Euch zu sich ruft und ihr den Raum betretet, geht Ihr erst fünf Schritte in ihre Richtung und macht einen Knicks. Das wiederholt Ihr, bis Ihr vor ihr steht. Dann verneigt Ihr Euch und versucht, ihr die Hand zu küssen. Den Handkuss wird Doña Isabella allerdings zunächst verweigern. Ihr schickt Euch erneut zum Handkuss an, bis sie es schließlich zulässt. Entlässt sie Euch, so verlasst Ihr den Raum mit dem Rücken vorangehend, den Blick immer auf ihre Majestät gerichtet.«

Sie klatschte in die Hände. »Lasst uns dieses Zeremoniell üben!«

Maria nahm an der Fensterbank Platz. Margot und Aline huschten indes zur Flügeltür. Kichernd näherten sie sich Maria. Als Margot mit der Handkusszeremonie begann, verlor sie das Gleichgewicht und rutschte aus.

»Jetzt seht Ihr doch, dass diese Schritte geübt werden müssen! Das Verlassen des Raumes ist noch viel schwieriger wegen der Schleppe. Malt Euch doch die Schande aus, falls die Kronprinzessin in Gegenwart des Hofstaats auf ihr Hinterteil fiele!«

»Bestehen König Ferdinand und Don Juan ebenfalls auf dieser Ehrerbietung?«, feixte Margot.

»Nein, der König und der Kronprinz bevorzugen einen lässigeren Umgang.«

Maria wehte sich mit ihrem seidenen Fächer Luft ins Gesicht. »Zu meiner Zeit, damals im Feldlager vor Granada, war das alles nicht üblich. Seit dem Sieg über die Mauren ist Königin Isabella aber davon überzeugt, im Namen Gottes zu regieren, und dazu gehören Rituale.«

Margots Lippen zuckten. »Wird meine Ferntrauung

mit dem Gesandten ebenfalls nach diesem Ritual vollzogen?«

»Nein, seid unbesorgt. Hier gelten die burgundischen Sitten.«

Einige Wochen später kniete Margot neben dem spanischen Gesandten vor dem Hochaltar der Sankt Rombout Kirche. Vom Chor erklang ein lieblicher Gesang. Doch die Klänge entspannten Margot nicht. Ihr Mund war trocken. Sogleich würde sie mit dem Stellvertreter ihres Bräutigams vermählt werden.

Francisco de Rojas, ein hochgewachsener Edelmann mittleren Alters mit einem goldblonden Spitzbart, zwinkerte ihr zu und schnitt eine Grimasse wie ihr ehemaliger Zwerg. Im Nu ebbte ihre Anspannung ab und wich einem Glucksen, das sie nur schwer unterdrücken konnte.

Der Bischof von Cambrai trat vor das Brautpaar. Margot vermied den Augenkontakt mit dem Gesandten, wer weiß, was dann geschähe! Sie tauschten die Ringe und beschworen den Pakt aufs Evangelium. Unter den festlichen Klängen der Orgel verließen sie die Kirche und begaben sich zum Schloss.

Gesandte, Räte und Höflinge strömten in den Festsaal. Ein Lichtermeer aus Kerzen erhellte den Raum. Die Botschafter drängten sich um einen Sitzplatz in den vordersten Reihen. Nichts sollte ihnen entgehen. In der Heimat gierten die Menschen auf ihren Bericht. Sie blickten gespannt auf das prunkvolle Himmelbett am anderen Ende des Saals.

Endlich ertönten Fanfaren, und Margot, in eine

karmesinrote Robe gehüllt, begab sich zum Bett, umrahmt von Margarete von York und Jeanne von Hallewijn. Letztere entkleidete Margots linkes Bein und breitete die golddurchwirkte Decke über sie. Erneut erklangen Fanfaren. Francisco de Rojas trat ein. Er schritt auf das Himmelbett zu, verbeugte sich vor Margot und begann mit zittrigen Händen die Bänder an seinem rechten Beinkleid zu lösen. Die gebauschte Hose fiel auf den Boden und de Rojas stand, wie Gott ihn geschaffen hatte, vor den Gästen. Geistesgegenwärtig stellte sich Jeanne von Hallewijn vor ihn.

Margot schloss die Augen und sandte ein Stoßgebet zu den vierzehn Nothelfern: »Lasst den Unseligen schnell die Bänder finden!«

Im Saal reckten die Gäste die Hälse. Sie steckten die Köpfe zusammen und die Luft schwirrte von ihrem Getuschel. Da gab die Hofmeisterin den Blick auf das Brautpaar frei. Vor aller Augen legte de Rojas sein entblößtes Bein auf das von Margot.

Und wiederum schmetterten die Fanfaren. Die Ferntrauung war vollbracht.

Der Wind trieb den Regen in Böen vor sich her und das Wasser gurgelte von den Traufen, als Jeanne von Hallewijn an einem Novembermorgen in die Bibliothek flatterte. »Was für eine Blamage! Erzherzog Philipp jagt in Tirol, Madame Margarete ist unpässlich. Ihr, Madame, seid die Einzige, die mir helfen kann!«

Margot brütete über einem lateinischen Text, aber blickte sofort auf. »Was ist geschehen, Jeanne?«

»Die spanische Flotte ist schwer beschädigt in Arnemuiden gelandet. Und niemand von uns hat Doña Juana empfangen!«

Margot zuckte zusammen. Philipp hat nur sein eigenes Vergnügen im Kopf! Er hätte doch wenigstens Maßnahmen treffen können. Würde es ihr in Spanien ebenso ergehen? »Wisst Ihr, wo Doña Juana untergebracht ist?«

»In einem Bürgerhaus in Middelburg ...«

»Wir könnten den Herrn von Bergen ersuchen, sie und ihr Gefolge ins Schloss von Lier zu geleiten ... Ich werde meine Schwägerin unverzüglich dort aufsuchen!«

Jeanne nickte erleichtert.

»Ist Philipp verständigt? Ohne Bräutigam stehen wir ja schlecht da.«

»Die Boten sind schon nach Tirol unterwegs.«

Die Wagenräder knirschten, als Margots Kutsche im Hof des Schlosses von Lier anhielt. Sie blickte auf die Spitzbogenfenster und den eleganten Treppenaufgang. Die Unterkunft ist jedenfalls standesgemäß!

Sogleich spürte sie ein unangenehmes Kribbeln in ihren Eingeweiden. Würde sie die passenden Worte für Juana finden? Sollte sie es auf Spanisch versuchen? Wie könnte sie sich verhalten, falls Juana ihren Zorn an ihr ausließ?

Aline trat an Margot heran und flüsterte ihr zu: »Es ist alles nicht deine Schuld. Den Empfang muss Philipp verantworten. Sprich mit Juana von Frau zu Frau in ihrer Muttersprache.«

Eine ältere Dame schnaufte herbei und verbeugte

sich vor Margot. »Hoheit, Euch schickt der Himmel! Ich bin die Hofmeisterin hier, aber die spanischen Damen hören nicht auf mich. Hoffentlich gelingt es Euch, das Durcheinander zu beenden!«

Margot nickte stumm und gemeinsam stiegen sie die Treppe hinauf. Im Gang blieben sie stehen. Links vor ihnen reihten sich etwa acht in Schwarz gehüllte Gestalten. Die Erste entnahm einer Reisetruhe einen purpurroten Gegenstand, küsste ihn und reichte ihn weiter. Die Nächste tat das Gleiche. Margot gingen die Augen über. Ja, es war eine Robe und diese Vogelscheuchen waren Zofen, die das Ritual der fürstlichen Gegenstände ausführten. Doña Maria hatte sie nicht zum Narren gehalten! Neben ihr gluckste Aline und die Hofmeisterin feixte.

Vor der hohen Tür hielten zwei Hellebardiere die Wache. Als sie Margot erkannten, begrüßten sie sie mit einem Kopfnicken. Margot klopfte an und sogleich öffnete missmutig eine andere in Schwarz gekleidete Person einen Spalt der Tür. Mit ihrer scharfkantigen Nase erinnerte sie Margot an eine Krähe. Margot nannte ihren Namen. Die Krähe zögerte.

Eine gereizte Frauenstimme drang vom Zimmer zur Tür. »Elvira, lass meine Schwägerin doch herein! Ich bin schon gespannt, was sie mir mitzuteilen hat!«

Doña Elvira öffnete die Tür und deutete eine Reverenz an. Margot trat mit ihrer Begleitung ein. Das Zimmer lag im Halbdunkel. Margot suchte nach ihrer Schwägerin. Endlich hatte sie sie gefunden. An einem Pfosten des Himmelbetts lehnte eine zierliche Gestalt mit einem ebenmäßigen Gesicht, umrahmt von dunklem Haar. Sie trug nur ein Unterkleid. Wartete sie etwa auf die rote Robe?

Oh Gott, lass mich Worte finden, die die Wogen glätten, durchzuckte es Margot, als sie auf ihre Schwägerin zuging.

»Doña Juana, ich bedaure zutiefst unsere Versäumnisse bei Eurer Ankunft!«

Aus Juanas grünen Augen blitzte Verachtung. Sie würdigte Margot keiner Antwort. Margot musste schlucken und hob besänftigend eine Hand.

»Doña Juana, ich versuche nur, mich in Eure Lage hineinzudenken! Ihr habt auf Wunsch Eurer Eltern die Heimat verlassen, wart wochenlang den Tücken des Meeres ausgesetzt, nur um Euch zu meinem Bruder zu begeben. Ihr strandet erschöpft in einem fremden Land und niemand heißt Euch willkommen. Das ist eine Beleidigung ohnegleichen!«

Juana sah Margot recht in die Augen. Ihre Empörung war einem Staunen gewichen. Ihre Schwägerin sprach fließend kastilisch. Mit einem Nicken bedeutete sie Margot, fortzufahren.

»Aber nicht alles ist so, wie es scheint! … Euer Gatte vergnügt sich nicht auf Jagdgesellschaften. Er stimmt sich mit seinem Vater in Tirol politisch ab. Ich gebe zu, er hätte für Euer verfrühtes Eintreffen Anweisungen geben sollen. Lasst mich gutmachen, was versäumt ist!«

Ein Lächeln umspielte Juanas Lippen. Die demütigen Worte ihrer Schwägerin schmeichelten ihrem gekränkten Stolz.

»Doña Margarita, ich nehme Eure Entschuldigung an!«

Eine Welle der Erleichterung floss durch Margots Körper. Juana ergriff ihre Hand und umarmte sie.

Erhobenen Hauptes schritt Juana in ihrer purpurroten Robe am Abend in den Speisesaal. An ihrem schlanken Hals leuchtete ein Smaragd. Entzückt blickte sie auf die vielarmigen goldenen Leuchter und die kristallenen Pokale auf den Tischen. Ihre Schwägerin hat ihr Versprechen eingelöst. Endlich behandelte man sie als Prinzessin.

Lächelnd ging Margot auf sie zu. »Würde es Euch zusagen, mit mir hier«, sie wies auf das Podest, »die Mahlzeit einzunehmen? Unsere Begleiterinnen könnten an den Tischen darunter Platz nehmen.«

»Und ob es mir gefällt!«, schmunzelte Juana und raunte ihr auf Französisch zu: »Ihr befreit mich von Elviras Gezeter.«

»Mein Bruder wird Euch sicherlich von dieser Anstandsdame erlösen! ... Ihr sprecht ja Französisch, als wäre es Eure Muttersprache!«

Sie nahmen Platz und die Bediensteten trugen die ersten Gerichte auf. Margot erhob den mit Rotwein gefüllten Pokal. Ein Leuchten trat in ihre Augen: »Ich wünsche Euch alles Glück der Welt!« Sie zögerte, sollte sie ihr noch sagen, was sie dachte? Wäre es zu überschwänglich für eine kastilische Dame? Aber schon sprudelte es aus ihr heraus: »Ihr seid so elegant und anziehend, Doña Juana! Mein Bruder wird überwältigt sein. Man wird Euch als das attraktivste Fürstenpaar des Abendlandes feiern!«

Ein rätselhaftes Lächeln huschte über Juanas Gesicht, als sie ihren Kelch ergriff und Margots Wünsche erwiderte. Der Wein löste Juanas Zunge. »Wie schade, dass ich bald Eure Gesellschaft missen muss. Meine Landsleute reparieren schon die Flotte.«

Ein leichtes Zucken befiel Margots Mundwinkel, aber verebbte gleich wieder. »Könntet Ihr mir etwas über Euren Bruder erzählen?«

Juana verzog ihren sinnlichen Mund und dachte kurz nach. »Ach, was soll ich Euch sagen? Zugegeben, Juan ist kein Apollo! Vergesst die breiten Schultern und das kriegerische Gehabe.«

Als sie das Wechselspiel in Margots Miene sah, die Spannung und die Furcht, ergriff sie ihre Hand.

»Keine Angst, Juan ist nicht so abstoßend wie der Franzose! Die Vorsehung hat ihn leider nur mit einer unauffälligen Erscheinung ausgestattet.«

Margot heftete ihre Augen auf Juanas Gesicht.

»Ich würde meinen Bruder eher als einen gelehrten Fürsten bezeichnen. Und das Anziehende daran ist, er nimmt Frauen ernst. Mit ihm kann man über alles reden! Vielleicht hat ihn seine Krankheit ...«

Die Flügeltüren sprangen auf und Philipp stolzierte in Reisekleidung herein, geradeaus zum Podest. Stille fiel über den Saal. Philipps und Juanas Blicke kreuzten sich. Sie verschlangen einander mit den Augen, als wären sie allein im Raum.

6 Die Spanienreise

Winternebel stieg aus dem Kanal und verschluckte die Landschaft, als Margot aus dem Fenster der Kutsche sah. Bald würde ihr Hochzeitszug den Hafen von Vlissingen erreichen. Wie fürchtete sie sich doch vor dieser Seereise! Die letzten Wochen quälte sie immer derselbe Traum: Turmhohe Wogen rissen sie vom Schiff, während ein schuppiges Monster mit aufgerissenem Maul auf sie zustrebte. Gottlob erwachte sie dann!

Hätte ihr Vater den Frieden mit Frankreich nicht gebrochen, hätte sie über Land nach Spanien reisen können! Sie seufzte und warf einen Blick auf ihre Reisegefährtinnen. Sowohl Aline als die Gräfin von Bergen waren eingenickt.

Der Abschied von Philipp und Juana hatte sie enttäuscht. Wie sehr hatte sie gehofft, von ihrer Schwägerin mehr über ihren Bräutigam zu erfahren, vor allem über seine Krankheit. Juana speiste sie aber mit wenigen Worten ab: »Manchmal gerät er in Atemnot.« Sie fuhr sich mit der Zunge über die Lippen. »Aber seinen ehelichen Pflichten, Schwägerin, wird er nachkommen!« Juana starrte lüstern auf Philipps Schamkapsel. Dieser klopfte Margot auf die Schulter und umarmte sie. »Es wird schon klappen, Schwester!«, raunte er ihr ins Ohr. Und anzüglich lächelnd fügte er hinzu: »Vergiss aber bitte nicht die Interessen unseres Hauses!« Noch ein flüchtiger Blick und er wandte sich Juana zu.

Es war nicht zu übersehen: Die beiden wollten sie loswerden, um sich sogleich ins Schlafgemach zurückzuziehen. Etwas mehr Anteilnahme hätte sie doch erwartet!

Margot griff nach dem Aromaflakon, das an ihrem Gürtel hing, und sog den Melissenduft ein. Wie anders war doch der Abschied von ihrer Großmutter gewesen! Tränen traten Margarete in die Augen, als sie ihr sagte, dass sie sie vermissen werde. Täglich werde sie sie in ihre Gebete einschließen.

Ja, Hilfe von oben konnte sie gebrauchen! Sie schloss die Augen und besann sich auf Margaretes Worte: »Merke dir eines, mein Kind: Nichts ist dauerhaft! Unser Leben ist ein Wechselspiel von Licht und Schatten. Ich rate dir, verlasse dich auf deine eigene Kraft! Nur auf diese Weise kannst du die Stürme des Lebens bestehen.«

Zwei Wochen waren verstrichen, als Margot eines Tages mit Aline an der Reling des Flaggschiffs stand. Sie beobachteten eine Möwe, die aus ihren Knopfaugen nach unten blickte. Eine Brise wehte Margot eine Haarsträhne ins Gesicht.

»In ein oder zwei Tagen haben wir es geschafft!«, bemerkte Aline. »Dann hört das Geschaukel auf und wir schauen nicht mehr in diese endlosen Wellenberge!«

»Wären wir doch schon in Laredo!« Margot fuhr sich mit der Zunge über die Lippen, die nach Salz schmeckten, und blickte misstrauisch aufs Meer. »Hast du gehört, was der Admiral zu de Rojas gesagt hat? Die Bucht von Biskaya sei gefährlicher als der englische Kanal.«

Aline schlang ihren Arm um Margots Schulter. »Nimm doch nicht alles so schwer! Du musst nicht immer mit dem Schlimmsten rechnen! Als wir an der englischen Küste gestrandet sind, ist es zwar nicht angenehm gewesen, aber unser Leben ist nicht in Gefahr gewesen! Obendrein haben wir den englischen König kennengelernt.« Aline schnitt ein griesgrämiges Gesicht. Sie begaffte Margot von oben bis unten und zeigte ihre Zähne in Nachahmung eines Lächelns.

Kichernd hob Margot abwehrend die Hand. »Zum Glück ist dieser König verheiratet! Sonst hätte Vater, ohne mit der Wimper zu zucken, mich an ihn verschachert. Endlich hätte er sich seine Schulden vom Hals geschafft.«

»Es freut mich, Euch entspannt zu sehen, Mesdames!« De Rojas stand neben ihnen, ohne dass sie es bemerkt hatten. »Die Mahlzeit steht in Eurer Kajüte bereit!«

Speisen war an Bord eine angenehme Abwechslung! Sie eilten entlang der Kanonen und Masten mit den riesigen Segeln zum vergoldeten Aufbau am Heck. Ein Duft von gebratenem Fleisch und Zwiebeln empfing sie.

In der Nacht schreckte sie das Dröhnen der Sturmglocke aus dem Schlaf. Es polterte und knirschte. »Oh Gott, das Schiff fällt auseinander!«, schrie Margot mit heiserer Stimme. »Wir müssen an Deck, sonst ersaufen wir hier wie die Ratten!« Hilflos starrte sie zu Aline.

»Die Schuhe, Aline! ... Sie müssen unter das Bett gerollt sein.«

Aline kroch unter das Bett, tastete im Dunkel herum und holte sie endlich hervor. Rasch schlüpften sie hinein. Die Möbel ächzten und drohten, sich aus den Befestigungen zu lösen. In Windeseile packte Aline die pelzgefütterten Mäntel und warf einen Margot über. »Hinaus jetzt!«, krächzte sie.

Ein Hämmern gegen die Kajütentür. »Mesdames?« Es war Francisco de Rojas, der ihnen auf das mittlere Deck half. Dort kauerten bereits einige Ehrendamen auf dem Boden und umklammerten Taue, die mit Eisenringen am Deck befestigt waren. Einige übergaben sich in Näpfe. Mit bebenden Stimmen flehten sie die Muttergottes um Hilfe an.

Margot und ihre Begleitung kauerten sich ebenfalls nieder. Luft und Wasser waren in Aufruhr. Auch sie murmelten verzweifelt Gebete.

Das Heulen des Sturms übertönte die Gebete und peitschte Wogenberge heran, die mit Getöse an den Bordwänden zerschellten. Der Admiral bellte Kommandos. Sie konnten nur einige Wortfetzen auffangen: »Mittelmast tief setzen ...« Matrosen klommen in die schwankenden Masten und machten sich an den Segeln zu schaffen.

Margot zitterte und krallte sich am Seil fest. De Rojas kroch entlang der Leine zu ihr und band ihr einen Beutel aus Wachstuch um das Handgelenk. Angstschweiß stand ihm auf der Stirn. Mit einem Seitenblick sah sie Alines schreckerfülltes Gesicht.

Der Beutel war schwer und drückte auf ihr Handgelenk. Er enthielt Münzen. Wofür? Margot fühlte, wie sich ihr Hals zuschnürte: »Wir wissen weder Zeit noch Stunde, heut noch rot, morgen tot!«

Ein Wogenberg packte das Schiff und riss es nach oben. Für einige Augenblicke schien es zu fliegen. Margots Herzschlag stockte. Oh Gott, sie war erst siebzehn Jahre alt und wollte noch nicht sterben!

Der Bug stürzte fast senkrecht in den Abgrund der Fluten. Gleich stünden sie vor dem Tor der Ewigkeit!

Mit einem markerschütternden Knall schlug die Karacke auf dem Wasser auf. Margot musste sich übergeben.

Schon stürmten erneut Wogenmassen heran und schleuderten das Schiff in die Höhe. Und wiederum dieses Krachen beim Aufprallen.

»Oh Gott, wenn ich sterben muss, lasst es rasch geschehen!«, betete Margot.

Schreie des Entsetzens vom Bug her: »Bretter schwimmen auf dem Wasser, Karavellen sind gekentert!«

Der Sturm tobte und schleuderte die Karacke über die Wassermassen. Margot war durchnässt und schlotterte vor Kälte. Die Planken waren überflutet und es stank nach Algen und Fischen. Mit dem Mut der Verzweiflung schmiedete sie einen Reim: »Hier ruht Margot, die junge Frau, die zweimal gar getraut und dennoch Jungfrau war.«

Langsam flaute der Sturm ab. Am Horizont erschien ein Silberstreifen, der sich immer weiter ausbreitete und den neuen Tag ankündigte. Gott hatte sie errettet!

Als die Sonne glutrot leuchtend aus dem Meer auftauchte und das Firmament mit einem rosigen Schimmer überzog, packte Margot eine unbändige Lebenslust. Den holprigen Vers, den sie in der Nacht bedacht hatte, den konnte sie vergessen. Sie knüpfte den Beutel mit den Münzen von ihrem Handgelenk. Gott wollte, dass sie lebte! An Land erwartete sie ihr Bräutigam!

Im Schloss in Burgos eilte König Fernando die Treppe hinauf. Um diese Stunde träfe er seinen Sohn am ehesten in der Bibliothek an. Der Wachsoldat öffnete dem König die Tür und siehe da, Juan brütete über einer Seekarte im Licht der Morgensonne.

Wie verschieden sie doch beide waren. Ihn lockten noch immer kriegerische Abenteuer. Sein Sohn dagegen war umsichtig und hasste Feldzüge. Sollte Juan nicht vorzeitig seiner Krankheit erliegen, über Fernandos Stirn zog eine Sorgenfalte, würde er dieses Land besonnen regieren und die Wunden der Kriege heilen.

»Juan!« Don Fernando berührte seinen Arm. »Hör zu, vergiss die Seereisen, wir müssen in aller Eile in Richtung Santander reiten!«

Juan wandte sein bleiches Gesicht seinem Vater zu. Es war von Unruhe gezeichnet.

»Deine Braut ist angekommen!«

Die Züge des Kronprinzen entspannten sich.

»Niemand hat sie dort empfangen. Unsere Leute haben in Laredo gewartet. Wir müssen das wiedergutmachen, mein Sohn!«

»Die Granden haben sich doch nach Santander begeben?«

»Ja, aber verspätet! Hier, lies den Bericht des Herrn von Mendoza.«

Während Juan das Schreiben überflog, verfärbten sich seine Wangen. Seine Braut soll anziehend und liebenswert sein, berichtete Mendoza. Juans Augen begonnen zu leuchten. Ein vielsagendes Lächeln huschte über Don Fernandos Gesicht, als er Juan durch die Haare wuschelte. »Und nun in die Reitkleidung, mein Sohn! Wir reiten deiner Braut entgegen!«

Der Herr von Mendoza wies auf die kantabrische Gebirgskette. Die Zacken der Berge ragten wie drohende Zähne in den frostigen Winterhimmel auf. »Madame, Ihr solltet Euch warm ankleiden. Der Weg nach Burgos führt über diese Berge.«

»Ich danke Euch für den Hinweis!«

Als Margot sich umdrehte, blickte sie direkt in Alines aschfahles Gesicht. »Aber Aline, du wirst doch jetzt nicht den Mut verlieren!«

»Du kennst ja meine Angst vor Abgründen!«

Margot umfasste Alines Hand, die eiskalt war. Sogleich wandte sie sich an de Rojas. »Was meint Ihr, könnte Doña Aline in einer geschlossenen Sänfte reisen?«

De Rojas ließ seine Finger durch den Spitzbart gleiten und dachte nach. »Wenn Ihr das wünscht, kann ich es veranlassen. Aber das Geschaukel könnte Euch, Madame Aline, an die Gefahren der See erinnern. Am sichersten ist ein Maultier mit einem

Knecht. Guckt nicht in die Abgründe, oder wenn Euch das nicht gelingt, bedeckt Euer Gesicht wie eine Haremsfrau.«

»Macht Euch nur lustig über mich, Don Francisco!«, zischte Aline.

»Das war nicht meine Absicht!«, murmelte de Rojas und starrte sie verdattert an.

»Aline, der Vorschlag mit dem Reitknecht ist doch vortrefflich! Ich werde voranreiten und du folgst mit deinem Begleiter gleich hinter mir. Dann kann ich dich trösten, wenn es dir schlecht geht!«

Eine Karawane von Maultieren schleppte unterdessen die Truhen mit den flandrischen Tapisserien, Gewändern und Juwelen über die holprigen Pfade. Mit Schaum vor den Mäulern rollten Ochsengespanne Margots Prunkkarosse entlang der senkrecht herabfallenden Schluchten. Ein eisiger Wind fegte über alle hinweg. Margot sah sich nach Aline um. Ihre Freundin saß mit geschlossenen Augen verkrampft auf dem Maultier. An ihrem Handgelenk baumelte ein Rosenkranz.

Sieh mal an, in der Not verlässt sich Aline doch eher auf die Muttergottes als auf die Philosophen, staunte Margot.

Nachdem sie den Sattel erreicht hatten, begann der noch mühsamere Abstieg. Die Kälte drang allen durch Mark und Bein. Margot schob ihre Kapuze tiefer ins Gesicht und biss die Zähne zusammen.

Nach einer Stunde weitete sich der Pfad und rings um sie erstreckte sich ein braungraues Land. So weit das Auge reichte, war es flach. Die Meseta!

Aline lenkte ihr Maultier zu Margot und schaute sich um. »Gottlob, keine Schluchten mehr! Ohne den Reitknecht hätte ich es nicht geschafft.«

Margot lächelte ihr zu. »Das Ärgste hast du überstanden! Der Weg nach Burgos ist nicht so steil!«

Aline atmete erleichtert auf. Die Knechte halfen ihnen aus den Sätteln und die beiden reckten ihre Glieder. Gebannt betrachteten sie die Meseta, die die Sonnenstrahlen in ein rötliches Licht tauchten.

»Die Felsblöcke dort ...«, Aline wies mit dem Finger auf eine Vielzahl von Klötzen, die das Land übersäten.

»Die sehen ja wie Skulpturen aus, die ein Künstler auf gut Glück verteilt hat!«, staunte Margot.

Fasziniert blickten sie auf die Felsen, deren Schatten immer länger wurden, bis sie sich auflösten in diesem rätselhaften Licht.

Don Fernando ritt mit seiner Eskorte im leichten Trab über die Hochebene. Schon drei Tage waren sie unterwegs und hatten den Hochzeitszug noch immer nicht gesichtet. Ärger stieg in ihm auf. Wenn nur Mendoza nicht von der vereinbarten Strecke abgewichen ist! Er umklammerte fester die Zügel und blickte in die Landschaft. Erstaunt schüttelte er den Kopf. »Na endlich, da sind sie!«, rief er seinem Sohn zu und wies auf die Wimpel, die in der Ferne unter dem blassblauen Morgenhimmel flatterten.

In Juans Gesicht spiegelten sich widerstreitende Gefühle. Mendoza könnte übertrieben haben, als er die Erscheinung seiner Braut in den höchsten Tönen lobte. Was würde er machen, wenn sich die bezaubernde Braut als eine stämmige, flämische Stute entpuppte? Er rümpfte die Nase.

Die Morgensonne ergoss ihren safrangelben Glanz über die Hochebene, als Margot aus der Herberge trat, in der sie übernachtet hatte. De Rojas half ihr aufs Pferd. Sie dankte ihm mit einem kurzen Nicken.

»Was für eine Laus ist ihr doch heute über die Leber gelaufen?«, wunderte er sich. Er wollte etwas sagen, verbeugte sich dann aber wortlos.

Die bevorstehende Heirat nagte an Margot. In der vergangenen Nacht hatte sie lange wach gelegen und über ihren Bräutigam gerätselt. Was wäre, wenn Juan insgeheim eine Geliebte hätte? Dieser Gedanke ließ sie auch am Morgen nicht los. Eine Welle von Selbstmitleid überrollte sie. Sie wäre zur Gebärerin herabgestuft und dem Gespött der Höflinge ausgesetzt.

Der Tross setzte sich in Bewegung. Margot gab ihrer Stute die Sporen. Oh Gott, lasse diese Mätresse nur eine Luftspiegelung der Meseta sein! Sie schloss die Augen und drängte das Bild der Geliebten fort. Es gelang ihr, die Vernunft über die Gefühle siegen zu lassen.

Hufe stampften, Staub wirbelte auf aus der entgegengesetzten Richtung. Margot wandte sich fragend an Mendoza.

»Eine Überraschung, Hoheit! Wenn Ihr mich fragt, konnte Euer Bräutigam Eure Ankunft nicht mehr erwarten.«

Sie brachten ihre Pferde zum Stillstand. Margot

griff sich fahrig ins Gesicht. Zum Glück hatte Aline ihr in der Früh die Haare gewaschen und sie aufgekämmt. Was für ein Zufall, dass sie die lindgrüne Reitrobe gewählt hatte. Diese Farbe betonte ihr Haar und ihren Teint. Das Mieder saß ausgezeichnet und die Stiefel waren nicht zu derb. Der erste Eindruck war ja immer entscheidend!

Zwei Reiter lösten sich aus der Kolonne und näherten sich ihnen. Margots Hände wurden feucht und sie umklammerte die Zügel. Kein Grund zur Angst, die Seereise war viel ärger, munterte sie sich auf. Atme durch und lächle!

Ein älterer Mann mit pechschwarzem Haar und schiefen Zähnen hielt an und schwang sich vom Pferd. Er musterte Margot. Im Licht der Sonne floss das lange Haar wie Gold über ihre Schultern. Ein zufriedenes Lächeln umspielte seine Lippen.

Don Fernando, schoss es Margot durch den Kopf. Sie sah sich nach einem Reitknecht um. Aber da half ihr schon der König beim Absteigen. Er gab ihr einen Kuss auf beide Wangen. »Willkommen Doña Margarita! Ihr seht bezaubernd aus!«

Wie angewurzelt blieb ein zartgliedriger Mann vor ihr stehen. Das kupferrote Haar fiel ihm über die Schultern. Sein hervorstehender Kiefer erinnerte Margot an ihren Vater. War das das Erbe der portugiesischen Verwandten?

Juan sah sie an und konnte sein Glück nicht fassen. Er wollte sie soeben küssen, da brach ein Orkan von Trompeten und Pauken los. Margot verzog das Gesicht. Juan rieb sich die Schläfen, als wollte er Kopfschmerzen vertreiben. Margots Ärger verwandelte sich in schallendes Gelächter. Das Eis war gebrochen. Von nun an wich Juan nicht mehr von ihrer Seite und verschlang seine Braut mit sehnsüchtigen Blicken.

Im kraftvollen Purpur der Abenddämmerung erreichte der Hochzeitszug nach einigen Tagen Burgos. Der Schein unzähliger Fackeln erhellte die gewaltigen Mauern und Türme der Stadt. In dem unwirklichen Licht flogen Aline düstere Gedanken zu. Dürfte sie als französische Bastardin weiterhin bei Margot leben? Würde ihre Freundschaft andauern? Wie leichtsinnig sie doch war, nicht schon früher darüber nachzudenken! Eine Weile saß sie grübelnd in der Sänfte, bis ihr der Leitspruch ihrer Halbschwester einfiel: »Vergälle dir nicht das Leben mit Gedanken über Dinge, die dir zustoßen könnten. Selten trifft etwas ein, das deinen düsteren Vorstellungen entspricht.« Aline riss sich zusammen und beschloss, den Einzug zu genießen.

An nichts war gespart worden: Teppiche, Girlanden aus Palmblättern und exotische Blumen schmückten den Weg. Der Duft von Jasmin und Flieder tränkte die Luft und beruhigte Alines Gemüt.

Trommeln wirbelten, Trompeten schmetterten, die Pferde scheuten und schlingerten die Sänfte hin und her.

»Heilige Muttergottes stehe uns bei!«, krächzte es neben Aline. Anna von Bergen war kreidebleich und wähnte sich wiederum auf hoher See.

»Keine Angst meine Damen, wir haben die Pferde

gleich in unserer Gewalt«, schrie ihnen grinsend ein Knecht zu.

Aline ergriff Annas Hand. »Anna, je herzlicher es die Spanier meinen, umso lauter werden sie! Das hat uns Doña Maria eingedrillt. Unsere niederländischen Zelter werden sich eben daran gewöhnen müssen.«

Erneut ein Krachen, Poltern und Geklirr. Diesmal ebenso schrill wie die Trompeten. Der Festzug hielt abrupt an und die Fanfaren verstummten. Jetzt bekam Aline es mit der Angst zu tun. Es wird doch Margot nichts zugestoßen sein?

Nach einer Weile kam ein Gardist angestürmt. »Rösser haben ein Schaugerüst mit lebenden Bildern gerammt. Leute sind heruntergefallen und zertrampelt worden. Der Weg ist versperrt. Wir müssen warten.«

Als er die angsterfüllten Blicke der Damen sah, fügte er hinzu: »Don Juan und Doña Margarita haben nichts gemerkt. Hört ihr dort da vorne den Gesang?«

Aline spitzte die Ohren und vernahm verschwommen die Stimmen eines Chors.

»Das Brautpaar zieht im Palast ein, meine Damen!«

Nach einer Weile erreichten sie ein Tor mit einem steinernen Wappen, das zwei verknotete Seile darstellte.

»Seit der unseligen Seereise kann ich Seile nicht mehr ausstehen«, raunte Anna Aline zu.

»La Casa del Cordón«, bellte ein Gardist.

Sie entstiegen der Sänfte und blieben wie geblendet

am Eingang stehen. Hunderte Fackeln und Kerzen erleuchteten einen Innenhof mit Galerien. Sie traten ein. Es duftete nach Rosen. Zwischen zwei prunkvollen Aufgängen stand ein in Gold und Rot ausgelegtes Podest. Margot saß dort inmitten der königlichen Familie. Sie strahlte.

»Die Ehrendamen, bitte!«, rief der Zeremonienmeister.

Alines Magen verkrampfte sich. Sie verbarg ihre feuchten Hände im Samtrock. Gleich würde die Bastardin vor der berühmten Königin knien.

Der Zeremonienmeister rief ihren Namen auf und Aline stieg auf das Podest. Sie fiel auf die Knie und suchte nach Isabellas Hand.

»Lasst das sein, Doña Aline!«, hörte sie eine melodiöse Stimme sagen. »Seht mich doch an und steht auf! Was für einen Unsinn hat Euch da Doña Maria beigebracht!«

Aline blickte auf ein aufgedunsenes Gesicht ohne sichtbares Kinn. Grüne Augen sahen sie freundlich an. »Doña Aline, es freut mich, Euch kennenzulernen!« Ein Lächeln umspielte Isabellas Mundwinkel. »Ihr werdet meiner Schwiegertochter doch weiterhin dienen?«

Aline nickte bejahend. Ein Stein fiel ihr vom Herzen.

»Was Euren Wissensdurst betrifft, könnt Ihr ihn in unseren Bibliotheken stillen. Ich schätze gelehrte Frauen!«

7 Flitterwochen

Im Festsaal der Casa del Cordón schwirrte die Luft von Stimmen und Gelächter. Rhythmische Paukenschläge und Flötenklänge untermalten das ausgelassene Treiben. Die Kerzen in den Leuchtern auf der Tafel warfen ihren warmen Schimmer auf die weiß gekalkten Wände. Eine zentnerschwere Last fiel von Königin Isabellas Herzen, als sie sah, wie Juan seinen Arm zärtlich um Margot schlug und sie auf die Tanzfläche führte. Nie zuvor hat sie ihren Sohn so beschwingt gesehen!

Es ging gegen Mitternacht und Isabella erhob sich. Möge die Jugend sich noch vergnügen, übermorgen beginnt die Fastenzeit! Don Fernando stand ebenfalls auf, strich sein Wams glatt und reichte seiner Gattin galant den Arm. In Eintracht gingen sie zur Kanzlei. Isabella setzte sich hinter ihren Schreibtisch und entnahm einem Aktenstapel ein Schriftstück.

»Ist auch etwas für mich dabei?«, erkundigte sich Fernando.

Ohne aufzublicken, wies Isabella mit ihrer linken Hand auf einen kleineren Stapel. »Ja, diese Dokumente müssen wir beide unterzeichnen!«

Fernando ließ sich im gepolsterten Stuhl vor dem Schreibtisch nieder. Belustigt betrachtete er seine Gattin. Feiern und Genießen waren ihr fremd! Isabella ließ sich nur allzu gerne von ihrem Beichtvater leiten, im Glauben, er wäre ein Abgesandter des Himmels. Er, ihr Gatte, durfte nur das Bett mit ihr teilen, um Kinder zu zeugen. Lust – um Himmels willen, nein!

Fernando seufzte unwillkürlich und legte ein Bein auf das andere. Da war es doch unvermeidlich, dass er anderswo seine Bedürfnisse stillte. Obwohl seine Seitensprünge Isabella zur Weißglut brachten, nahm sie die männlichen Bastarde doch bei Hof auf. Sie konnten ja später nützlich sein als Gesandte oder Bischöfe. Weshalb folgte Isabella nur so unabdingbar der Pflicht? Unnatürlich! Fernando strich sich mit der Hand über die Stirn und lehnte sich zurück im Stuhl. Isabellas Gänsekiel fuhr kratzend über die Schriftstücke.

Die Ehe mit ihr hatte sich aber letzten Endes gelohnt. Sie beide hatten davon geträumt, die Mauren zu vertreiben und Spanien zu vereinigen. Nach jahrelangem Ringen war es vollbracht. Ein zufriedenes Lächeln huschte über Fernandos Gesicht.

Isabella legte die Dokumente beiseite und strahlte ihren Gatten an. »Diesmal hat Maximilian sein Wort gehalten, meinst du nicht?«

»Ja, dieses eine Mal hat er uns nicht geprellt! Seine Tochter strotzt vor Gesundheit und ist nebenbei charmant und klug!«

»Du hast noch etwas vergessen! Unser Engel ist bis über beide Ohren in sie verliebt. Ich habe …«

Ein Klopfen an der Tür ließ Isabella innehalten.

»Tretet ein!«, rief Don Fernando.

Die Tür ging auf und Juan stürzte mit erhitztem Gesicht herein. »Entschuldigt die späte Stunde, aber ich muss Euch sprechen!«

Don Fernando wies mit der Hand auf den Stuhl neben ihm. Juans Hände umfassten fahrig die Armlehnen.

»Würdest du uns mitteilen, was so dringend ist?«

Juan räusperte sich. »Margot und ich möchten morgen heiraten, um einander in der Karwoche besser kennenzulernen!«

Nun war es heraus! Juans Blick wanderte von seinem Vater zu seiner Mutter. Der Vater lächelte milde, aber die Miene der Mutter war eisig.

»Was hast du dir dabei gedacht, Juan? Die Karwoche ist eine Woche der Enthaltsamkeit und des Gebets.«

Juan hatte zwar damit gerechnet, dass Isabella nicht gleich zustimmte, aber mit so viel Kälte war sie ihm noch nie begegnet. Meistens brauchte er ihr nur in die Augen zu sehen, sie anzulächeln, und schon hatte er sie umgarnt. Er atmete tief durch und setzte ein gewinnendes Lächeln auf. »Mutter, Eure Einwände sind zweifelsohne stichhaltig. Aber wie wäre es mit einem Dispens? Papst Alexander hat Familiensinn und würde die Freistellung sicherlich im Nachhinein bestätigen.«

»Sprich mir nicht von diesem gottlosen Menschen!«, schnaubte Isabella.

Juan blickte hilfesuchend zu seinem Vater. Don Fernando feixte und zwinkerte ihm zu. Er hob beschwichtigend die Hände und wiegte nachdenklich den Kopf. »Isabella, mit einem Dispens lässt sich Juans Problem aus der Welt schaffen. Warum sollten wir ihm nicht seinen Herzenswunsch erfüllen? Wir wünschen uns doch beide so schnell wie möglich Enkelkinder!«

»Aber nicht in der Fastenzeit!«

Juans Blick ruhte auf Don Fernando, flog verstohlen zu seiner Mutter und rasch wieder zurück.

»Isabelita, unser Heiliger Vater fastet wahrscheinlich nie, es sei denn, er hat sich bei einem Gelage den Magen verdorben.«

»Eben deshalb müssen wir mit gutem Beispiel vorangehen, Fernando!«

Juan musste schlucken. »Mutter, um Euer Gewissen zu beruhigen, Erzbischof Cisneros hat keine Bedenken, mich aufgrund eines Dispenses morgen zu trauen.«

Don Fernando blinzelte überrascht. Sieh mal an, das Bürschchen ist gerissen! Er kennt Isabellas Hang nach geistlichem Beistand und spielt Cisneros als Trumpf aus. Das hat er von mir!

Für einen Moment spiegelten sich in Isabellas Gesicht widerstreitende Gefühle. Sie zögerte. Sie sah Juan mit gespielt strenger Miene an. »Wenn Erzbischof Cisneros dieser Meinung ist, darfst du morgen heiraten. Ihr verbringt aber die Woche abgeschieden im Palast.«

Juans Gesicht begann zu strahlen, so breit, als hätte Isabella Fensterläden in seinem Inneren aufgeschlossen. Die Freude wirkte ansteckend. Lächelnd fügte die Königin hinzu: »Aber am Ostermontag gebt Ihr Euch vor aller Welt das Jawort!«

»Eine Woche«, murmelte Isabella kopfschüttelnd, nachdem Juan die Kanzlei verlassen hatte.

»Die Jugend, meine Liebe, ist hitzig!«, schmunzelte Don Fernando.

»Ach was, dummes Zeug!«, antwortete Isabella.

Es war schon gegen Mitternacht, als Aline Margot beim Auskleiden half. Margots Wange prickelte noch von dem zarten Kuss, den ihr Juan gegeben hatte, nachdem er ihr mitgeteilt hatte, dass sie am nächsten Tag heirateten. Der Ton seiner Stimme, seine Augen und seine Berührung brachten in ihr eine Saite zum Klingen, von der sie nicht wusste, dass sie bestand.

Ihr Blick fiel auf das mit blauem Samt ausgestattete Himmelbett. Am kommenden Abend wollte Juan mit ihr das Bett teilen. Fragen über den Beischlaf wirbelten ihr durch den Kopf, aber sie kannte niemanden, der sie beantworten konnte. »Margot, drehe dich bitte um, ich möchte dir das Haar kämmen!« Aline strich ihr sanft über die Wange und lächelte ihr aufmunternd zu. »Ja, du träumst nicht, es stimmt: Juan betet dich an! Die Könige haben dich mit offenen Armen empfangen! Entspanne dich und lasse alles ruhig auf dich zukommen!«

Ein Klopfen ließ die beiden aufhorchen. Aline eilte zur Tür. Juans Hofmeisterin trat ein. Schnaufend setzte Juana de la Torre eine kostbare Vase mit roten Rosen auf den Tisch. Der Blütenduft stieg Margot sogleich in die Nase.

»Entschuldigt die späte Störung, Doña Margarita! Don Juan wünscht Euch nochmals eine gute Nacht! Möge der Duft der Rosen Euch sanft in den Schlaf wiegen!«

Juans rechte Hand trommelte auf der Armlehne des Stuhls, als Juana de la Torre am Nachmittag vor der Trauung sein Gemach betrat.

Sie schob die schweren Samtvorhänge zur Seite, sodass Licht durch das Fenster hereinfiel. Staubkörnchen tanzten im Raum. Sie musterte den Kronprinzen. »Juanito, entspanne dich, in drei Stunden stehst du mit deiner Braut vor dem Altar!«

»Aya mia, ich weiß nicht, was in mich gefahren ist, aber ich habe Angst, dass ich wiederum Blut spucke! Was geschieht mit Margot, wenn ich sterbe?«

»Was passiert mit uns, wenn die Sonne herunterfällt?« Juana sah Juan in die Augen und streichelte ihm zärtlich über die Haare. »Die schwere Krankheit hast du überstanden! Lasse das Grübeln sein!« Sie eilte zur Kommode und ergriff einen Becher. »Trinke diesen Kräuteraufguss, er wird dich beruhigen!« Sie zwinkerte ihm aufmunternd zu. »Ich komme soeben von einer Dame, der es ähnlich ergeht. Rastlos ist sie in ihrem Gemach auf und ab gelaufen, bis ich ihr dieses Getränk verabreicht habe.«

Juan verschluckte sich beinahe. »Erzähle, was macht Margot soeben?«

»Juanito, sie nimmt ein Bad in Jasmin-, Oleander- und Rosenessenzen.«

Bei der Vorstellung an seine Braut verfärbten sich Juans bleiche Wangen. Ein angenehmes Kribbeln durchströmte ihn und seine Augen begannen zu leuchten. Die trüben Gedanken flogen wie Schwalben davon.

Als Margot am frühen Abend nach der Trauung ihr Gemach betrat, entfuhr ihr ein überraschter Laut. Lilienblätter bedeckten den Boden und auf dem Bett lagen Jasminblüten verstreut, die einen betörenden Duft verströmten. Die Flammen der Wachskerzen auf den goldenen Kandelabern tauchten den Raum in ein weiches Licht.

Seltsam entspannt lächelte sie Aline zu, die sich an den Schnüren ihres Mieders zu schaffen machte. »Ich fühle mich so leicht wie eine Feder, Aline. Alle Sorgen und Ängste sind verflogen!«

»Ich auch«, kicherte Aline. »Was Juana wohl in dieses Getränk gemischt hat?«

Sie zog Margot ein Nachthemd aus hauchdünner Seide über und forderte sie auf, am Stuhl vor dem Toilettentisch Platz zu nehmen. Während sie Margots Haare löste und aufkämmte, summte sie ein Lied. Ihre Blicke kreuzten sich im Spiegel. Alines Gesicht war voll Zuversicht.

Kaum hatte ihre Freundin das Gemach verlassen, trat Juan ein. Er trug Nachtkleidung. Ein Beben durchfuhr Margot, als er vor ihr stand. Sie lächelten einander scheu an. Juan ergriff Margots Hände und führte sie an die Stelle, an der sein Herz pochte. Er flüsterte ihr zu: »Du scheinst in einem goldenen Licht zu wandeln! Wenn ich dich ansehe, ist mir, als tanzten Himmel und Erde mit mir!«

Margot schloss die Augen und wollte, dass dieser Moment niemals endete. Könnte sie ihn doch einfangen und für immer festhalten!

Juan legte zärtlich die Arme um sie. Sanft, doch

drängend, presste er seinen Mund auf ihre Lippen. Er umfasste ihre Taille und führte sie zum Bett. Seine zurückhaltende Leidenschaft verwandelte sich in heftiges Begehren. Margot erglühte unter seinen Berührungen. Heiße, nie gekannte Schauer flossen durch ihren Körper und trugen sie hinweg.

Die nächsten Tage verbrachten sie im Schlafgemach. Sie hatten nur Augen und Ohren füreinander.

Der Trubel der Hochzeitsfeierlichkeiten war nach vier Wochen endlich verklungen. Wiederum winkte eine Zeit des ungestörten Zusammenseins. Über den Reisezug wölbte sich eine Kuppel aus strahlendem Blau. Es roch nach Frühling. Margot ritt vergnügt neben Juan. Die Feiern und Huldigungen hatte sie in vollen Zügen genossen. Überall stand sie im Mittelpunkt. Frauen drängten sich zu ihr, um einen Zipfel ihrer Robe zu berühren, als ginge ein himmlischer Segen von ihr aus.

Ein Lächeln schlich sich auf Juans Gesicht, als er Margots rosiges Antlitz in der Morgensonne betrachtete. Ohne sie hätte er die wochenlangen Festmähler, Turniere und das lärmende Treiben des Volkes nicht ertragen! Margots immerwährendes Lächeln hatte die Gemüter seiner Landsleute aufgehellt, was seinem Hause nur zugutekommen konnte.

Vor ihm schlängelte sich der Duero durch die bewaldete Hügellandschaft. Er sog den würzigen Duft der Pinien ein. Bald würden sie sein geliebtes Almazán erreichen. Dort konnten sie sich ungestört dem

Feuer ihrer Liebe überlassen. Ein Hochgefühl breitete sich in ihm aus.

Aline wandelte durch die düsteren Korridore der Burg von Almazán. Seit ihrer Ankunft hatte sie nichts zu tun. Margot und Juan verließen kaum das Schlafgemach. Nur Juana de la Torre hatte Zugang zu ihnen. Dass Margot sie ganz und gar nicht beachtete, kränkte sie.

Unschlüssig hielt sie vor der Tür der Bibliothek inne und trat dann ein. Wie angewurzelt blieb sie stehen. Margot und Juan standen am Tisch in der Mitte des Saales über ein Stück Pergament gebeugt. Sie wollte sogleich den Raum verlassen, da sahen die beiden sie und riefen ihr zu: »Aline, komm doch zu uns und sieh dir Admiral Kolumbus' neu erworbene Länder an!«

»Ich freue mich, dich zu sehen!«, sagte Margot lächelnd und ergriff ihre Hand.

Alines Gesicht erhellte sich. Auf dem Pergament waren Erdteile und Inseln kunstvoll zwischen schäumenden Meeren abgebildet. Farbenprächtige Pflanzen und fremdartige Lebewesen besiedelten die Länder. Aline gingen die Augen über. Sie sah zum ersten Mal eine Erdkarte.

Juan strahlte sie an: »Diese Karte hat mir der Admiral geschenkt. Sie wurde in Genua eigens für mich angefertigt.«

Margots Stirn kräuselte sich. Man konnte ihr ansehen, wie es dahinter arbeitete. »Aber wie ist es möglich, dass Kolumbus sich so weit ins Meer hinausgewagt hat und nicht am Rand der Erdscheibe in den Abgrund gestürzt ist? Da muss ihn eine Schar Schutzengel begleitet haben!«

Juan schlang den Arm um Margot und gab ihr einen Kuss auf die Wange. »Mi amor, unsere Erde ist keine Scheibe, die das Wasser umspült. Das hat man früher gedacht. Die Erde ist ein Ball! Kolumbus hat es nachgewiesen! Alles, was bewohnbar ist, erhebt sich aus dem Wasser. Das Wasser ist niedriger als das Land und darum ist Kolumbus wohlbehalten zurückgekehrt ... Könnte ich doch einmal mit ihm reisen!«

Margot zuckte zusammen. Sie schloss die Augen und drängte das Bild der wirbelnden Wassermassen fort. Nein, ihre Schwiegereltern ließen niemals zu, dass sich Juan den Gefahren des Meeres aussetzte. Das war ein Jungentraum!

Aline hatte das Kinn in die Hand gestützt und dachte laut nach: »Wie kann es sein, dass alles, was sich auf der Unterseite der Erdkugel befindet, nicht in den Abgrund stürzt?

»Aline, diese Frage hat mich ebenfalls bewegt.« Juan warf ihr einen anerkennenden Blick zu. »Aber kein Gelehrter konnte dieses Rätsel lösen. Es bleibt ein Geheimnis Gottes!« Er rollte die Erdkarte ein und verstaute sie in einem goldbrokatenen Behälter.

»Lasst uns ein wenig über die Zukunft philosophieren!« Juan wies auf die Stühle, die um den Beratungstisch standen. Margot nahm an seiner Seite Platz und Aline ihnen gegenüber.

Juan räusperte sich: »Vor einigen Jahren haben

mich schwere Zweifel geplagt, ob ich mich zum Herrscher eigne.«

Margot blickte ihn mitfühlend an und fasste nach seiner Hand.

»Alles hat sich in mir gesträubt, in die Fußstapfen meiner Eltern zu treten. Menschen in Kriege zu jagen und zwischen lodernden Scheiterhaufen zu regieren!« Er hüstelte, holte ein Tuch hervor und wischte sich eine Schweißperle von der Stirn.

»Der Zufall hat es gewollt, dass mir Padre Martír die Abhandlung eines italienischen Philosophen zu lesen gegeben hat. Dieser Text hat meine Seele befreit!« Ein Leuchten trat in seine Augen.

»Gott sagt darin zu Adam, dass er ihn mitten in die Welt gesetzt habe, um alles leichter zu überschauen. Er habe ihn weder ganz sterblich noch unsterblich geschaffen, sodass er sein eigener Bildhauer sein könne. Es läge einzig und allein an ihm, ob er zu einem Tier entarten oder den Weg der Erkenntnis einschlagen wolle.«

Aline war fasziniert. Dieses Manuskript musste sie lesen!

»Liebster, das bedeutet ja, dass wir Einfluss auf unser Los haben!« In Margots Stimme schwang Freude mit. »Wir können das werden, was wir sein wollen?«, brach es aus ihr hervor.

Juan warf ihr einen zärtlichen Blick zu. »Ja, wenn wir unserem Gewissen und der Vernunft folgen, mi amor, ist vieles möglich.«

Juan strahlte. »Ich werde versuchen, mit Milde zu regieren und Neues mit Altem zu versöhnen. Aber ich schaffe es nicht allein, ich brauche die Hilfe von Gleichgesinnten! Steh mir bitte bei, Margot, dass ich in allem das rechte Maß halte! ... Auf Räte ist wenig Verlass. Sie schmeicheln und verstellen sich, da sie es bloß auf fette Posten abgesehen haben.«

Ein Klopfen an der Tür riss sie jäh aus ihren Gedanken. Juana de la Torre trat ein. Verschmitzt lächelnd sagte sie: »Meint Ihr nicht, dass das Denken die Flitterwochen verdirbt? Ihr sitzt hier, als ob ihr mit der Gelehrsamkeit Euer Brot verdienen müsstet. Eine Schildkrötensuppe wartet auf Euch!«

Die Wochen in Almazán verflüchtigten sich wie ein Traum. Mitten im kastilischen Sommer ritten sie nach Medina del Campo. Die Sonne stach unbarmherzig auf die Reisenden. Kaum hatten sie die Festung La Motta erreicht und die Könige begrüßt, als Juan Schweißperlen auf die Stirn traten. Mit letzter Kraft keuchte er die Treppen zu den Gemächern hinauf. Sein Gesicht glich weißem Marmor und ein heftiges Beben erfasste seinen Körper. Obwohl er sich nur noch mühsam auf den Beinen halten konnte, machte er einen Schritt auf Margot zu, wich aber zurück, unfähig, einen Ton hervorzubringen. Mit einem Satz waren zwei Kammerdiener bei ihm, retteten ihn vor dem Fall und brachten ihn in sein Schlafgemach.

Gelähmt vor Schreck starrte Margot ihm nach. Aline schlang den Arm um sie, eilte mit ihr ins Gemach und setzte sie in einen Lehnstuhl. Margot suchte nach Worten, aber sie blieben in ihrem Hals stecken. Sie zitterte wie Espenlaub. Noch vor wenigen

Stunden hatte sie geglaubt, dass die Zukunft ihr und Juan gehörte. Stand sie wiederum an der Schwelle des Unglücks?

Sie hätte sich Juan in seiner Liebesgier verweigern sollen! Sie hatte es zwar versucht, aber er war unersättlich und hatte ihre Bedenken weggeküsst.

Während Aline ihr das Mieder löste, verspürte Margot den Drang, sich zu übergeben. Mit einer fahrigen Geste wies sie auf die Schüssel, die auf der Kommode stand. Nachdem sie ihren Mund mit Melisse gespült und Aline ihr das Gesicht mit Rosenwasser benetzt hatte, bekam sie sich in den Griff. »Aline, es tut mir leid, dass ich dir so einen Schrecken eingejagt habe. Suche Juana de la Torre. Ich muss wissen, wie es Juan geht!«

Margot trommelte mit den Fingern auf der Lehne des Stuhls. Wo blieben die beiden? Endlich näherte sich das Klappern leichter Schuhe ihrem Gemach. Juanas freundliches Gesicht mit den Grübchen um den Mund flößte ihr Hoffnung ein.

»Doña Margarita, ich habe Don Juan großgezogen und kenne seine Fieberanfälle. Ich hätte es Euch vorher sagen sollen. Sie treten vor allem auf, wenn er sich bei Hitze anstrengt.«

Röte stieg Margot in die Wangen und sie senkte den Kopf, um ihr Gesicht zu verbergen. »Sein Leben ist nicht in Gefahr?«

Juana legte die Hand auf Margots Schulter und schüttelte energisch den Kopf. »Aber nein, mein Kind!« Sie zuckte zusammen und sah verschämt zu Boden wegen der vertraulichen Anrede. Als Margot sie anlächelte, fuhr sie fort: »Alles, was Don Juan jetzt braucht, ist Bettruhe, nasse Wickel und die Tinktur vom jüdischen Arzt. In etwa zwei Wochen könnt Ihr ihn in die Arme schließen!«

Margot stieß einen Seufzer der Erleichterung aus und stand auf. Sollte sie Juana wegen ihrer Schwächeanfälle um Rat fragen?

»Es liegt mir noch etwas auf dem Herzen, das ich Euch anvertrauen möchte, Doña Juana!« Sie stockte einen Augenblick. »Meine Blutungen sind ausgeblieben und ich muss mich häufig übergeben. Bin ich krank?«

Aus Juanas sanften Augen strahlte ihr etwas entgegen, das nur Glück bedeuten konnte. »Dem Himmel sei Dank! Ihr erwartet ein Kind, Doña Margarita!

8 Fortuna dreht das Rad

Juan stand vor dem Spiegel im Ankleideraum der Burg von Medina del Campo. Sein Kammerherr befestigte ihm eine Pfauenfeder auf dem Barett und verließ geräuschlos den Raum. Der Kronprinz wandte sich seinem Spiegelbild zu. Es zeigte ihm eine hagere Gestalt in einem grünen Wams mit bauschigen Ärmeln. Das kupferrote Haar fiel lose über die Schultern und umrahmte ein bleiches Gesicht mit hervorstehenden Wangenknochen. Einen Moment schloss er die Augen und horchte in sich hinein. War er nicht wie ein Tänzer im Reigen des grausamen Spielmanns mit dem Stundenglas? Sollte seine Genesung nur eine Gnadenfrist sein?

Er öffnete die Augen und atmete den Oleanderduft ein, der durch das Fenster aus dem Garten hereinwehte. Der Geruch ließ ihn an seine blonde Venus denken. Zärtlichkeit überflutete ihn. Nein, er liebte das Leben! Vor ihm lag die Aufgabe, seine Länder zeitgemäß umzugestalten. Zuallererst wollte er sich aber den Freuden der Liebe hingeben.

Während er sich umdrehte und in das sonnendurchflutete Gemach trat, stürmte sein Windhund bellend auf ihn zu und wedelte mit dem Schwanz. »Ja, Bruto, auch du bist froh, dass ich wieder auf den Beinen bin!«, rief Juan dem Tier zu und kraulte es zwischen den Ohren.

Am anderen Ende des Raums räusperte sich jemand. Das Sonnenlicht blendete Juan, sodass er den

Eindringling nicht sehen konnte. Stiefelschritte näherten sich ihm. Er erkannte seinen Vater. Sie fielen einander in die Arme.

»Noch ein bisschen blass siehst du aus, mein Sohn. Aber das wird sich schon geben!« Don Fernandos Augen strahlten Juan an. »Ich dachte, wir sollten gemeinsam in der Kapelle zum Dankgottesdienst erscheinen!«

Juan nickte erfreut. Dann platzte es aus ihm heraus: »Wird Margot anwesend sein?«

»Selbstverständlich! Deine Frau kann es kaum erwarten, dich in ihre Arme zu schließen. Seit sie dein Kind unter ihrem Herzen trägt, ist sie anmutiger denn je!«

Juans Augen begannen zu leuchten.

Don Fernando trat von einem Bein auf das andere. Juan runzelte die Stirn. Sieh mal an, sein Vater zögerte! Von dieser Seite kannte er ihn noch nicht.

»Juan, wir müssen kurz von Mann zu Mann reden!«, unterbrach der König die Stille. »Lass uns zum Fenster gehen, dort spricht es sich leichter!«

Sie nahmen auf den Bänken Platz. Juan blinzelte Don Fernando erwartungsvoll an.

Fernando räusperte sich. »Ich soll dir nochmals ans Herz legen, dass du dich mäßigst in den ehelichen Pflichten!«

Juan atmete durch, um den aufkommenden Ärger zu ersticken. »Haben die Ärzte das gefordert?«

»Nein, nicht nur die Ärzte. Seit Wochen umschwärmen deine ehemaligen Erzieher uns und mahnen zur Enthaltsamkeit. Sie fürchten um deine Gesundheit.«

Juan schob die Unterlippe vor. »Vater, was Gott vereint hat, soll der Mensch nicht trennen!«

»Ja, das mag schon sein, aber hast du das in Almazán nicht etwas übertrieben? ... Mehrmals am Tag! Oh mein Gott, Juan, das hätte auch ich in meiner Jugend nicht lange ausgehalten!«

Juan spürte, wie die Wut in ihm hochkroch. »Habt Ihr etwa in Almazán Spione auf mich angesetzt?«

Don Fernando schüttelte entschieden den Kopf. »Du wirst es nicht gerne hören, aber es ist dein hochgeschätzter Pedro Martír gewesen. Der doppelzüngige Literat hat überall herumposaunt, dass du dich wie ein liebestoller Kater gebärdest.«

»Den Lehrstuhl in Salamanca kann Martír vergessen!«, zischte Juan.

Don Fernando machte eine beschwichtigende Geste. »Juan, deine Mutter und ich werfen dir nichts vor. Wir freuen uns auf euer Kind! Sei vernünftig und achte auf dein Wohlbefinden! Wir alle brauchen dich!«

Unter dem Brausen der Orgel betraten der König und Don Juan die Kapelle. Die Chorgestühle zu beiden Seiten des Altars waren zum Bersten gefüllt. Ein Meer von Höflingsaugen starrte Don Juan an. Ihm war es einerlei. Sein Blick suchte Margot. Links vor dem Allerheiligsten sah er sie stehen mit Doña Isabella. Die schrägen Sonnenstrahlen warfen einen goldenen Schimmer auf ihr schulterlanges Haar. Ein Hochgefühl breitete sich in ihm aus. Mein Gott, wie bezaubernd ist sie!

Margots Herz machte einen freudigen Satz, als sie

Juan auf sich zukommen sah. Wortlos hauchte er ihr einen Kuss auf die Wange und fasste verstohlen nach ihrer Hand. Endlich spürte sie wieder seine Wärme. Wie hatte sie sich doch nach ihm gesehnt!

Die Orgel setzte aus. Erzbischof Cisneros, gekleidet im roten Ornat, begrüßte die hohen Gäste und segnete das kronprinzliche Paar. Nachdem sie Platz genommen hatten, erklang erneut Musik. Begleitet von Schalmeien, Bläsern und einem Chor schwollen die Töne zum Te Deum an. Margots Augen füllten sich mit Tränen. Juan fasste nach ihrer Hand. Die Klänge entfachten in ihnen ein Gefühl inniger Verbundenheit.

Margots Haupt ruhte an Juans Brust, als sie am nächsten Morgen erwachte. Sein Herz schlug regelmäßig. Sie hob den Kopf und betrachtete die gelösten Züge ihres Gatten. Bei ihm fühlte sie sich geborgen! Die Vorsehung war ihnen wohlgesinnt! In den nächsten Tagen huldigte ihnen die berühmte Stadt Salamanca. In Almazán, fern allen Trubels, würden sie auf die Geburt ihres Kindes warten. Ein Lächeln spielte um Margots Mundwinkel, als sie daran dachte, wie vorsichtig Juan die Rundungen ihres Bauches betastete und nach einem Lebenszeichen des Kindes horchte. Über die Entbindung machte sie sich keine Sorgen. Sie war kerngesund und Juana de la Torre stand ihr mit einer Schar von Hebammen zur Seite.

Wie hatte Juan doch von einem Ohr zum anderen gestrahlt, als er ihr erzählte, dass sein Vater beabsichtigte, sie im nächsten Jahr nach Italien zu senden.

Sie sollten sich mit den aragonischen Kronländern vertraut machen. Was für eine Freude, das Land der Künstler und Philosophen mit eigenen Augen zu sehen! Sie kniff sich in den Arm. Diese Ehe übertraf alles, was sie erwartet hatte!

Glocken hallten und Trompeten schmetterten, als das Kronprinzenpaar an einem strahlend blauen Septembertag vor den Toren Salamancas eintraf. In einem festlichen Umzug geleiteten der Adel, die Patrizier, die Professoren der Universität und die hohe Geistlichkeit das fürstliche Paar in die Stadt. Bischof Deza, Juans ehemaliger Erzieher, erreichte als Erster die Prunkkarosse. Schnaufend verneigte sich der dickleibige Prälat vor Juan und überreichte ihm die Schlüssel der Stadt. Juan machte eine einladende Geste, worauf zwei Gardisten den hocherfreuten Deza in die Karosse stemmten. Eingerahmt von den Bogenschützen und Hellebardieren der Leibwache rollte die Kutsche über die wuchtigen Pflastersteine der römischen Brücke in die Stadt hinein.

Bischof Dezas edelsteinbesetzte Mitra funkelte, als er sich schweißtriefend über seinen Bauch zu Juan hinüberbeugte. »Don Juan, Ihr würdet Magister Enzina eine große Ehre erweisen, wenn Ihr beim rosafarbenen Schaugerüst anhalten und Euch sein neuestes Werk anhören würdet. Er hat es eigens für Euch komponiert!«

»Es wird mir ein Vergnügen sein, Deza! Ihr wisst doch, wie hingerissen ich von Enzinas Musik bin.«

Sie hielten bei der Schaubühne an. Dort stand in

vergoldeten Buchstaben geschrieben: »Der Triumph der Liebe«. Ein zappeliger Kleriker verneigte sich vor den hohen Gästen und gab den Musikern ein Zeichen. Sogleich stimmte ein lorbeerbekränzter Hirte eine Melodie auf seiner Harfe an, während ein anderer sang: »Dich hat der Himmel mir geschickt ...«

Juan warf Margot einen zärtlichen Blick zu.

Die Stimme des Sängers funkelte wie Tau in der Morgensonne. Sie ließ Bienen summen und Grillen zirpen. Für Margot erstanden bei diesen Klängen die duftenden Wiesen Almazáns.

»Meisterhaft, Don Enzina!«, lobte Juan den Tonkünstler. »Ihr habt Vergil zum Leben erweckt!«

Durch eine Schneise von jubelnden Menschen rollte die Karosse in den Hof des bischöflichen Palasts. Erschöpft stiegen Juan und Margot die marmornen Treppen zu ihren Gemächern hinauf.

»Endlich Ruhe!«, seufzte Juan erleichtert. Er ließ sich in einen Stuhl fallen. »Ach, mi amor, wäre ich doch nur ein Gelehrter! Wie angenehm könnten wir leben!«

»In ein paar Tagen ist die Huldigung ausgestanden!«, tröstete Margot ihn. »Nur noch ein Diner, dann können wir uns ausschlafen.«

Drinnen war die Feier bereits im Gang, als das Kronprinzenpaar den von Bienenwachskerzen schimmernden Festsaal betrat. Die Musik erstarb, die Gespräche verstummten, Applaus brauste auf. Unter Trompetenschall geleitete Deza die Gäste zur Estrade. Während Margot die Stufen zum Podest erklomm, zuckte sie zusammen. Die flackernden Kerzen warfen unheimliche Schatten auf Juans Gesicht. Für einen Augenblick sah sein Antlitz wie eine wächserne Maske aus, die auf den Knochen klebte. Doch dann wechselte das Licht. Juan ergriff ihre Hand und half ihr, Platz zu nehmen. Sie schüttelte das bedrückende Bild ab. Seit der Seereise malte sie sich bei dem geringsten Vorfall fatale Folgen aus.

Die Luft pulsierte von Stimmen und Musik. Bedienstete wieselten eifrig mit Tabletts herum. Sie stellten eine goldene Platte mit Lammkeulen, Pfauenbraten und gedörrten Früchten auf den mit weißem Leinen bedeckten Tisch. Der Duft der Speisen ließ Margot das Wasser im Mund zusammenlaufen.

Juan erhob den gefüllten Pokal zu Ehren Dezas. Er wollte zu einer kurzen Rede ansetzen, als ihn ein Hustenanfall überfiel, der in einem entsetzlichen Würgen endete. Sein Gesicht war weiß wie das Tischtuch. Margot sprang auf, griff nach einer goldenen Schale und hielt sie ihm vor den Mund. Blutiger Schleim strömte aus seiner Kehle. Und wie unter einem jähen Peitschenknall erstarb der fröhliche Lärm.

Eine Welle des Entsetzens breitete sich in Margot aus, als sie Juans glanzlose Augen sah. Schon schleppte die Leibwache eine Bahre an. Doktor Soto bettete Juan behutsam darauf. Sie schafften ihn eilends in seine Gemächer und ersuchten Margot, sich in ihre zu begeben.

»Oh Gott, lasst Juan wieder zu Kräften kommen! Entreißt ihn mir nicht! Nicht jetzt!« Rastlos lief Margot durch ihr Zimmer. Unablässig schickte sie Aline zu

Juans Gemächern, aber sie kam unverrichteter Dinge zurück.

Gegen Mitternacht hielt Margot es nicht mehr aus. Sie stürzte in den Flur hinaus und schlug mit der Hand an die Tür von Juans Wohntrakt. Aline und Juana de la Torre folgten ihr händeringend. Bischof Deza öffnete das Portal einen Spalt. Aus seinen Augen glomm Angst. »Doña Margarita«, rief er mit heiserer Stimme, während er sich den Schweiß von der Stirn wischte. »Es wäre besser, Ihr würdet für Euren Gatten im Gemach beten. Sein altes Lungenleiden ...« Er machte eine hilflose Gebärde. »Ich habe Kuriere zu Don Fernando geschickt. Ich kann es nicht verantworten, dass Ihr und das Kind sich anstecken.«

»Der Prinz wünscht, Doña Margarita zu sehen!«, hallte Doktor Sotos Stimme aus dem Hintergrund.

Womit sollte sie sich jetzt noch anstecken, das sie nicht längst in sich trug? »Ich bin seine Gattin! Lasst mich durch!«

Kopfschüttelnd gab Deza den Weg frei.

Die flackernden Kerzen tauchten den Raum in ein unwirkliches Licht. Salbeiduft wehte Margot von den Kräuterbecken entgegen. Beinahe wäre sie über eine silberne Schale gestolpert, die Juans blutigen Auswurf enthielt, als sie zu seinem Bett eilte.

Auf Juans Stirn glänzten Schweißperlen. Margot küsste seine Schläfen und fuhr ihm durch die zerwühlten Haare. Mit matter Stimme flüsterte er ihr zu: »Du bist meine Sonne, mein Sternenhimmel, mein Leben!« Er rang nach Atem.

Margot starrte mit ängstlich geweiteten Augen

auf Doktor Soto, der sich abseits hielt. Der Blick des Arztes verriet, dass kein Mensch Juan noch helfen konnte. Margot kämpfte gegen das Schluchzen an, das in ihrer Kehle lauerte.

Der Hauch des Todes lag in Juans Stimme, als er sich aufrichtete. »Mi amor ... wir müssen der bitteren Wahrheit ins Auge sehen. Schütze unser Kind!« Und wiederum hustete er so stark, dass er Blut spuckte. Doktor Soto schnellte mit einer Schale zu ihm. Erschöpft sank Juan in die Kissen zurück.

»Don Juan, hört Ihr mich?«, fragte der Arzt. Juan bewog kurz den Kopf. »Ich möchte Euch Mohnsaft verabreichen, sodass ihr eine ruhige Nacht habt.«

Juan nickte und ließ sich den bitteren Saft in den Mund träufeln. Er schloss die Augen. Margot ergriff seine feingliedrige Hand und streichelte sie. Sie war kalt wie Marmor. Ihr Herz begann zu rasen und sie brach in Schweiß aus.

Doktor Soto, der sie aus den Augenwinkeln betrachtet hatte, eilte zu ihr und legte ihr die Hand auf die Stirn. »Ihr glüht ja vor Fieber, Doña Margarita! Oh Gott! Es ist die Seuche, die in Salamanca grassiert!«

Sanft löste er Juans Hand, die sie noch immer festhielt, und brachte Margot zur Tür. Nachdem er Juana de la Torre Anweisungen gegeben hatte, entließ er Margot in ihre Obhut.

Das dumpfe Dröhnen der Glocken ließ Margot nach einigen Tagen aus ihren Fieberträumen erwachen. Sie blinzelte in den Raum und sah, dass alles in

Schwarz ausgelegt war. Ihr Herz ballte sich zu einem bleiernen Klumpen zusammen: Juan! Einen Moment lang spürte sie den Drang, die Augen zu schließen und sich dem Vergessen anheimzugeben. Doch der Schmerz ergriff sie mit seinen scharfen Krallen. Sie schrie auf. Aline eilte zu ihrem Bett. Dicke Tränen quollen aus Margots Augen, als Aline sich zu ihr hinunterbeugte.

Sie trocknete ihr mit einem Tüchlein die Tränen und umfasste behutsam mit beiden Händen ihr Gesicht. Betroffenheit leuchtete aus Alines Augen. »Juan ist vor zehn Tagen von uns gegangen. Der Tod hat sanft seinen Mantel um ihn gelegt, lässt dir Doktor Soto ausrichten.«

Margot betastete unwillkürlich ihren Bauch und spürte, dass sich darin etwas regte: Es lebt! Mit einem leichten Aufstöhnen schloss sie die Augen. Nach einer Weile setzte sie sich in ihrem Bett auf. Aline schüttelte das brokatene Kissen und schob es ihr unter.

»Das Kind ist alles, was von Juan geblieben ist. Hilf mir, es heil zur Welt bringen!«

Aline schlang ihre Arme um Margot und kämpfte die Tränen nieder. »Wir hatten alle gefürchtet, auch dich noch zu verlieren!«

Schwere Wolken wälzten sich an diesem Oktobermorgen von den scharf gezackten Bergen auf Ávila. Strömender Regen durchweichte die Trauerbehänge, die die wuchtigen Türme und Mauern der Stadt seit zehn Tagen bedeckten. Das Fackelmeer, das Juans letzten Weg zu seiner Ruhestätte im Kloster von San Tomas erhellen sollte, drohte auszulöschen. Völlig durchnässt stand eine schwarze Menschenkette auf dem schlammigen Weg zum Kloster. Mutlosigkeit lastete auf den Leuten. Mit dem sanften Thronfolger wurde ihre Hoffnung auf bessere Zeiten zu Grabe getragen.

Die herzzerreißenden Gesänge des »Errette mich vom ewigen Tode« waren verhallt. Die Trauergäste hatten die Kirche verlassen. Nur die Könige und Margot weilten noch auf ihren Stühlen vor Juans samtbedecktem Katafalk. Weihrauchfahnen stiegen zur Kuppel der Kirche auf und verbreiteten ihr schweres Aroma.

Da saßen sie nebeneinander vereint in stummem Schmerz. Don Fernando vergrub das Gesicht in den Händen und brach in hemmungsloses Schluchzen aus. Nie zuvor hatte Margot so viel Qual in der Stimme eines Mannes gehört. Worte des Trostes fielen ihr aber nicht ein. Sie selbst hatte die letzten Tage geweint, bis sie keine Tränen mehr hatte.

Nach einer Weile zog Doña Isabella den Schleier hoch und fasste ihren Gatten und ihre Schwiegertochter bei der Hand. Ein aschfahles, aufgedunsenes Gesicht mit verschwollenen Augen sah Margot an.

»Juan würde sich nicht wünschen, dass wir in Tränen ersticken und unsere Pflichten versäumen«, sagte sie mit gedämpfter Stimme.

Beim Klang von Juans Namen zuckte Margot zusammen. Isabella umklammerte ihre Hand fester. »Habe ich nicht recht, Margot? ... Für ihn bist du ein

Geschenk des Himmels gewesen. Ich habe ihn nie so glücklich gesehen!«

Obwohl Isabellas Worte Margot trösteten, kämpfte sie mit den Tränen.

Stille legte sich über sie.

Nach einer Weile ließ Don Fernando Isabellas Hand los und schnäuzte sich. Den Blick auf den Sarg gerichtet, sprach er: »Juan ...«, seine Stimme drohte, sich zu überschlagen, »ich verspreche dir nochmals, deine Gattin und dein Kind als dein kostbarstes Vermächtnis zu hüten!«

Er umklammerte Isabellas Hand und blickte zu seiner Schwiegertochter. »Margot, wir brauchen einander! Dein Kind muss unser Haus retten.«

»Es wäre eine Tragödie, wenn das Reich, das wir geschaffen haben, dem Portugiesen zufiele, auch ist er unser Schwiegersohn«, brach es aus Isabella heraus.

Isabellas Worte legten sich wie ein bleierner Mantel über Margots Schultern. War sie dieser Aufgabe gewachsen? Überall lauerte der Tod. Allmählich löste sie sich aus ihrer Starre. »Mit allen Fasern meines Herzens sehne ich mich danach, dass ein Teil von Juan in unserem Kind weiterlebt. Möge Gott mir beistehen, es heil zur Welt zu bringen!

9 Ein Unglück kommt selten allein

Schwarze Gewänder überfluteten den Weg von Ávila nach Alcalá de Henares. Spaniens Könige zogen zur Residenz Erzbischofs Cisneros', wo sie auf die Geburt des heiß ersehnten Thronerbens warten wollten.

Erschöpft von der Reise fiel Margot in das Himmelbett. Kaum hatte Aline ihr einen Bettwärmer unter die Füße geschoben und sie mit der pelzgefütterten Brokatdecke zugedeckt, als Margot die Augen zuklappten. Wie in wattige Wolken gebettet, schlummerte sie ein.

Im Traum begab sie sich auf eine Reise, die alle Mauern durchbrach bis hinauf in den sternenübersäten Himmel. Sie schwebte im gleißenden Band der Gestirne. Ein Gefühl seliger Entrückung durchdrang ihren Körper, als Juan vor ihr erschien. Ein Leuchten ging von seiner Gestalt aus. Zart nahm er ihre Hand und schmiegte sie an seine Wange. »Weine nicht mehr um mich!«, sagte er mit sanfter Stimme. »Was immer geschehen mag, vertraue auf deine eigene Kraft!«

Margot wollte sich an ihn schmiegen, da regte sich das Kind in ihrem Leib und sie erwachte. Ihre glückselige Stimmung löste sich auf wie eine Seifenblase. Stille umfing sie. Mit beiden Händen umschlang sie ihren Bauch. Aber der Traum ließ sie nicht los. Sie hatte Juan im Paradies gesehen!

Am nächsten Morgen kniete sich Doña Isabella, vor Schmerzen stöhnend, auf den Betstuhl. Wiederum plagte sie die Gicht. »Oh Gott, erbarme dich unser!«, ächzte sie. »Schenke uns einen Thronerben!«

Es war still im Zimmer. Sie vernahm nur das Scharren der Nagetiere hinter der Wandtäfelung. Während sie das Ave Maria betete, das sie immer tröstete, kroch die Feuchtigkeit des Raums unter ihre Gewänder und zog von den Füßen aufwärts in ihren Körper. »Diese Residenz ist Gift für uns alle! Wie soll Margot in dieser unwirtlichen Umgebung ein Kind zur Welt bringen«, seufzte sie. Umständlich erhob sie sich und schlurfte zum Kleiderschrank. Ihr Blick glitt über die Wintergarderobe. Entschlossen griff sie nach einem pelzgefütterten dunkelgrünen Brokatmantel und packte die dazugehörenden Stiefel. »Das könnte Margot passen«, murmelte sie vor sich hin. »Ich werde mich mehr um sie kümmern! Letztendlich hängt die Zukunft unseres Hauses von ihr ab. Die Staatsgeschäfte soll Cisneros führen!«

Obwohl sie es sich nicht eingestehen wollte, war ihre Schwiegertochter ihr mehr ans Herz gewachsen als ihre eigenen Töchter. Sie brauchten wenige Worte, um einander zu verstehen.

Margot kniete an diesem Morgen vor ihrem Kruzifix, als Isabella eintrat. Aline zuckte zusammen und fiel in einen Knicks. Die Königin legte ihren Zeigefinger auf den Mund, um ihre Schwiegertochter bei der Andacht nicht zu stören. Schweigend übergab sie Aline den Mantel und die Schuhe. Sie nahm in einem Lehnstuhl beim Fenster Platz.

Eine Lavendelwolke umfing Margot. Sollte ihre Schwiegermutter sie zu dieser ungewohnten Stunde aufsuchen? Sie bekreuzigte sich und stand auf. Aus ihren Augenwinkeln sah sie Doña Isabella im Lehnstuhl am Fenster. Sie schien eingenickt zu sein. Margot begab sich zu ihr und berührte sanft ihre Hand.

Isabella erinnerte sie an ihre Großmutter. Beide waren im Sog der widerwärtigen Ereignisse nicht untergegangen. An ihnen wollte sie sich ein Beispiel nehmen.

Die Königin öffnete die Augen, blinzelte Margot freudig an und ersuchte sie, neben ihr Platz zu nehmen. »Hast du gut geschlafen, mein Kind?«

»Danke für die Nachfrage, Majestät! Ich habe in letzter Zeit selten so tief geschlafen!«

Sie zögerte, ob sie ihrer Schwiegermutter den Traum erzählen sollte. Aber entschied, ihn für sich zu behalten.

Aline wies auf die Kleidungsstücke.

»Damit du dich nicht erkältest!«, sagte Isabella, während sie Margots Hand ergriff. »Krankheiten können wir nun wirklich nicht gebrauchen!«

Gerührt bedankte sich Margot bei Isabella.

»Übrigens, heute Nachmittag erwarte ich einen flandrischen Maler. Meister Juan kommt aus Brügge. Er wird von mir ein Porträt anfertigen. Hättest du Lust, mir Gesellschaft zu leisten?«

Margot strahlte. »Und ob ich dabei sein möchte! Wie wollt ihr Euch malen lassen?«

»Hm, ich dachte an einen dunklen Hintergrund, sodass mein Gesicht voll zur Geltung kommt.«

Margot musterte ihre Schwiegermutter. »Die runde Haube mit dem seidenen Schleier stünde Euch vorteilhaft! Sie betont Euren hellen Teint!«

»Daran habe ich ebenfalls gedacht! Was hältst du von der schwarzen Samtrobe mit den Rüschen?«

»Elegant! Und dazu die Kette mit dem goldenen Kreuz!«

»Margot, wir haben denselben Geschmack! Genau so will ich mich abbilden lassen.« Isabella erhob sich und drückte Margot einen Kuss auf die Wange. »Wir sehen uns heute Nachmittag!«

Der Dezember war ins Land gezogen und fegte mit eisigen Stürmen über Alcalá de Henares. Im Palast war es bitterkalt. Kaminfeuer samt Kohlenbecken vermochten das feuchte Gemäuer nicht ausreichend zu erwärmen, sodass das Wasser für die morgendliche Toilette in den Schüsseln gefror.

Eines Morgens betrat Aline Margots Gemach mit einer Silberschale voll Früchten. Froh gelaunt begab sie sich zu Margots Bett. »Wache auf, Margot, und sieh dir diese saftigen Pfirsiche an! Ich habe sie für dich im maurischen Gewächshaus gepflückt!«

»Aline«, krächzte eine kreidebleiche Margot, »mein Kopf ist so schwer wie ein Mühlstein und alle Glieder schmerzen.« Ihre Freundin stellte die Schale ab und ergriff besorgt Margots Hand. »Du glühst ja vor Fieber! … Ich hole Doktor Soto!

»Geh noch nicht!« Margot zitterte wie ein Vogel, der aus dem Nest gefallen war. Dann brach es aus ihr heraus: »Ich fürchte mich so vor der Geburt! Wenn ich das Kind nicht gesund zur Welt bringe, habe ich alles verloren!«

Aline beugte sich zu ihr hinunter und munterte sie auf: »Du hast eine schwere Erkältung! Aber die werden wir auskurieren! Versuche, an nichts zu denken und nur zu schlafen!«

Das Fieber ging nicht zurück. Seit vierzehn Tagen schwebte Margot in einem Dämmerzustand. Überall in ihrem Schlafgemach standen Kohlenbecken und erfüllten den Raum mit dem scharfen Geruch von Salbei. Am anderen Ende des Zimmers hatte Doña Isabella einen Altar mit einem wundertätigen Madonnenbild aufstellen lassen. Tag und Nacht flehten dort Nonnen im fahlen Licht der Kerzen die Muttergottes um Beistand an.

Eines Morgens legte Doña Isabella Margot eigenhändig feuchte Wickel an und betastete vorsichtig ihren Bauch. Er war aufgeschwollen und hart. Isabellas Augen weiteten sich vor Schreck. Sie griff nach ihrem Rosenkranz und warf einen beschwörenden Blick zum Gnadenbild. »Um Himmels willen nein, das darfst du nicht zulassen!«, jammerte sie. »Lasse das Kind unversehrt zur Welt kommen!« Sie schloss die Augen und stellte sich vor, wie die Madonna ihre schützende Hand über Margot legte. Sie strich ihrer Schwiegertochter sanft über die heiße Stirn und setzte sich in den Lehnstuhl neben dem Bett. Stille umfing den Raum, nur unterbrochen vom Zischen der Kerzen. Isabella nickte ein.

Jäh bäumte sich Margot in ihrem Bett auf und stöhnte. Juana de la Torre und Aline schnellten zu ihr. Margots Lippen bebten und sie umschlang keuchend ihren Bauch.

»Die Wehen haben begonnen!« Juana de la Torres Augen weiteten sich vor Entsetzen. Sie schob die Brokatdecke beiseite und legte ihre Hände auf Margots Unterleib.

Isabella schreckte aus dem Schlaf auf. »Oh Schmerzensmutter, lasse es nicht zu! Es ist viel zu früh!«

Wiederum schüttelte Margot eine starke Wehe. Juana de la Torre und Aline zerrten sie auf den Gebärstuhl neben dem Bett. Eine warme Flüssigkeit rann an Margots Schenkeln herunter. Juana salbte den Muttermund und griff mit den Händen in den Unterleib. Margot schrie vor Schmerz.

»Pressen, Margot, nicht aufgeben …«, rief ihr Isabella mit heiserer Stimme zu.

Dann ging alles sehr rasch. Ein Sturzbach aus Blut strömte aus Margots Innerem und etwas glitt zwischen ihren blutverschmierten, gespreizten Beinen heraus. Juana de la Torre hatte es in den Händen und zeigte Isabella das leblose Wesen. Da streifte ihr Blick ihre Schwiegertochter. Wie eine leere Hülle lag Margot auf dem Stuhl. Isabella kämpfte mit den Tränen. Sie machte einen Schritt auf sie zu und strich ihr über das Haar: »Es ist nicht deine Schuld, mein Kind, hörst du! … Es ist Gottes unergründlicher Wille!«

Isabellas Herz raste, als sie Don Fernandos Arbeitszimmer betrat. Am harschen Rascheln ihrer Robe erkannte er, dass Unheil bevorstand. Mit einem Satz war er bei ihr und schloss sie in die Arme. Ihr Blick flackerte und ihre Wangen zitterten. »Das Kind ...«, ein wirrer Laut entrang sich ihrer Kehle.

»Ist tot!«, ergänzte Fernando tonlos. Beide blieben eine Weile wie angewurzelt stehen. Isabella löste sich aus der Umarmung und ließ sich auf die Bank vor dem Kamin fallen. Fernando folgte ihr.

»Wie steht es mit Margot?«

»Es sieht nicht gut aus!«

Isabella vergrub ihr Gesicht in den Händen und weinte bitterlich. Fernando rieb sich die pochenden Schläfen. Auch er kämpfte mit den Tränen. »Jetzt sind unsere Töchter an der Reihe! ... Obwohl in keiner das Zeug zum Herrschen steckt!«, seufzte er. »Isabelita muss kommen. Noch heute sende ich einen Eilkurier nach Portugal. Wir müssen sie als Thronfolgerin einschwören lassen.«

Die Königin holte ein Tuch hervor und schnäuzte sich. »Ja, das muss unverzüglich geschehen. So Gott will, schenkt sie einem Sohn das Leben!«, fügte sie unsicher hinzu.

Fernandos Wangen begannen zu zittern. »Dann herrscht ein Portugiese über Spanien! Haben wir die Mauren vertrieben, damit unser Reich einem Fremden in den Schoß fällt?«

Rot angelaufen fuchtelte er mit den Armen: »Gott treibt ein Spiel mit uns! Erst überschüttet er uns mit seiner Gunst und dann schlägt er uns mit der Faust ins Gesicht!«

Isabella fuhr sich mit der Hand über den Mund. »Um Gottes willen, Fernando, versündige dich nicht! Denke an dein Seelenheil!«

Drei Tage waren seit Margots Fehlgeburt verstrichen. Aline und Juana de la Torre wichen nicht von ihrer Seite. Juanas Kräutertinktur tat ihre Wirkung und Margot schlief tief. Während Juana Margot den Verband wechselte, erhellte sich ihr Gesicht. »Aline, das Ärgste ist überstanden. Schau, sie blutet nicht mehr!«

Von Aline fiel eine zentnerschwere Last. Sie eilte zum Lehnstuhl neben dem Bett. Wenn Margot zu sich kam, sollte sie nicht allein sein.

Gegen Mittag erwachte Margot und richtete sich in ihrem Bett auf. Ihre Augen waren voller Fragen. Aline schob ihr ein Kissen unter den Rücken und ergriff ihre Hand.

Während der scharfe Kräuterduft der Kohlenbecken ihr in die Nase stieg, stürzten die Bilder der vergangenen Tage auf sie ein. Ein brennender Schmerz überfiel sie und nahm ihr den Atem. »Es ist gestorben!«, drang es aus ihrem Mund.

Aline setzte sich aufs Bett und nahm sie in die Arme. »Ja, es stimmt. Dein Mädchen lebt nicht mehr. Gott hat es gleich zu sich geholt. Es ist bei Juan!«

Dicke Tränen quollen aus Margots Augen. Sie verbarg ihren Kopf auf Alines Schulter. »Das Kind ist das Einzige gewesen, was mir von Juan geblieben ist. Warum hat es sterben müssen? Ich habe nichts mehr, wofür es sich zu leben lohnt!«, stammelte sie.

Aline wiegte Margot in ihren Armen. »Weine nur! Tränen lösen den Schmerz! ... Nach dem Warum zu fragen, ist sinnlos! Es zermürbt dich nur. Der Allmächtige scheint einen Schleier über unser Los gebreitet zu haben, den wir nicht lüften können. So schwer es uns auch fällt, wir müssen uns damit abfinden!«

Trübes Morgenlicht sickerte in Margots Ankleideraum, als sie an den Spiegel trat. Sie prüfte ihr Gesicht. Der Tod ihres Kindes lag mehr als einen Monat zurück. Es tat noch weh, aber der brennende Schmerz hatte nachgelassen und begleitete sie nicht mehr jeden Atemzug. Sie sog den Lavendelduft ein, der von den Kohlenbecken aufstieg. Verflogen war der Geruch von Krankheit und Tod.

Der Spiegel zeigte Margot eine Frau im Witwenschleier, der ein blasses Gesicht einrahmte. Die zu volle Unterlippe und die bernsteinfarbenen Augen wiesen auf Entschlossenheit. Das gefiel ihr.

In den letzten Wochen, als sie hilflos im Bett gelegen hatte, zerfressen vom Schmerz des Verlusts, hatte sie immer ihren Traum heraufbeschworen. Inmitten des sternenübersäten Himmels hatte Juan ihr zugerufen, dass sie es schaffte, sich im Leben zurechtzufinden.

In Spanien hatte sie keine Aufgabe mehr. Noch heute wollte sie ihre Schwiegereltern ersuchen, sie heimreisen zu lassen.

Nach der Morgenandacht nahmen Don Fernando und Doña Isabella Margot bei der Hand. Durch eine Schneise von honigsüß lächelnden Höflingen verließen sie die Kapelle. Als Margot die kalten Augen Pedro Martírs auf sich ruhen fühlte, erblasste sie. Er hatte das Gerücht in die Welt gesetzt, dass sie die Schuld an Juans Tod trage.

Don Fernando umklammerte fester ihre Hand.

»Diesem Phrasendrescher werden seine Worte noch leidtun, mein Kind!«, flüsterte er ihr zu.

Sie begaben sich in Doña Isabellas Arbeitszimmer. Isabella wies auf die Stühle, die um einen Eichentisch gruppiert waren. Auf der Tischplatte brannten Wachskerzen, deren Licht die feinen Goldfäden der Wandteppiche aufscheinen ließ. Margot setzte sich. Um sich zu beruhigen, betrachtete sie die Tapisserie auf der gegenüberliegenden Wand.

»Ich danke Gott, dass er dich errettet hat, Margot!«, brach es aus Isabella hervor, während sie sich schwerfällig in den Stuhl gegenüber ihrer Schwiegertochter sinken ließ. Sie zückte ein Tüchlein und trocknete die aufsteigenden Tränen.

»Wir haben einiges miteinander zu besprechen!«, bemerkte Don Fernando, als er an Isabellas Seite Platz nahm.

»Wir alle wissen«, Fernando furchte die Stirn, »dass Maximilian dich aufgefordert hat, in die Niederlande zurückzukehren. Und als gehorsame Tochter willst du uns heute um die Reiseerlaubnis bitten, nicht wahr?«

Margot nickte.

Fernando strich sich mit der Hand über den Bart. Seine Züge verhärteten sich. »Aber das ist leider noch nicht alles, Margot! Dein Vater will dich mit Prinz Arthur verkuppeln, dem Bräutigam unserer Tochter Katharina.«

Sie senkte den Kopf. Trotz der wohltuenden Wärme, die der Kamin verbreitete, bekam sie eine Gänsehaut. Sie fühlte, wie ihr Tränen der Scham in die Augen stiegen. Das hatte sie von ihrem Vater nicht erwartet! Sie hatte gedacht, dass er Zuneigung für sie empfand. Doch er betrachtete sie als Handelsware. Der Tod Juans und des Kindes ließen ihn kalt. Wenn er nur seine politischen Schachzüge ausführen konnte!

»Gott sei's geklagt, das ist der wahre Plan deines Vaters!«, hörte sie Isabella sagen.

Don Fernando machte eine beschwichtigende Geste und heftete den Blick auf Margot. »Aber wir haben noch ein Wörtchen mitzureden!«, zwinkerte er ihr zu. »Wir sind den Ränken deines Vaters nicht hilflos ausgeliefert!« Er reckte sein Kinn herausfordernd. »Wir werden Maximilian einen Strich durch die Rechnung ziehen! Ich schiebe die Unterhandlungen über deine Witwenrente auf die lange Bank und behalte dich hier, bis alles geklärt ist. In einem Jahr werden sich die Wogen schon geglättet haben.«

Margot wurde aschfahl und starrte wortlos in die knisternden Flammen des Kamins. Szenen aus ihrer französischen Geiselhaft durchzuckten sie.

»Margot, verzeihe die unbedachten Worte!« In Isabellas Augen leuchtete Betroffenheit. »Wir wollen dich bei uns behalten als unsere Schwiegertochter. Du sollst an meiner Seite durch Spanien ziehen und dich in der Wunderwelt der Alhambra erholen!«

Don Fernando fasste über den Tisch hinweg nach Margots Hand. »Es tut mir leid! Ich wünsche, dass man dich respektvoll behandelt. Die Schmeißfliege Martír werde ich vom Hof verbannen. Er hat dich zum Sündenbock gemacht, weil Juan ihm den Lehrstuhl in Salamanca verweigert hat. Einverstanden?«

Margots Züge entspannten sich und sie nickte zustimmend. Ihre Schwiegereltern zeigten mehr Herz als ihr eigener Vater.

10 Neue Horizonte tun sich auf

Schwer lag der Duft von Jasmin und Rosen in der Morgenluft, als Margot durch die sonnendurchfluteten Gärten der Alhambra eilte. Untermalt vom Geplätscher eines Marmorbrunnens fegte sie durch ein Labyrinth von Bogengängen. Ein Lächeln huschte über ihr Gesicht. Gleich konnte sie unter der vergoldeten Kuppel von Doña Isabellas Kanzlei ihrer Lieblingsbeschäftigung nachgehen.

Monatelang hatte sie in diesen atemberaubenden Palästen und Gärten von einem Tag auf den anderen gelebt. Allmählich schlich sich Überdruss in ihre Seele ein. Als hätte die Königin ihr die innere Leere von den Augen abgelesen, sagte sie eines Tages zu ihr: »Mir scheint, Margot, du langweilst dich. Was dir fehlt, ist eine sinnvolle Aufgabe. Wie wäre es, wenn du den Briefwechsel zwischen deinem Vater und unserem Haus durchsehen und sachgerecht im Archiv einordnen würdest?«

Was für ein verlockendes Angebot! Brennend gern wollte sie mehr über die politischen Hintergründe ihrer Eheschließung erfahren. Sie küsste Isabella die Hand und stürzte sich am nächsten Tag in die Arbeit.

In der Kanzlei angelangt, setzte sie sich in den Stuhl hinter dem Schreibtisch und entnahm einen Brief ihres Vaters vom Aktenstapel, der vor ihr lag. Sie vertiefte sich in das Schreiben. Als sie las, wie Maximilian sie ihren zukünftigen Schwiegereltern anpries, entfuhr ihr ein Prusten: »Ein ebenmäßiges

Gesicht mit mandelförmigen, azurblauen Augen?«
Sie schüttelte den Kopf. Was flunkert er den Königen
vor! Sein Einfallsreichtum kennt keine Grenzen!

Sie langte nach einer Marzipankugel in der Schale
neben sich, stopfte sie sich genüsslich in den Mund
und setzte die Lektüre fort: »Mit der Heirat unserer Kinder vereinigen unsere Häuser alles edle Blut
auf Erden. In diesem Bündnis liegt der Schlüssel
zur endgültigen Vernichtung Frankreichs. Ihr zieht
über die Pyrenäen, die Engländer werfen sich auf die
Normandie, mein Sohn besetzt die Pikardie und ich
erobere Burgund. Auf diese Weise stecken wir den
gallischen Hahn auf den Bratspieß und verspeisen
seine Länder.«

Das Blut stieg Margot in die Wangen. Mit der französischen Heirat hatte sie den Frieden bringen sollen
und mit der spanischen den Krieg. Ihr Leben war ein
Spiel des Zufalls!

Eine Hand legte sich auf ihre Schulter. Sie sah auf
und blickte in die grünen Augen ihrer Schwiegermutter.

Freundlich lächelnd wies Isabella auf die bequeme
Bank an der Wand. »Lasse uns dort Platz nehmen. Ich
habe dir etwas mitzuteilen, das du wissen solltest.«

Margots Hände waren feucht, als Isabella sie auf
den Sitz neben sich zog. Ihr Vater hatte doch nicht
wiederum eine List ersonnen?

Isabella lächelte sie an. »Ich will dich nicht länger
auf die Folter spannen! Charles, der Erzfeind unserer
Häuser, dein erster Gatte, ist tot!«

Margot zuckte zusammen. In ihrem Gesicht

spiegelten sich widerstreitende Gefühle. Nein, um Charles wollte und konnte sie nicht trauern. »Ist die Todesursache bekannt?«

»Aber ja, mein Kind! Sie ist von Mund zu Mund gegangen. Nach einem üppigen Mahl soll er sich zu einem Schlagballspiel im Garten von Amboise begeben haben. Auf dem Weg dorthin hat er mit dem Kopf einen Türpfosten gerammt, der Tölpel! Bald darauf hat er den Geist aufgegeben.«

»Da muss er sturzbetrunken gewesen sein! Er hat ja immer zu tief ins Glas geschaut! ... Wird Louis von Orléans jetzt König?«

»In der Tat!« Isabellas Miene verfinsterte sich. »Mein Kanzler meint, dass er sich für den Nabel der Welt hält. Er wird nicht zögern, seine Hände nach Neapel, Navarra und Mailand auszustrecken.«

»Da mag Erzbischof Cisneros recht haben! So wie ich Louis von Orléans kenne, hat er schon immer Charles' Politik bestimmt. Aber wie kein anderer Mensch verbirgt er sein wahres Ich. Er täuscht und manipuliert jeden.«

Isabella sog mit hörbarem Zischen die Luft ein.

Margot räusperte sich. »Doña Isabella, Frankreichs Feinde sind Eure Freunde. Wäre es nicht zweckmäßig, neue Abmachungen mit ihnen zu treffen?«

»Cisneros arbeitet schon daran.« Über Isabellas Stirn zog sich eine Sorgenfalte. »Und doch besteht immer die Gefahr, dass sich die Bündnispartner im Ernstfall ihrer Verpflichtung entziehen!« Sie brütete stumm vor sich hin.

Margot warf ihrer Schwiegermutter einen mitfühlenden Blick zu. »Wenn die Absprachen für alle Seiten vorteilhaft sind, müssten sie doch die Kampfbereitschaft erhöhen!«

In Isabellas Augen trat ein warmer Schimmer. »Du hast ein kluges Köpfchen!« Sie erhob sich und glättete ihre Robe. »Mein Beichtvater wartet auf mich! Ich will mir den Schmutz der Politik von der Seele waschen.«

***

Die blaue Kuppel eines makellosen Julihimmels wölbte sich über den erzherzoglichen Tross. Schon ragten die spitzen Kirchtürme von Konstanz vor Philipp auf. Vor den Stadtmauern dicht am See flatterten die bunten Wimpel von Maximilians Feldlager im Wind.

Philipp schnalzte mit der Zunge, als er sich an seinen Rat Guillaume de Chièvres wandte, der neben ihm ritt: »Wie angenehm wäre es, in einer Barke zu schaukeln mit einer anmutigen Schwäbin an meiner Seite! Nach dieser leidigen Besprechung mit meinem Vater werde ich die Gelegenheit nutzen!«

»Ja, zuerst die Pflicht und dann das Vergnügen!«, nickte Chièvres. Er legte den faltigen Kopf schief. »Ich mache mir eher Sorgen, dass dir der alte Fuchs wieder Unsummen abknöpft!«

»Nein, diesmal nicht!«, schüttelte Philipp entschieden den Kopf. »Selbst wenn alle Blätter unserer Pappeln sich in Gold verwandelten, reichte das nicht aus, um Vaters Geldhunger zu stillen!« Er kniff die Augen zu Schlitzen zusammen, da ihn das Sonnenlicht blendete.

»Es freut mich, Philipp, dass du dich von Maximilians Bevormundung befreit hast!« Chièvres wiegte anerkennend seinen Kopf. »Die Niederlande gehen vor!«

Sie näherten sich dem Feldlager, das hinter zwei Reihen von Wagen lag. Auf den Fahrzeugen blitzten die Lanzen der Landsknechte und die grellen Farben ihrer Wämser leuchteten in der Sonne. Der Gestank von Bier schlug ihnen entgegen, als zwei Landsknechte sie zu ihrer Unterkunft geleiteten.

Philipp betrat das elegant eingerichtete Zelt seines Vaters. Maximilian diktierte, die Hände auf den Rücken verschränkt, dem Sekretär einen Brief: »Eure Braut wird sich in Kürze zu Euch begeben ...«

Philipp räusperte sich. Maximilian drehte sich um. Seine Augen lagen tief in den Höhlen. Er musste tagelang nicht geschlafen haben.

»Philipp, na endlich!« Sein Vater umarmte ihn und hieß ihn, an einem Tisch mit filigranen Einlegearbeiten Platz zu nehmen. Mit einer lässigen Handbewegung entließ er den Sekretär.

Maximilian schenkte Wein in zwei Römergläser. »Auf bessere Zeiten, mein Sohn!« Er nahm einen Schluck und blickte glanzlos vor sich hin.

»Wer hätte je gedacht, dass ich mit diesem Schweizer Gesindel jetzt verhandeln muss! Und das nur wegen der wortbrüchigen Reichsfürsten, die keinen Pfennig herausgerückt haben.« Maximilian griff nach dem Glas und nahm einen kräftigen Schluck.

Philipp versuchte, seinen Vater zu besänftigen. »Übrigens, Juana ist wiederum guter Hoffnung und diesmal wird es ein Knabe! Die Gestirne stehen günstig!«

Maximilians Miene hellte sich auf. »Das ist ein Lichtblick, Philipp! Unser Haus braucht eine stattliche Schar von Nachkommen. Sie sind der Keim unserer Macht. In alle Winde werde ich deine Sprösslinge verheiraten, bis wir überall unsere Netze ausgeworfen haben! Und da kommen wir zu Margot.«

»Wollt ihr sie tatsächlich mit Philibert von Savoyen verheiraten?«

»Allerdings! Dann können die Franzosen nicht mehr über die savoyischen Pässe nach Italien marschieren!« Maximilians Augen blitzten angeregt. »Anschließend kann ich ungehindert zur Krönung nach Rom ziehen ... und schon haben wir den Kaisertitel in der Tasche!«

»Aber wie wollt ihr Margot diese Ehe schmackhaft machen? Philibert ist nur ein Herzog?«

»Mit dieser Aufgabe wollte ich dich betrauen, Philipp! Es wird dir doch etwas einfallen!«, schmunzelte Maximilian. »Sie kennt Philibert ja schon. Er hat mit ihr als Kind in Amboise gespielt!«

Philipp kniff die Lippen zusammen. Eine Widerrede war zwecklos. Der Witwe des spanischen Kronprinzen, die Ehe mit einem Herzog einzureden, würde nicht leicht sein.

»Philipp, mache nicht so ein besorgtes Gesicht! Ich brauche dir doch nicht zu sagen, wie man mit Weibsbildern umgeht?« Maximilian brach in ein schallendes Gelächter aus. »Mit den spanischen Königen habe ich mich übrigens arrangiert. Sie tragen mir den Ausrutscher mit dem englischen Bräutigam nicht mehr nach.«

Philipp grinste breit. »Ich danke Euch, Vater! Jetzt wird das Intrigenkarussell der kastilischen Gesandten an meinem Hof ein Ende haben.«

»Hm, haben Juana und du nicht etwas voreilig euren Erbanspruch auf diese Länder angemeldet?«

»Euch entgeht nichts!« Philipp strich sich fahrig über die Stirn.

»Schwamm darüber! Hole mir Margot zurück und sorge dafür, dass sie den Ehevertrag mit dem Savoyer unterschreibt!«

»Ja, Vater. Nach meiner Rückkehr in die Niederlande werde ich unverzüglich eine Gesandtschaft nach Granada senden. Meine Schwester hat sich lange genug in Spanien vergnügt!«

**

Margot öffnete die Augen. Das Plätschern des Wassers in den Marmorrinnen der Gärten hatte sie geweckt. Licht sickerte an den Rändern der Vorhänge in ihren Schlafraum. Da spürte sie erneut ein Ziehen in ihren Eingeweiden. Es quälte sie in letzter Zeit immer, wenn sie an ihre Abreise dachte. Seit Philipps Gesandte wie ein Krähenschwarm in den Palast hereingeflattert waren, hatte sie die harte Wirklichkeit eingeholt. Sie war zum Spielball ihrer Gefühle geworden. Alles in ihr sträubte sich gegen eine dritte Heirat. Zweimal hatte sie ihrem Vater bereits als Pfand gedient, aber es hatte ihr nur Leid gebracht.

Margot setzte sich in ihrem Bett auf, flocht ihre Finger ineinander und atmete durch. Sie musste mit sich ins Reine kommen! Das Rascheln eines Seidengewandes riss sie aus ihren Gedanken.

Aline öffnete die Vorhänge und näherte sich dem Bett. Das Sommerlicht ließ die exotischen Blüten im Garten verheißungsvoll leuchten.

Sie setzte sich zu Margot aufs Bett und strich ihr über den Handrücken. »Wie fühlst du dich? Hast du über unser gestriges Gespräch nachgedacht?«

»Ja, aber ich habe noch keine Entscheidung getroffen.«

»Du könntest an das Heiratsproblem herangehen, wie man in Isabellas Kanzlei politische Fragen löst!« Aline schob ihnen ein Kissen unter den Rücken und beide suchten eine bequeme Haltung. »Gibt es einen Weg, dieser Ehe zu entkommen?«

Margot schloss die Augen. »Wäre ich älter, könnte ich mich auf ein Witwengut zurückziehen und den Künsten widmen. Aber einer Zwanzigjährigen erlaubt man das nicht. Der einzige schickliche Ausweg wäre ein Kloster.« Margot schlug die Hände vor das Gesicht.

»Nein, das Kloster schlage dir aus den Kopf! Das beschauliche Dasein würde deinen Hang zum Grübeln verstärken und dich der Schwermut preisgeben.«

»Ach, ja«, seufzte Margot, »das stimmt, ein Kloster wäre noch schlimmer als eine Ehe.«

»Wie wäre es, wenn du dich mit dem Gedanken an eine Heirat aussöhnst?«

Margot verzog ihren Mund und stützte den Kopf in die Hände. »Ach ja, tief in meinem Herzen bin ich stolz darauf, einem berühmten Herrscherhaus anzugehören.« Ihre Stimme stockte. »Aber es fiele mir viel leichter, dem Wunsch meines Vaters nachzukommen, hätte er mit mir mitgefühlt, als ich Juan und das Kind verloren habe. Maximilian hat aber nur seinen Schwabenkrieg vor Augen gehabt. Dass ich für ihn nur als Unterpfand für ein Bündnis von Bedeutung bin, hat mir wehgetan!«

Aline sah sie mitfühlend an. »Du könntest aber deinem Vater beweisen, dass du mehr bist als nur eine Handelsware. In dir fließt ebenfalls das burgundisch-habsburgische Blut. Was wäre geeigneter für dich, als mitzumischen in der Politik. Seit du in Isabellas Kanzlei tätig bist, fasziniert dich das Weltgeschehen!«

»Willst du damit sagen, ich könnte mir ein Ziel setzen, wofür es sich zu leben lohnt, sollte alles andere schiefgehen?«

»Genau das meine ich.«

Margot sah auf zum sternförmigen Stuckwerk und stellte sich vor, wie sie mit etwas Glück und Diplomatie ihrerseits ihren zukünftigen Gatten in der Politik beraten könnte. Mehr durfte sie nicht erwarten. Sie ergriff Alines Hand und lächelte dünn. »Ich werde mich Vaters Wunsch fügen und diese Ehe eingehen. Alle guten Dinge sind drei!«

Aline sah sie erleichtert an. »Es ist tapfer von dir,

dass du dich zu dieser Entscheidung durchgerungen hast! Jetzt kannst du wenigstens die letzten Tage hier noch genießen! Lasse uns mit einem maurischen Bad beginnen!«

Entlang Marmorsäulen, umrankt von saftig grünen Kletterpflanzen, schlenderten sie zum Kuppelraum des Bades. Sogleich eilten zwei Zofen auf klatschenden Pantoffeln auf sie zu und halfen ihnen beim Entkleiden. Während eine Dienerin Margot in der marmornen Badewanne sanft mit Blumenseife einrieb, schloss sie die Augen und atmete das Aroma ein. In Zukunft müsste sie sich mit hölzernen Wannen begnügen. Könnten die Niederländer doch diesen Luxus sehen, es verschlüge ihnen die Rede!

Als Margot nach dem Bad, gehüllt in weiche Tücher, rosig warm am Marmortisch lag und durch die Kuppel zum Himmel aufsah, huschte ein zufriedenes Lächeln über ihr Gesicht. Sie hatte es geschafft, die Vernunft über ihre Gefühle siegen zu lassen!

Stiefeltritte schlugen auf die glasierten Fliesen, während Margot und Aline durch den Garten zum Gemach schlenderten. Margot erbleichte, als sie in ihr Zimmer eintrat. Träger schleppten Reisetruhen an. Zofen wirbelten durch den Raum.

»Gottlob, da seid Ihr!«, rief Juana de la Torre ihr zu. »Wie Ihr seht, wir müssen packen!« Sie fächelte sich Luft ins erhitzte Gesicht. »Und noch etwas, Doña Isabella wünscht, Euch unverzüglich zu sprechen!«

Wozu diese überstürzte Abreise? Margot fasste sich ans Herz. Es schlug ihr bis in den Hals. Man behandelte sie wie ein Nichts und gewährte ihr nicht die nötige Zeit, um Abschied zu nehmen! Ohne den Boden unter sich zu spüren, lief sie durch die leuchtenden Höfe zu Doña Isabellas Wohntrakt. Im hufeisenförmigen Bogengang blieb sie stehen und rang nach Fassung. Nicht den Mut verlieren! Sie holte Luft. Nein, sie wollte nicht als zitterndes Bündel vor Isabella stehen. Sie wollte würdig von ihr Abschied nehmen!

Als Margot den Raum betrat, kam Isabella auf sie zu und drückte sie an sich. »Auch für mich geht alles viel zu schnell! Aber gestern konnte ich dem Herrn von Bergen meine Einwilligung nicht mehr vorenthalten.« Sie blickte Margot fest in die Augen. »Deine Familie braucht dich, das wirst du doch verstehen!« Sie legte ihren Arm um Margots Schulter und führte sie zu der Bank gegenüber dem farbenprächtigen Wandteppich. »Ich will dir noch einen Rat mitgeben!«

Margot sah Isabella erwartungsvoll an.

»Du hast Gespür für Politik! Das hast du mit deiner Arbeit in meiner Kanzlei bewiesen. Sowohl ich als auch Erzbischof Cisneros sind verblüfft gewesen, wie du Probleme erfasst und vernünftige Lösungen gefunden hast. Es hat dir doch Freude bereitet, nicht wahr?«

Für einen Moment leuchteten Margots Augen auf. Aber sogleich fühlte sie den bitteren Geschmack der Enttäuschung in ihrem Mund und heftete den Blick auf die Bodenfliesen, wo sich die Farben des Wandteppichs wie im Wasser spiegelten.

Isabella ergriff ihre Hand. »Es wäre zu schade,

wenn du nur endlos Altartücher sticktest und jedes Jahr ein Kind auf die Welt brächtest, um es bald dem Sensenmann in die Arme zu legen. Auch Frauen können eine Spur in der Geschichte hinterlassen!«

Margot hob den Blick. Isabella sprach ihren geheimsten Wunsch aus. Flüsternd kamen ihr die Worte über die Lippen: »Ja, es hat mich mit Freude erfüllt. Nur weiß ich nicht, wie ich in Zukunft mein Talent entfalten kann. Man hat mich nicht einmal unterrichtet, wem ich diesmal die Hand reichen soll.«

»Das kann ich dir sagen!« Isabellas Augen ließen Margot nicht los.

»Meine Gesandten in Flandern haben mir berichtet, dass du Philibert von Savoyen, deinen Kindergespielen, ehelichen sollst.«

Margots Hände krallten sich in ihre Robe und zerknüllten sie. »Einen Herzog? Ich kann mich nicht an ihn erinnern.«

Während Margot die Lippen zusammenpresste, strich Isabella ihr sanft über die Wange. »Auch ich bin früher nur eine unbedeutende Prinzessin gewesen. Aber in mir brannte ein Feuer: Ich wollte mir und der Welt beweisen, dass eine Frau regieren kann! Unermüdlich habe ich Verbindungen zu Granden geknüpft, deren Belange mit den meinen übereingekommen sind. Es ist ein dornenreicher Weg gewesen mit Rückschlägen, aber letztendlich habe ich mich durchgesetzt.«

In Margot baute sich eine Welle von Emotionen auf. Sie freute sich, dass Isabella sie als ebenbürtig betrachtete, aber zugleich machte sich die Ernüchterung in ihr breit, dass sie nur eine Herzogin sein würde. »Doña Isabella, Euer Vertrauen in meine Fähigkeiten ehrt mich! Könnt Ihr mir aber verraten, wie ich mein Ziel verfolgen sollte?«

»Herzog Philibert scheint ein vortrefflicher Krieger zu sein, aber das Regieren ist nicht seine Sache. Das überlässt er seinem Bastardbruder, einem Parteigänger der Franzosen. Du weißt doch, wie bedeutend die Alpenpässe nach Italien sind, nicht nur für deinen Vater!«

Margots Stirn kräuselte sich. Isabella konnte ihr ansehen, wie es dahinter arbeitete.

»Wenn Ihr über die Pyrenäen zieht, die Engländer die Normandie besetzen und die Alpenpässe gesperrt sind«, Margots Stimme stockte für einen Augenblick, »müssen die Franzosen nach der Pfeife der Verbündeten tanzen!«

Isabella legte ihr Gesicht in ein zufriedenes Lächeln.

»Das stimmt, Margot! Und du könntest diese Friedenspolitik entscheidend beeinflussen. Dein Vater wäre sicherlich einverstanden, wenn du dich daran beteiligst, Konflikte zu schlichten. Das können wir Frauen besser als die Männer.«

»Ihr meint, ich sollte die Stellung des Bastards untergraben?« Margots Lippen bebten.

»Man sagt, er wirtschaftet zu viel in seine eigene Tasche. Es dürfte also nicht schwierig sein, ihn im Laufe der Zeit kaltzustellen.«

»Meint Ihr, dass ich dem gewachsen bin?«, platzte es aus Margot heraus.

»Natürlich kannst du das! Du streckst deine Fühler aus, knüpfst Knoten und lässt dir vor allem Zeit! Dann geht dir der Bastard wie von selbst ins Netz. Und dich feiert man als Retterin von Savoyen!«

Margots Augen blitzten auf. Sie wäre dann mehr als eine Ratgeberin ihres Gatten und Maximilian müsste sie respektieren. Aber vorläufig war es nur ein Fantasiegebilde.

Isabellas und Margots Blicke verschränkten sich. »Man muss manchmal über die Zukunft träumen können, Margot!«

Isabella löste einen goldenen Armreif von ihrem Handgelenk und wies mit dem Zeigefinger auf die Inschrift in der Innenseite: Glück – Unglück, stark aus eigener Kraft. »Dieser Spruch hat mir in dunklen Stunden Mut gemacht!« Sie streifte das Armband über Margots Handgelenk. »Möge diese Weisheit auch dir in Zeiten der Not hilfreich sein!« Mit Tränen in den Augen umarmte sie Margot. »Gehe mit Gott! Zumindest bleibt dir diesmal der Seeweg erspart und du kannst in aller Ruhe durch Frankreich reisen.«

11 Aufbruch ins Ungewisse

Eine glitzernde Schneedecke überzog die burgundische Landschaft, als sich Margots Reisezug Dijon näherte. Das Jahr 1499 ging zu Ende und ein neues Jahrhundert stand vor der Tür. Aline, die neben Margot ritt, wies auf ein Meer von Büßern, das die Straße vor ihnen überflutete: »Da hast du sie, die armen Seelen, die denken, dass morgen das Ende der Welt anbricht! Wie viele Jahrhunderte sind doch vergangen, ohne dass sich die Schreckensbotschaften der Prediger erfüllt haben!« Sie wandte sich ab von den Sühnenden und versuchte, ihre Entrüstung herunterzuschlucken. Da flog ihr ein Gedanke zu, der sich sogleich in Worte ergoss: »Diese Mönche, die nur Angst unter dem Volk schüren, werden bald der Vergangenheit angehören. Immer mehr Menschen lesen und Bücher führen zum Denken.« Alines Augen blitzten. »Wetten, dass die Vernunft siegen wird! Wenn wir dann mehr Milde walten lassen, wird unsere Erde ein lebenswerter Ort!«

Margot biss sich auf die Unterlippe und zögerte. Sie wollte ihre Freundin nicht vor den Kopf stoßen. Aber dieses Vertrauen in eine bessere Zukunft konnte sie nicht teilen. Das Ränkespiel der Fürsten – sie musste nur an ihren Vater denken – sprach eindeutig gegen Alines Vorstellungen. Sie runzelte die Stirn. »Das alles, was du sagst, mag für Gelehrte und wohlmeinende Menschen gelten! Wenn man aber an die Fürsten denkt ... Ich gebe ja zu, dass so mancher beim Lesen philosophischer Schriften mit dem Gedanken spielt, sich in einen weisen Landesherrn zu verwandeln. Aber was geschieht, wenn sein Ansehen bedroht wird oder er die Gelegenheit wittert, seine Macht zu erweitern?« Margots Blick ließ Aline nicht los.

Aline schlug die Augen nieder. »Hm, du hast wohl recht. Ich vergrabe mich in Büchern und schließe die Augen vor der harten Wirklichkeit.« Nachdenklich fügte sie hinzu: »Deine Einschätzung der Fürsten könnte stimmen. Es gilt ja für uns alle, wenn wir herausgefordert werden, gehen die löblichen Vorsätze in die Brüche und wir verhalten uns wie eh und je! Hätte Gott uns doch mit mehr Weisheit ausgestattet!«

Vor ihnen ragten in der Talmulde die Dächer von Dijon auf. Ein freudiges Kribbeln durchströmte Margot, als sie die bunten Dachziegel sah. »Die Stadt sieht ja wie Gent aus!«

»Sieh dir das an«, Aline wies mit dem Zeigefinger auf das nächstliegende Dach, »dieselben Rautenmuster wie in den Niederlanden. Aber es gibt hier viel mehr verzierte Dächer als in Gent.« Sie schüttelte erstaunt den Kopf. »Es ist, als wölbe sich über die Stadt ein orientalischer Teppich!«

»Wie schade, dass Vater dieses gelobte Land an Frankreich verloren hat! Aber heute darf ich es mit eigenen Augen bestaunen!«

Fanfaren hallten von den Stadtmauern, als sie durch das Tor ritten. Ein Greis mit hellen Augen unter dichten Brauen verbeugte sich vor Margot. Während er ihr die Schlüssel der Stadt überreichte, flossen Tränen über seine Wangen. »Dass ich das noch erleben darf, die Enkelin Herzog Karls in meiner Stadt willkommen zu heißen!«

Margot belohnte ihn mit einem strahlenden Lächeln.

Menschen säumten fröstelnd den Platz vor der Kathedrale. Ihre Stimmung war beklommen, als erwarteten sie nichts als Kummer und Mühsal in der kommenden Zeit. Einige winkten Margot zu und hauchten verstohlen: »Vive la Maison de Bourgogne!«

Der Reisezug schob sich durch winklige Gassen, bis er den Hof des herzoglichen Palastes erreichte. Margot schwang sich aus dem Sattel. Sie schaute auf zum Abendhimmel. Die Wolken standen in Flammen. Sie tauchten die bunt verzierten Dachluken und die luftig geschwungenen Säulengänge in ein unwirkliches Licht. Für einen Augenblick fühlte sie, als wäre sie heimgekehrt in das Land ihrer Vorfahren, so vertraut schien ihr alles. Aber dann überfiel sie Ernüchterung: König Louis ließe sich dieses Land von Milch und Honig niemals mehr entreißen. Sie und Philipp waren die Letzten, die dem Haus Burgund entstammten. Eine Welle der Bitterkeit stieg in ihr auf.

Jemand räusperte sich hinter ihr. Mit einer einladenden Geste wies der Bürgermeister auf ein Fuhrwerk, das beladen war mit Eichenfässern. »Eine Gabe der Dijoner Bürger. Möge der Wein Euch munden!«

Lärm erfüllte den Speisesaal des Palastes, als Margot eintrat. Teppiche mit ritterlichen Szenen schmückten die Wände. Auf der Empore stand der Herzogstuhl, verziert mit steinernen Ornamenten. Ein Schatten flog über ihr Gesicht. Hier hatten ihre Vorfahren jahrhundertelang Gesandte empfangen und Pläne geschmiedet.

Der Herr von Bergen geleitete Margot an ihren Platz und gab den Bediensteten ein Zeichen. Sogleich trugen sie die Speisen auf. Es duftete nach gebratenen Gänsen, Spanferkel und Reihern in Pflaumensoße. Gierig fielen Margots Begleiter über das Essen her. Sie stopften sich den Mund, als hätten sie seit Monaten nichts Anständiges gegessen. Als der Herr von Bergen sah, wie Margot nachdenklich auf ihr Essen starrte, erhob er seinen Pokal: »Auf Euch, Erzherzogin!«

Er beugte sich zu ihr herunter und flüsterte ihr zu: »Ihr werdet doch heute nicht Trübsal blasen! Das kommende Jahrhundert gehört dem Haus Habsburg!« Seine Augen glänzten. »In einigen Wochen sind wir zu Hause, und so Gott will, werdet Ihr Erzherzog Philipps Sohn zur Taufe tragen! Freut Euch doch mit uns!«

Wie erfreulich wäre es, wenn etwas von diesen Worten in Erfüllung ginge, dachte Margot, während ein winziges Lächeln sich auf ihre Lippen schlich. Zufrieden zwinkerte der Herr von Bergen ihr zu.

Je länger der Abend fortschritt, desto ausgelassener wurden Margots Reisebegleiter. Gelächter und Rufe flogen zwischen den Gruppen hin und her. Die Niederländer schütteten den schweren Burgunderwein wie Wasser in sich hinein.

Margot verzog ihr Gesicht und fasste Aline am Arm. »Lasse uns in den Hof gehen und ein wenig Luft schnappen!«

Sie verließen den Festsaal. Aline half Margot in den pelzverbrämten Mantel und sie schlüpften durch eine Pforte ins Freie.

Es war still im Hof. Bei den Toren loderten die Fackeln der Wachposten. Der fahle Mond am Himmel vermochte kaum die Wolken zu durchdringen. Margot verbarg ihre Hände im Puff. »Wie die Zeit verrinnt, Aline! Juan und Granada sind für immer dahin.« In ihren Augen stand leise Wehmut. »Der heutige Tag ist beinahe verklungen. Und die Zukunft«, sie hob den Blick mit Unbehagen zum Mond, »ist von Nebel eingehüllt, wie die Sterne am Firmament.«

Aline lächelte sie an. »Mir scheint, ich habe etwas, womit ich den Nebelschleier ein wenig lüften kann!«

»Was meinst du damit?« Margots Augen weiteten sich.

»Fast hätte ich es vergessen, aber in Amboise habe ich ein Tagebuch geführt, um mir die Zeit zu vertreiben.«

»Meinst du, dass darin etwas über Philibert und mich steht?«

»Und ob! Du bist doch immer der Mittelpunkt meines Lebens gewesen! Sobald wir in Gent sind, hole ich die Aufzeichnungen aus der Truhe!«

In Margots Augen trat ein warmer Schimmer. Sie küsste Aline auf die Wange. »Ich kann es kaum erwarten, in Gent einzutreffen! Wie soll ich dir das vergelten?«

Alines Gesicht strahlte. Während sie Margot am Arm fasste und sie zurück in den Palast gingen, flüsterte sie ihr zu: »Niemals hätte ich mir träumen lassen, so viel von der Welt zu sehen. Das alles verdanke ich dir!«

***

Erzherzog Philipp wanderte ruhelos durch das Arbeitszimmer. Am Fenster hielt er inne und verschränkte die Arme. Der Wind trieb die dunklen Rauchschwaden aus der Stadt in den Innenhof des Genter Schlosses. Obwohl es Ende Februar war, wollte der Winter nicht weichen. Sogleich käme Margot und er musste mit ihr nicht nur die Tauffeier, sondern auch ihre Heirat besprechen. Dass seine Schwester Philibert von Savoyen heiraten sollte, gefiel ihm ganz und gar nicht. Aber wie üblich hatte Max alles ausgeheckt.

Was für eine anziehende Frau ist seine Schwester geworden! Als er ihr gestern bei der Ankunft aus dem Sattel geholfen und sie in die Arme genommen hatte, hielten sie einander eine Weile fest, ohne ein Wort zu reden, nur um die Nähe des anderen zu spüren. Diese Verbundenheit wollte er um keinen Preis verlieren. Er wiegte abwägend den Kopf. Wenn er mit ihr offen über alles spräche, willigte sie womöglich eher in die Heirat ein und er könnte sich seine eigenen Sorgen von der Seele reden.

Als Margot an diesem Morgen aus dem Ankleideraum in ihr Gemach zurückkehrte, lagen vergilbte

Papierbogen auf dem Tischchen vor der Bank. Alines Aufzeichnungen! Endlich! Daneben wölbte sich eine Schale mit bunten Plätzchen. Der Duft, der ihnen entstieg, ließ Margot das Wasser im Mund zusammenlaufen! Nein, zuerst wollte sie sich der Lektüre widmen. Sie machte es sich bequem auf der Bank und griff nach dem ersten Blatt.

Vor ihrem inneren Auge tauchte die Spielwiese im Schlosspark von Amboise auf. Der Geruch von frisch geschnittenem Gras vermischt mit Marzipan stieg ihr in die Nase. Sie langte in die Schale und steckte sich ein Plätzchen genüsslich in den Mund.

Sie las weiter. Röte überzog ihre Wangen. Ein aufgeschossener Knabe schloss sie in die Arme und küsste ihre goldenen Locken. Hastig griff sie nach den nächsten Seiten und war beinahe am Ende angelangt, als die Tür klickte. Aline stand vor ihr.

»Komm«, Margot wies auf die Bank, »setze dich bitte und hilf mir, das alles zu deuten!« Mit zittriger Hand zeigte sie auf die Blätter.

Aline nahm neben Margot Platz und streichelte ihr sanft über den Rücken. »Es ist doch sonnenklar, dass ihr beide ein Herz und eine Seele gewesen seid. Die Plätzchen hat er sich von der Köchin erbettelt, um deinen Heißhunger auf Süßes zu stillen. Dass du die Zärtlichkeiten, die ihr ausgetauscht habt, vergessen hast, ist verständlich. Du bist damals erst drei Jahre alt gewesen. Obwohl ich neun gewesen bin, erinnere ich mich ebenfalls nur bruchstückhaft an Annes Auftritt, der deiner Freundschaft mit Philibert ein jähes Ende bereitet hat. Sie hat dich aus Philiberts

Armen gezerrt und ihn davongejagt. Ein verarmter Verwandter, der es gewagt hat, die Gattin des französischen Königs zu betasten, was für ein Eklat!«

Das Blut schoss Margot ins Gesicht. Sie senkte schuldbewusst den Kopf.

»Philibert konnte dich nicht vergessen. Auch hat er danach an Charles' Hof gelebt, bei gemeinsamen Festen hat er sich meistens hinter einer Säule versteckt und schmachtend nach dir Ausschau gehalten. Wie gerne wäre er es gewesen, der dich bei den ausgelassenen Sprüngen der Gaillarde aufgefangen hätte.«

»Wieso weißt du, dass das Philibert gewesen ist?«

»Madame de Segré hat mich auf ihn aufmerksam gemacht. Sie hat den jungen Mann mit dem offenen Blick lieb gewonnen.«

Margot schloss die Augen. Sie zweifelte nicht mehr daran, dass Aline alles wahrheitsgetreu aufgezeichnet hatte. Einen Moment lang erklang eine zarte Melodie der Hoffnung in ihr. Sollte sich Fortuna doch nicht ganz von ihr abgewandt haben?

Als Margot Philipps Arbeitszimmer betrat, verharrte ihr Bruder am Fenster. Er eilte zu ihr und küsste sie auf die Wangen. Nachdem sie Platz genommen hatten, sah Margot, wie er schluckte, um die Anspannung niederzuhalten.

»Margot, wir müssen einiges klären. Lasse uns offen darüber sprechen!«

Philipps aufrechter Ton gefiel ihr. Sie nickte zustimmend.

»Es ist Max gewesen, der den Herzog von Savoyen

erwählt hat. Ich habe ihn nicht umstimmen können ...«

Margot unterbrach ihn und sah ihm in die Augen. »Philipp, es ist mir zwar schwergefallen, aber ich habe mich mit der Heirat abgefunden. Ich erfülle zum dritten und letzten Mal meine Pflicht! Das habe ich Vater bereits schriftlich mitgeteilt.«

»Meine tapfere Schwester!« In Philipps Augen leuchtete ein bewunderndes Staunen. Mit wenigen Worten hatte sie ihn von einer schweren Last befreit.

»Wann muss ich nach Savoyen reisen?

Philipp zögerte. »Du kennst doch Vater. Bei ihm eilt alles. Gleich nach Karls Taufe solltest du dich auf den Weg machen. Max verjagt soeben die Franzosen aus Italien und will ihnen den Rückzug über Savoyen abschneiden.«

Margot schüttelte den Kopf. Ein paar Monate in den Niederlanden hätte ihr Vater ihr doch gönnen können. Wiederum behandelte er sie wie eine Ware.

Über den Tisch hinweg umfasste Philipp Margots Hand. Seine braunen, sanften Augen ließen die ihren nicht los. »Schwester, über mich hat Vater ebenfalls schamlos verfügt. Ich weiß, wie entwürdigend es ist, als ein Gegenstand behandelt zu werden. Aber glaube mir, zusammen können wir ihn in Zukunft mäßigen.«

Philipps warme Hand und sein Vorschlag, gemeinsam auf Max einzuwirken, erhellten Margots Stimmung. »Was schlägst du vor?«

»Für mich ist Vater eine Gestalt vergangener Zeiten. Er ist ein Ritter, der seine Bestätigung in einem Meer von Kriegen sucht. Du und ich, wir sind auf der Höhe der Zeit und sollten Vater vor sich selbst schützen! Wir müssen uns mehr um ihn kümmern und ihn davon überzeugen, dass er uns vertrauen kann.«

»Du meinst, ich sollte ihm öfter schreiben, mich nach seinem Wohlergehen erkundigen und wie zufällig deine politischen Auffassungen einstreuen?«

»Ja genau, das meine ich! Brieflich stimmen wir uns darüber ab.« Ein zufriedenes Lächeln trat auf Philipps Gesicht. Er ließ Margots Hand los. »Ich kenne niemanden, der sich besser dazu eignet! Doña Isabella hat dein diplomatisches Talent entdeckt und dafür gesorgt, dass man davon erfahren hat.«

Margot durchzuckten zwiespältige Gefühle. »Philipp, ich kann mir nichts Sinnvolleres vorstellen, als gemeinsam für das Wohlergehen unseres Hauses zu sorgen! Ich bin dazu bereit, nur wünsche ich mir, dass du auch meine Überlegungen einbeziehst! Ich werde nicht nur als dein Sprachrohr dienen.«

»Einverstanden!«, schallte Philipps wohlklingende Stimme durch den Raum.

Margot lehnte sich in ihrem Stuhl zurück. Ein feines Lächeln spielte um ihren Mund. Das ging zu leicht. Er dachte wohl, mit einer Schmeichelei davonzukommen. Aber sie ließe sich nicht weiterhin benutzen, schon gar nicht von ihrem Bruder. Das würde er noch feststellen.

»Wie du weißt, Margot, bist du die erste Taufpatin unseres Sohns.« Philipps Miene verdüsterte sich. »Sollte mir etwas zustoßen, bevor Karl erwachsen ist«, seine Stimme stockte, »... nimm ihn in deine Obhut!«

Margot erschrak. Wo war ihr lebensfroher, waghalsiger Bruder geblieben? Vor ihr saß ein Fürst, den schwere Sorgen plagten. »Du kannst dich auf mich verlassen! Aber meinst du nicht, dass du alles zu schwarz siehst?«

Philipp vergrub den Kopf in den Händen. »Der Krieg gegen Geldern verschlingt Unsummen. Die Kassen sind leer. Wir müssen mit Karls Tauffeier unsere Untertanen beeindrucken. Sie lechzen nach Gepränge und wir nach Geld. Schwester, lasse morgen bei der Taufe deinen Charme spielen! Dein Lächeln kann uns helfen, die Sondersteuern zu erlangen. Ohne diese Einkünfte zögen die Söldner meuternd durch die Niederlande und deine Mitgift könnte ich ebenfalls nicht aufbringen.«

Margot sah ihrem Bruder in die Augen. »Wir werden es schon schaffen, Philipp! Bei einem Thronerben geizen die Niederländer nicht! Erinnerst du dich nicht, was Margarete über deine eigene Taufe erzählt hat? Sie hat dich zuerst vor dem Volk entkleiden müssen, um zu beweisen, dass du ein Knabe bist. Aber danach hat es Gold geregnet!«

Das letzte Glühen der Wintersonne brach sich in den spitzbogigen Fenstern des Prinzenhofs, als Margot sich auf den Weg zur Tauffeier begab. Während sie das mit grüner Seide ausgeschlagene Podest bestieg, bekam sie weiche Knie. Es ragte hoch über dem Boden heraus, sodass das Volk den Festzug von allen Seiten bestaunen konnte.

Jetzt lag es an ihr, Philipps Staatskasse zu füllen.

Wenn es ihr nicht gelänge, zögen Söldnerhaufen brandschatzend durch die Niederlande. Energisch schob sie den Gedanken beiseite. Nein, koste es, was es wolle, sie musste es schaffen!

Vor ihr schritt der Graf von Nassau mit einer mannshohen Taufkerze. Ihm folgte der Bastard von Burgund mit dem goldenen Wasserbecken.

Die Fackeln, die den Weg vom Schloss zur Kirche erhellten, blendeten sie. Wo blieb nur Margarete mit dem Täufling? Sie kniff die Augen zusammen. Endlich kamen Träger mit einer offenen Sänfte auf sie zu. An der scharfkantigen Nase erkannte Margot sogleich ihre Großmutter. Wie gebrechlich ist sie doch geworden! In ihrem Schoß ruhte ein in Hermelin verpacktes Bündel, ihr Neffe Karl. Mit einer Handbewegung gebot Margot den Trägern anzuhalten. Ein Lächeln schlich sich auf Margaretes Gesicht, als Margot sie auf die Stirn küsste und ihren schlummernden Neffen sanft streichelte. Sie reihte sich an Margaretes Seite ein und weiter ging es in Richtung Kirche. Als sie einen mit Blumengirlanden geschmückten Triumphbogen passierten, schmetterten Trompeten. Schon beim ersten Klang erwachte Karl, strampelte und heulte laut. Margarete blickte ihre Enkelin hilflos an. Ihre gichtgeplagten Arme konnten den kreischenden Säugling kaum mehr halten. Margot nahm das schreiende Bündel in die Arme, wiegte es sanft und drückte es an ihr Herz, bis ihm die Augen zufielen. »Sei lieb, mein Neffe!«, flüsterte sie ihm zu. »Das Volk will dich sehen. Von deinem ersten Auftritt hängt viel ab!« Freudestrahlend hob sie Karl in die

Höhe und zeigte ihn dem Volk. Sein Gesicht verzog sich zu einer Grimasse, die einem Lächeln glich. Als eine Woge der Rührung durch die Massen ging, gefolgt von spontanen Lobrufen auf das Haus Burgund, atmete sie erleichtert auf.

Helllichter Tag schlug Margot beim Betreten der Kirche entgegen. Hunderte Kerzen erleuchteten den Raum. Kein Stuhl war unbesetzt. In einem Meer von Licht und blinkenden Roben hielt sie ihren Neffen über das Taufbecken. Er gluckste ängstlich, während man ihn mit dem geweihten Wasser begoss. Sein Mund verzog sich, als wolle er zu weinen anfangen. Margot strich ihm zärtlich über die Wange und flüsterte ihm zu: »Du brauchst dich nicht zu fürchten, mein Kleiner! Solange ich lebe, werde ich dich beschützen.«

Nachdem der Jubelgesang verhallt war, bestieg Margot mit Karl in den Armen das Podest neben dem Taufbecken. Eine erwartungsvolle Spannung lag im Raum. Achte auf deine Aufgabe und zeige den Ständen, was du kannst, ermutigte sie sich.

Während alle gebannt auf Margot starrten, aus deren Schleier eine goldene Haarsträhne hervorlugte, stahl sich ein Lächeln in ihre Mundwinkel. Es glitt über ihr Gesicht und ließ ihre Augen aufleuchten. In ihren Armen lag das Kind mit geröteten Wangen und zwei geballte Fäustchen ragten aus der Hermelindecke hervor.

Dicht am Podest standen zwei Edelmänner, die Margot mit ihren Blicken verschlangen. »Meister

Memling hätte keine bezauberndere Madonna mit Kind malen können!«, raunte der eine dem anderen zu.

Diese Worte klangen wie Musik in Margots Ohren. Erleichterung und Freude breiteten sich in ihr aus. Sie hatte ihre Aufgabe erfüllt, Philipp war vorerst von seinen Sorgen befreit.

12 Unverhofftes Glück

Der Savoyer Winter wollte dieses Jahr nicht weichen. Es war schon Beginn April, aber die Äste der Bäume bogen sich noch unter dem Gewicht des Schnees und der Eiszapfen. Herzog Philibert aber verspürte eine Lebenslust, eine Kraft, als stünde alles in Blüte. Sein Rappe roch die unbändige Freude, warf feurig den Kopf herum und trabte über die verschneiten Felder. Nur noch einige Meilen zum Kloster Romainmôtier, dort durfte er sie wiedersehen, Margot, seine Margot!

Jahrelang war sie für ihn unerreichbar gewesen. Immer noch stieg ihm die Röte in die Wangen, wenn er daran dachte, wie Anne de Beaujeu ihn von ihrem Hof gejagt hatte, wie einen Unhold, der sich an der Königin vergehen wollte. Die Gefährten an Charles' Hof hatten ihn deswegen dauernd gehänselt und sogar Charles hatte seinen Spaß daran. Als Maximilian ihm vor einem Jahr in Trient die Ehe mit seiner Tochter anbot, da war er einen Augenblick fassungslos gewesen. Er hatte sich abwenden müssen. Jetzt bietet der römische König sie mir an, mir, der sie früher nicht einmal berühren durfte! Der Zugang zu den Alpenpässen ist dem König seine Tochter wert! Wie würde sein Bastardbruder René darauf reagieren, der mehr zu den Franzosen neigte?

Einen Wimpernschlag war er versucht, abzulehnen. Aber dann, Margot, seine Margot mit der goldenen Lockenpracht, dem rosigen Teint und dem bezaubernden Lächeln! Wie oft hatte er davon geträumt!

Als er sich zu Maximilian umwandte, strahlte er und der König schloss ihn väterlich in die Arme.

Philibert sog den Duft des Tannenwaldes ein. Sicherlich, er musste darauf gefasst sein, dass Margot nicht das Gleiche für ihn empfand wie er für sie. Sie waren noch so jung, als man sie voneinander trennte. Aber er würde sie für sich zurückgewinnen. Nach allem, was sie in ihrem bisherigen Leben mitgemacht hatte, konnte er Geborgenheit bieten. Er hatte zwei kräftige Arme und Schultern, die dazu gemacht waren, sie zu beschützen. Gemeinsam würden sie die Freuden des Lebens auskosten. Was gab es Beglückenderes, als bei Sonnenaufgang zusammen durch taufrische Wälder zu streifen oder in einer sternenübersäten Sommernacht in einer Barke über einen Alpensee zu gleiten.

Vor Philibert erhob sich eine verschneite Hügelkette. Erneut gab er seinem Pferd die Sporen und preschte davon. Das war die letzte Hürde, die ihn von Margot trennte.

Margot schrak aus dem Schlaf auf. Schritte auf den Holzdielen hatten sie geweckt. Sie rief nach Aline, bekam aber keine Antwort. Verwirrt sah sie sich um. Das Geräusch musste vom Flur kommen. Für einen Moment wusste sie nicht, wo sie war. Als ihr aber der Duft von Rosenwasser in die Nase stieg, erinnerte sie sich an das Bad, das sie bei ihrer Ankunft im Kloster genommen hatte. Nein, auf sie warteten keine vereisten Saumpfade mehr, wo der Wind ihr mit eisiger Kälte ins Gesicht blies. Sie war am Ziel angelangt. Sie schob ihr Kissen zurecht, richtete sich auf. Ihr Blick fiel auf die Uhr am Tisch. Oh Gott, es war sechs Uhr abends! Bald träfe Philibert ein. Ein Schatten flog über ihr Antlitz. Wenn er nur nicht seinem Bastardbruder glich! Schon während der Reise war sie Renés Gesellschaft überdrüssig geworden. »Was die Sonne am Himmel ist, ist Euer Vater auf Erden! Er reinigt die Welt von Unrat und stürzt sich selbst großherzig in die Flammen, nur um die Christenheit zu retten!«, schmeichelte ihr René. Er schnalzte mit der Zunge. »Stellt Euch vor, der römische König hat uns die Reichssteuer für fünf Jahre erlassen!« Während Renés Augen vor unverhohlener Gier blitzten, stieg Margot die Schamröte ins Gesicht. Die Savoyer hatten sich mit der Heirat eine goldene Nase verdient!

René blieb ihr ein Rätsel. Dieser grob gebaute Riese hatte sein Bestes gegeben, um sie wohlbehalten über die spiegelglatten Bergpfade zu führen. Aber seine Schmeicheleien stießen sie ab. Auch gefiel ihr sein Blick nicht. Die engstehenden Augen schweiften rastlos umher, als hätte er etwas zu verbergen. Sollte er als Regent Savoyens Staatskasse plündern, wie Doña Isabella in Granada hatte durchschimmern lassen? In Zukunft würde sie ihn im Auge behalten.

Ein Klopfen an der Tür und Aline steckte den Kopf herein. »Margot, es wird Zeit, dass ich dich ankleide! Was für eine Robe soll ich bereitlegen?... Die lindgrüne ... die karmesinrote?«

Margot kniff die Augen zusammen und reckte sich.

»Hm, nehmen wir die Karmesinrote! Dann kann ich Philiberts Rubinkette mit den Ohrgehängen tragen.«

Aline eilte zum Fenster, schob die Vorhänge beiseite und verschwand im Ankleideraum. Mit steifem Rücken schob sich Margot aus dem Bett. Sie gab sich einen Ruck und trat ans Fenster. Draußen war es schon dunkel. Der Klosterhof glänzte verschwommen im Licht der Fackeln. Eisige Kälte durchrieselte sie und sie schlug die Arme um ihren Oberkörper. Jetzt gab es kein Zurück mehr! Noch heute würde sie Philibert zur Frau nehmen. Wiederum verheiratet, der Gnade eines Mannes ausgeliefert! Sie starrte in das diffuse Licht des Hofs und ihre Stimmung verdüsterte sich. Wie festgewachsen stand sie vor dem Fenster, als sie Alines Arm auf ihrer Schulter fühlte.

»Lass das Zweifeln sein, Margot! Widme dich dem Ankleiden!« Und mit einem vielsagenden Lächeln auf den Lippen munterte sie sie auf: »Du wirst schon sehen, Philibert wird dir gefallen!« Aline führte sie in den Ankleideraum.

Margot schämte sich, ihrer Stimmung nachgegeben zu haben. Wie oft hatte sie sich vorgenommen, ihre melancholischen Anwandlungen zu unterdrücken. So beherrscht wie Aline wollte sie sein!

Während Aline ihr das Mieder der karmesinfarbenen Robe zuschnürte, platzte es aus Margot heraus: »Du hast recht, ich werde alles daransetzen, um mich mit Philibert zu verstehen!«

»Das hört sich schon besser an!«, lobte Aline sie und wob ihr karmesinrote Seidenblumen in das Haar. Zuletzt legte sie ihr einen hauchdünnen Schleier an.

Margot stand auf und begutachtete sich im Spiegel. Erstaunt trat sie einen Schritt zurück. Der Spiegel zeigte ihr das Idealbild einer Braut. »Aline, deine Hände können zaubern. So anziehend habe ich noch niemals ausgesehen!«

Geräusche drangen aus dem Klosterhof an ihre Ohren: Hufschlag und Männerstimmen! Margot zuckte zusammen. Jetzt gibt es kein Zurück mehr!

Aline fasste sie am Handgelenk und führte sie in den Empfangsraum nebenan. Nachdem sie die Falten von Margots Robe geglättet hatte, strich sie ihr sanft über die Wange. »Mache nicht so ein betrübtes Gesicht, bald sieht alles anders aus!« Sie verließ den Raum. Eine beklemmende Stille umfing Margot.

Im Klosterhof sprang Philibert vom Rappen und stürzte in sein Gemach. Ungeduldig wartete er darauf, dass der Kammerdiener ihm die Bänder des Wamses aufgenestelt hatte, und riss sich das Kleidungsstück vom Leib. Sein Körper triefte vor Schweiß.

»Mit Verlaub, Herr, ein Bad könnte Euch wohltun!«

»Ich habe keine Zeit, Jean. Ich muss zu meiner Braut.«

Der alte Kammerdiener schüttelte den Kopf und schmunzelte. »Aber eine Erfrischung ist vonnöten!« Er griff nach den parfümierten Tüchern und rieb Philiberts muskulösen Körper damit ab. Dann half er ihm in saubere Kleider, bürstete ihm die halblangen braunen Haare und reichte ihm ein schwarzes Barret, auf dem ein Rubin glitzerte. Als er sah, wie Philiberts Kinn vor Aufregung bebte, bemerkte er einfühlend: »Kein Grund zur Sorge, Eure Durchlaucht! Ihr seid ein stattlicher Bräutigam! Ich bin mir sicher, dass Euch das Herz der Dame zufliegen wird!«

Die Tür zum Empfangsraum flog auf und ein hochgewachsener Mann trat ein. Er überragte seine Braut eine Haupteslänge. Einige Schritte vor Margot blieb er stehen und sie betrachteten einander wie gebannt. Ihr Blick wanderte von den sanften braunen Augen, über die fein geschnittene Nase, den sinnlichen Mund zum wohlgeformten Körper mit den breiten Schultern. Ein winziger Muskel unter seinem linken Auge verriet ihn. Eine Welle der Zuneigung erfasste sie.

Philibert konnte den Blick nicht abwenden von Margots eleganter Erscheinung. Ja, sie war es noch! Goldenes Haar unter dem dünnen Schleier, lebhafte bernsteinfarbene Augen und der frische Teint, so frisch wie der eines jungen Mädchens. Und wichtiger noch ihr Lächeln. Die Jahre hatten es nicht ausgelöscht. Ein Leuchten trat in seine Augen, als er an sie herantrat und sie in die Arme schloss. Flüsternd kamen ihm die Worte über die Lippen: »Margot, seit unseren Kindertagen habe ich niemals aufgehört, zärtliche Gefühle für dich zu hegen!« Er bettete ihren Kopf an seine Schulter und sie konnte sein Herz schlagen hören. Er küsste ihr die Stirn. »Habe keine Angst! Die Wanderjahre sind vorüber. Ich gehöre dir für alle Zeit und werde dich beschützen und respektieren.«

Margot fühlte, als hätten Philiberts Worte ein Geheimfach in ihrem Herzen geöffnet, in dem sie ihre Mädchenträume verschlossen hatte. Sie wusste jetzt, dass er der Gefährte war, nach dem sie sich gesehnt hatte. Sie schmiegte sich an seine Brust. Ein inniges Gefühl durchströmte beide. Sie brauchten keine Worte mehr, um einander zu verstehen.

Es ging gegen neun Uhr abends, als Aline durch den Kreuzgang zur Kapelle eilte, in der die Trauung stattfinden sollte. Ein eisiger Wind zerrte an ihren Kleidern und sie dachte mit Wehmut an Margots Hochzeit in Burgos. Wo waren die Posaunen und Trompeten, die jubelnde Menschenmenge unter dem strahlend blauen Himmel geblieben?

Das Eichentor zur Kapelle ging knarrend auf. Zwei Mönche, mit tief ins Gesicht gezogenen Kapuzen, ließen Aline ein. Ihr Blick fiel auf den Altar, auf dem Kerzen glitzerten, als wären Sterne zum Festakt herabgesunken. Zugleich sog sie den Duft von Wald ein. Sie schaute sich um und sah überall Girlanden aus Tannenzweigen, in die Margeriten verwoben waren. Ihre Stimmung erhellte sich. Eine bunte Schar Edelmänner hatte sich in den Holzbänken niedergelassen. Sie unterhielten sich mit gedämpften Stimmen. Als Aline ebenfalls Platz nahm, spürte sie die Blicke der Männer im Rücken. Das waren also Philiberts engste Gefährten!

Das Brautpaar ließ auf sich warten. Alines Blick schweifte über den gewölbten Raum mit dem zierlichen Strebewerk und sah, wie sich im Halbdunkel zu beiden Seiten des Altars eine Musikkapelle samt Chor aufstellte. Die Mönche haben sich immerhin Mühe gegeben!

Endlich flog das Eichentor auf. Unter den Klängen einer Motette betrat der Erzbischof von Maurienne mit dem Brautpaar den Raum. Philibert und Margot strahlten so breit, als schiene die Sonne durch sie durch. Und diese überschäumende Freude breitete sich rasch auf alle Anwesenden aus. Die Stimmen der Sänger verschmolzen mit den Instrumenten wie die Fäden eines kunstvollen Gewebes.

Nach dem Jawort schloss Margot die Augen und ließ die Musik in sich einströmen. Sie konnte es noch nicht fassen, dass dieser attraktive, kerngesunde Mann ihr Gatte war! Die Ehe mit Juan war nur eine kurze Episode des Glücks, aber diesmal, so Gott wollte, würde es von Dauer sein!

Am nächsten Morgen, es war bereits elf Uhr, legte Aline ihr Ohr an die Tür des Brautgemachs. Nicht der geringste Laut war zu vernehmen. Sie drehte sich auf dem Absatz um und schlenderte in den Klosterhof. Der Himmel strahlte wolkenlos und ein Lächeln umspielte ihre Lippen. Ihr Gefühl hatte sie nicht betrogen, bei den beiden hatte es gefunkt. Ein angenehmes Kribbeln durchströmte sie, während sie überlegte, was für ein Buch sie als Nächstes lesen könnte.

Vor ihr fiel die Tür der Klosterbibliothek hart ins Schloss. Ein Mönch lief händeringend hinter einem stattlichen Mann einher. Dieser drehte sich um, ballte die linke Hand zu einer Faust, hielt sie ihm vor das Gesicht und herrschte ihn an. Sogleich suchte der Mönch das Weite. Der Mann stolzierte davon. Es war René. Als er Aline sah, setzte er ein gewinnendes Lächeln auf. Seine rechte Hand umfasste ein Buch.

Las dieser Haudegen etwa Bücher? Aline blinzelte ihn überrascht an, als er auf sie zukam.

»Euch habe ich gesucht, Aline! Ich darf Euch doch so nennen?«

»Gewiss, Euer Gnaden!«

René sagte höhnisch: »Hier habt Ihr etwas zu lesen, wenn Eure Herrin sich mit meinem Bruder vergnügt. Es ist die Geschichte unseres Landes.«

Das Buch war in roten Damast gebunden und ein Perlenbesatz zierte die Ecken. Aline errötete. »Ihr seid zu liebenswürdig! Aber ich kann dieses Geschenk nicht annehmen, es ist zu kostbar für mich!«

»Nicht so bescheiden, meine Dame!« Er drückte Aline das Buch in die Hände. Sein Gesichtsausdruck verriet, dass er keine Widerrede duldete.

»Nun dann, ich danke Euch sehr!« Aline fühlte sich in die Enge getrieben und wollte gehen. Das Buch brächte sie sogleich zurück in die Bibliothek.

René verstellte ihr aber den Weg. Er zog gespannt die Augenbrauen hoch und ein gewitztes Lächeln flitzte über seine Lippen. »Meint Ihr nicht auch, dass wir Bastarde einander behilflich sein sollten?«

Aline fühlte sich unter seinem Blick wie eine Fliege, die in das Netz einer Spinne zu fallen drohte. Nur die Fassade aufrechterhalten und Zeit gewinnen, dachte sie. Sie zwang sich, ihm in die Augen zu sehen. »Woran habt Ihr etwa gedacht, Euer Gnaden?«

»Hm, wir könnten uns gelegentlich über die Herzogin unterhalten, damit ich weiß, wie ich ihr am besten dienen kann. Ihr versteht. Was sie mag, womit sie sich befasst ...« Er zwinkerte ihr verschwörerisch zu. »Es wird Euch nicht zum Nachteil gereichen!«

Empörung kroch in Aline hoch. Dachte dieser Bastard wirklich, dass sie ihre Freundin bespitzeln würde? Es war jedoch nicht vernünftig, ihn zum Feind zu machen. Sie lächelte fein. »Es freut mich zu hören, dass Euch das Wohlergehen Eurer Schwägerin so sehr am Herzen liegt! Ich werde sehen, was ich ausrichten kann!«

Eine Berührung auf ihrer Wange, so zart wie der Flügelschlag eines Schmetterlings, weckte Margot. Sie öffnete die Lider und begegnete Philiberts Blick. »Guten Morgen!«, murmelte sie ebenso verschlafen wie verlegen. Ein kühler Luftzug ließ sie erkennen, dass ihr Oberkörper entblößt lag. Sie konnte sich des Gefühls nicht erwehren, er habe sie schon länger auf diese Weise betrachtet. Philibert erwiderte ihren Gruß mit einem innigen Kuss und schloss sie in die Arme. Mit einem langen Atemzug sog sie den Duft seiner Haare ein und genoss die Nähe. Allmählich drangen Geräusche aus dem Flur in ihr Schlafgemach: Schritte, Türe schlagen und entfernte Stimmen.

Hunger grummelte in Margots Magen. Philibert lachte leise und löste sich aus der Umarmung. Er langte nach der Schale auf dem Nachttisch, auf der sich bunte Plätzchen türmten. »Du magst sie doch noch?«, flüsterte er ihr zu und schob ihr eines in den Mund. Während sie sich beide daran gütlich taten, fragte Margot ihn, wie die Feierlichkeiten verlaufen würden.

»Was hältst du davon, dass der heutige Tag uns allein gehört?«

Margot nickte zustimmend, küsste ihn auf die Nasenspitze und kehrte in seine Arme zurück.

»Morgen brechen wir auf, um uns dem Volk zu präsentieren. Die Hochzeit mag schlicht gewesen sein, aber die Feierlichkeiten haben noch nicht begonnen, Savoyen will seiner Herzogin huldigen!« Philibert strich Margot sanft über die Wange. »Und ich freue mich, dir unser Land zu zeigen! Durch wildreiche Wälder ziehen wir nach Genf, wo sich die glitzernden Kuppen der Alpen im See spiegeln«, schwärmte er. Margot sah ihn gespannt an.

»Und dann wird gefeiert: Bankette, Maskeraden, Turniere und Jagden!« Philiberts Augen sprühten vor Lebensfreude, die sich sogleich auf Margot übertrug.

»Stellst du mir dort deine Angehörigen vor? Ich brenne, sie kennenzulernen.«

»Selbstverständlich! Sie erwarten uns in Genf. Sogar meine Schwester wird mit ihren Kindern aus Frankreich anreisen.«

»Wie erfreulich, Louise wiederzusehen! Ich erinnere mich noch an die Verzweiflung in ihren Augen, als sie Amboise verlassen hat, um zu heiraten.«

»Die Ehe mit dem Grafen von Angoulême, mein Schatz, ist die reinste Hölle für sie gewesen! Du kannst dir gar nicht vorstellen, wie es in Cognac zugegangen ist! Diese Residenz ist eher ein Bordell gewesen als ein Fürstenhof. Ich habe mit eigenen

Augen gesehen, wie sich ihr Gatte mit halb nackten Damen in den Hallen und Galerien vergnügt hat.«

Margot schlug die Hände vor den Mund.

»Aber seit der Graf das Zeitliche gesegnet hat, ist Louise eine andere geworden. Du wirst staunen!«

»Was meinst du damit?«

»Nun, sie ist besessen von der Weissagung, dass ihr François den französischen Thron besteigen wird! Für sie ist er jetzt schon der Caesar.«

»Sie trägt also die Nase hoch?«

»Ja, so kann man das nennen.«

Ehe Margot es sich versah, küsste er sie wiederum und sie krochen eng umschlungen unter die Decken.

13 Margot wirft ihre Netze aus

Louise wirbelte im Genfer Schloss durch ihr Gemach. Sie hasste dieses düstere Gemäuer und sehnte sich nach den luftigen Säulengängen von Amboise. Ärger stieg in ihr auf. Weshalb nur meldete sich René nicht bei ihr? Mit eigenen Augen hatte sie gesehen, wie er sich vor zwei Stunden im Schlosshof aus dem Sattel geschwungen hatte. Dieser Bastard wird es doch nicht wagen, sie aufs Kreuz zu legen?

Jäh blieb sie vor dem Spiegel stehen. Das lilafarbene Kleid, bestickt mit schwarzen Lilien, und vor allem das Mieder schmeichelten ihrer Figur. Sie rückte sich das Samtbarett zurecht und lächelte herausfordernd in den Spiegel. Ja, so gefiel sie sich! Margots ehemalige Kammerfrau hatte sich in eine königliche Gestalt verwandelt. Was wäre wohl aus ihr geworden ohne den frommen Einsiedler, der in den Gestirnen zu lesen vermochte!

»Madame Louise, verzagt nicht, geduldet Euch noch ein wenig!«, hatte sie Franz von Paula ermutigt. »Gott hat zu mir über den Sternenhimmel gesprochen.« Und mit einem seltsamen Leuchten auf dem greisen Gesicht fuhr er fort: »Ein König wird in Cognac das Licht der Welt erblicken! Und Ihr werdet seine Mutter sein.«

Die Worte des Einsiedlers waren noch nicht verhallt, als Louises Herz zu rasen begann. Sie fühlte sich wie in einem reißenden Fluss, nur war die Strömung voll süßer Versprechungen und trieb sie auf neue Ufer zu.

Von nun an hatte sie nur ein Ziel vor Augen: ihren Gatten aus den Armen seiner Mätressen in das gemeinsame Bett zu zerren. Bei den Gelagen schwebte sie halb nackt als Cupido durch den Saal, den Pfeil auf ihren Gatten gerichtet. Wie oft hatte sie ihn damals ins Bett gelockt und seinen aufgedunsenen Leib mit dem fauligen Geruch ertragen. Aber nach zwei Jahren war es vollbracht, sie hatte François geboren, ihren zukünftigen Caesar!

Eine Mischung aus Eitelkeit und Schadenfreude erfüllte sie. Es war ihr gelungen, Margot in den Schatten zu stellen. Die einst in Amboise so angebetete Königin hat ihr Ansehen eingebüßt. Was in aller Welt bedeutete die Gattin des Herzogs von Savoyen!

Während Louise sich genüsslich reckte, hallten Schritte im Korridor. René kam ins Gemach gestürmt, Schweiß perlte ihm von der Stirn.

»Na endlich, ich habe schon gedacht, der Herr Regent hat seine Verbündete vergessen!«

»Louise, entschuldige die Verspätung! Ich weiß heute nicht, wo mir der Kopf steht! Die Feierlichkeiten ... und noch dazu dieser aufrührerische Mönch ... ich muss überall meine Augen haben.« Er nestelte an seiner Gürtelschnalle und löste einen prall gefüllten Beutel. »Das ist für dich! Mehr habe ich nicht abzweigen können.«

Louise griff gierig nach der Beute. Ihre Lippen pressten sich zusammen, als sie die Golddukaten zählte. »Aber das ist nur die Hälfte der versprochenen Summe!«, knurrte sie.

»Stimmt! Du weißt ja, was Hochzeiten kosten. Aber gedulde dich noch! Ich habe ein einträgliches Geschäft in Aussicht!« Renés engstehende Augen blitzten und er fuhr sich mit der Zunge über den Mund. »Wenn ich das durchziehen kann, sind wir beide reiche Leute!«

»René, hör auf zu flunkern!« Louises stechender Blick traf ihn. Er spürte, wie ihm die Hitze in die Wangen stieg. Dieses Weibsbild! Seit Jahren schon mästete er sie wie eine Gans mit Goldstücken, für den Fall, dass ihr kleiner Gockel den französischen Thron bestiege. Er brauchte aber dringend ihre Hilfe.

»Louise«, ein leichtes Zucken befiel seine Mundwinkel, aber verebbte sogleich, »eben wegen dieser Geschäfte ist es in deinem Interesse, auf meiner Seite zu stehen! Das Volk murrt, Prediger wettern gegen mich und Anwälte wollen mich verklagen. Was wird aus uns werden, wenn alles auffliegt?«

»Du meinst, ich soll Philibert und Margot ablenken, ihnen Sand in die Augen streuen, während du dich der Schmeißfliegen entledigst?« In ihrem Gesicht spiegelte sich boshafte Berechnung.

»Ja, wenn du das für mich tun könntest?«, René warf seiner Halbschwester einen beschwörenden Blick zu.

»Unter einer Bedingung!«

Renés Augen flackerten unruhig. »Und die wäre?«

»Du begleichst anstandslos deine Schulden bei mir!«

»Abgemacht! Sobald ich an Geld komme, zahle ich dich aus!«

In den hohen Fenstern des Festsaals badete die Morgensonne im farbigen Glas. Plaudernd vertrieben sich Philiberts Angehörige die Zeit. François zerrte am Arm seiner Mutter. »Wie lange müssen wir noch warten? Ich will hinaus zu den Lanzen und Bannern!«

»François, nimm dir ein Beispiel an deiner Schwester! Auch ein zukünftiger König muss sich in Geduld üben. Deine Tante und dein Onkel werden bald kommen.«

François bohrte gelangweilt in der Nase, als die Türflügel aufschwangen und die Stimme eines Herolds donnerte: »Ihre Durchlauchten, der Herzog und die Herzogin!«

Philibert fasste Margot bei der Hand, als sie den Saal betraten. Margot strahlte. Seine Anwesenheit hatte ihre Schwermut dahinschwinden lassen. Das Hier und Heute war aufregend und farbenfroh. Der Jubel der Menschen hallte noch in ihren Ohren. Der Text eines Spruchbands ging ihr aber nicht aus dem Sinn. Am Abend würde sie mit Philibert darüber sprechen.

Ein Knabe rückte sich aus der Hand seiner Mutter los und stürmte auf Philibert zu. »Onkel Philibert, lass mich dein Knappe sein beim Turnier! Bitte ...«

»François, komme sofort zurück!«, ertönte eine schrille Frauenstimme am anderen Ende des Saales. »Das schickt sich nicht!«

Das Kind klammerte sich an Philiberts Beine. Sein Haar war pechschwarz und seine Nase viel zu lang.

Philibert hob seinen Neffen hoch und gab ihm einen Kuss. »Wir werden schon etwas Passendes für dich finden, François!« Mit dem Kind auf dem Arm wandte er sich zu Margot: »Das ist deine Tante Margot!«

Margot schenkte François ihr berühmtes Lächeln.

»Du hast aber eine bezaubernde Braut, Onkel Philibert! So eine wünsche ich mir auch!«

Margot streichelte dem Kind sanft über das Haar.

Philibert stellte François auf den Boden und zu dritt begaben sie sich zu den Gästen.

Louise verzog ihr Gesicht zu einer freundlichen Grimasse und drückte Margot an ihren üppigen Busen.

»Wie ich mich freue, dich wiederzusehen, Louise! Was für ein reizender Knabe ist dein Sohn!«

»Ach Margot, François ist mein Ein und Alles! Ohne ihn wüsste ich nicht, wofür ich lebe.« Louise drückte sich eine Träne ab. »Und du weißt ja, er ist zum Herrschen ausersehen!«

Margots Blick fiel auf ein ernstes, etwa neunjähriges Mädchen, das vor ihr knickste.

»Marguerite, meine Tochter! Sie ist ein Bücherwurm wie Aline!«

Margot küsste Marguerite auf die Stirn und flüsterte ihr zu: »Studiere nur, mein Kind. Das Abendland braucht gelehrte Frauen!«

Die gütigen Augen einer Matrone lächelten Margot an.

»Claude de Brosse, meine Stiefmutter«, stellte sie ihr Philibert vor.

»Ich bin eher eine Henne mit Kücken«, schmunzelte sie und wies auf Philiberts Stiefgeschwister, die neben ihr aufgereiht standen. »Willkommen in unserer Familie, meine liebe Tochter!«

Ein etwa vierzigjähriger Mann in einem schwarzen Talar, mit fein geschnittenen Gesichtszügen verneigte sich vor Margot. »Der Herr von Gattinara, mein erster Berater.«

In den lebhaften, braunen Augen spiegelte sich aufrichtige Freude. Für einen Augenblick verschränkten sich ihre Blicke und Margot nahm einen Ausdruck der Sorge in seiner Miene wahr. Dieser Ratgeber schien kein typischer Vertreter seiner Zunft zu sein, der nur zu schmeicheln verstand. Mit ihm könnte sie offenherzig sprechen.

Eine Dame, blitzend von Juwelen, kam in den Festsaal gerudert. Sie glich eher dem Schaukasten eines Juweliers als einem menschlichen Wesen. Sie verneigte sich vor Margot.

»Die Gräfin von Villars, Renés Gattin«, raunte ihr Philibert zu.

»Erfreut!«, hauchte Margot und hielt Ausschau nach René.

»Mein Gatte lässt sich entschuldigen!«, säuselte die Gräfin und vermied, dem herzoglichen Paar in die Augen zu sehen. »Dringliche Staatsgeschäfte erfordern seine Aufmerksamkeit.«

»Aber beim Turnier wird er doch anwesend sein!«, brach es aus Philibert heraus.

»Ich fürchte, nein …«

Philibert fiel es sichtlich schwer, seine Enttäuschung zu verbergen.

Flankiert von Louise, Claude de Brosse und Aline, betrat Margot unter Trompetenschall die mit grüner Seide ausgelegte Tribüne. Aus allen Landesteilen waren die Adligen mit den besten Rössern und Waffen herbeigeströmt. Alle wollten sich mit dem Herzog messen. Die seidenen Satteldecken und bunt gefiederten Helme leuchteten in prächtigen Farben. Die Menge johlte, als die ersten Kämpfer an beiden Enden des Parcours Aufstellung nahmen und aufeinander losstürmten.

Im Grunde ihres Herzens war Margot das Stampfen der Streitrösser und das Splittern der Lanzen zuwider. Aber Philibert zuliebe versuchte sie, sich an dieses Schauspiel zu gewöhnen. Sie lehnte sich auf ihrem Stuhl zurück und nahm einen Becher Wein von einem Pagen entgegen.

Fanfaren ertönten, die ersten Wettkämpfer galoppierten los. Die Lanze des einen glitt über den Schild des Gegners hinweg, traf dessen Schulter und riss ihn aus dem Sattel. Unter dem donnernden Beifall der Zuschauer ritt der Sieger mit erhobener Lanze über das Turnierfeld. Waffenknechte rannten zu seinem Gegner, der auf dem Boden lag.

Margot beschlich ein ungutes Gefühl. Sie erhob sich und blickte auf die Bahre, auf der der Verwundete weggetragen wurde. Blut sickerte aus seinem Panzerhemd. Das waren keine stumpfen Lanzenspitzen, wie Philibert ihr vorgegaukelt hatte! Margot atmete schwer. Und mit dem Besten dieser Ritter würde Philibert sich messen! Sogleich spürte sie das unangenehme Ziehen in ihren Eingeweiden. Müsste sie mit ansehen, wie sich eine Lanze in Philiberts Körper bohrte?

Eine Hand zog sie zurück auf ihren Stuhl. »Mein Kind, so darf ich dich doch nennen?«

Margot nickte stumm und blickte in Claude de Brosses mitfühlende Augen. »Für Philibert ist das Lanzenstechen wie für andere Essen und Trinken. Glaube mir, er beherrscht vollendet diese Kunst. Du hast doch mit eigenen Augen gesehen, dass sein Körper keine einzige Schramme aufweist. Abgesehen davon wird niemand es wagen, den Herzog zu verwunden!«

Margot riss sich zusammen und klammerte sich an Claudes Worte, dass heute alles reibungslos verliefe. Und danach wollte sie ihren Gatten überzeugen, solche unnötigen Gefahren zu meiden. Aus den Augenwinkeln sah sie, wie Louise schadenfroh grinste. Margot senkte den Blick.

Nach einer Weile wandte sich Louise mit einem zuckersüßen Lächeln an sie: »Ich weiß, wie es sich fühlt, meine Liebe, Angst zu haben um ein geliebtes Wesen. Je gefährlicher die Spiele desto anziehender sind sie für François! Schrammen, Platzwunden, gebrochene Glieder sind bei ihm an der Tagesordnung. Dasselbe gilt für meinen Bruder. Du wirst stark sein müssen!«

»Mein Gott, Louise, übertreibe nicht so! Du kannst doch einen Sechsjährigen nicht mit Philibert vergleichen!« Aline warf ihr einen verärgerten Blick zu.

»Tja, irgendwer muss Margot doch aufklären, worauf sie sich da eingelassen hat. Nun ja, Margot«, Louises Augen fixierten sie wie die einer Viper, »mein attraktiver Bruder ist ein Leichtfuß! Er geht nur seinem Vergnügen nach, während René weder Mühen noch Gefahren scheut für das Wohlergehen des Landes.«

»Jetzt reicht es, Louise!«, fauchte sie Claude an.

»Lass es sein, Claude!«, mischte sich Margot ein. »Louise, was habe ich dir angetan? Weshalb willst du Unfrieden zwischen mir und Philibert stiften? Erinnere dich daran, dass dir deine lose Zunge schon früher mehr geschadet als genutzt hat.«

»Ein Missverständnis!«, murmelte Louise. Ihre Wangen verfärbten sich.

Margot nahm einen Schluck Wein aus ihrem Becher. Aline hat recht gehabt, aus Louises Mund fließt Gift!

Ein Trompetenschall verkündete, dass Philibert den Sieger herausforderte. Margot faltete die Hände zum Gebet.

Die Sonnenstrahlen spiegelten sich in seiner silbernen Rüstung, als er auf die Tribüne zuritt. Er senkte die Lanze vor ihr, das Band mit ihren Farben auf den Schaft gebunden. Margot lächelte. Sie legte alle Kraft und Zärtlichkeit hinein, als könnte sie ihn damit beschützen. Die Herolde bliesen das Signal. Unter den begeisterten Zurufen der Zuschauer galoppierte Philibert auf seinen Gegner los.

Claude klopfte Margot auf die Schulter. »Du wirst schon sehen, alles wird glattgehen!«

Margot sah die Erdklumpen, die die Hufe der Pferde aufwarfen, hörte das Knirschen der Rüstungen und spürte die Spannung in der Luft. Das Holz der Lanzen splitterte. Sein Gegner hatte Philiberts Schild getroffen. Sie verkrallte die Hände in der Robe. Knechte brachten Lanzen. Philibert schien direkt auf den Helm seines Widersachers zu zielen. Dieser riss den Schild hoch, doch im nächsten Moment zog Philibert seine Waffe nach unten und traf ihn am Ende des Schilds. Sein Gegenspieler verlor das Gleichgewicht und ging zu Boden.

Jubelschreie im Publikum. Applaus.

Als Philibert mit François im Sattel noch eine Ehrenrunde um den Kampfplatz ritt, atmete Margot auf und dankte dem Himmel.

Strahlend vor Glück betrat Philibert nach dem Turnier das gemeinsame Schlafgemach. »Endlich haben wir Zeit füreinander!« Ihre Lippen fanden sich zu einem innigen Kuss. Wortlos schmiegte Margot sich in die Umarmung. Er presste sie an sich und sie spürte seine Wärme. »Du verzeihst mir doch die Notlüge mit der Lanzenspitze?«, flüsterte er ihr zu.

»Tue mir das nie wieder an!« Tränen stiegen Margot in die Augen. «Ich will dich nicht verlieren!«

Philibert erschrak. Er hatte nicht gedacht, dass ein Wettkampf sie so sehr aus der Fassung bringen konnte. Sanft strich er ihr über die Wange und küsste ihr die Tränen fort. Ein Lächeln stahl sich auf seine Mundwinkel: »Was hältst du davon, wenn wir in der kommenden Zeit mehr auf Jagden gehen? Sollte wiederum ein Turnier anstehen, verordne ich, dass alle mit stumpfen Lanzen kämpfen.«

»Das würdest du für mich tun?«

Philibert bettete ihren Kopf an seine Schulter und sie konnte seinen Herzschlag hören. Er küsste sie auf die Stirn. »Habe keine Angst, ich gehöre dir für alle Zeit!«

Diese Worte genügten und Margot fühlte sich leichter. Jetzt blieb nur noch die leidige Angelegenheit mit dem Spruchband.

Mit einem Ruck nahm Philibert sie auf die Arme und trug sie zum Bett. Ehe sie sich es versah, küsste er sie.

Margot strich ihm über das Haar. »Renés Fernbleiben vom Wettkampf hat dich gekränkt, nicht wahr?«

»Ja, ich wollte, dass wir als Familie beim Turnier anwesend sind! Sogar Louise hat daran teilgenommen. René, scheint zu vergessen, dass ich der Herzog bin.«

»Ist dir heute Morgen beim Einzug ebenfalls das Spruchband mit der Bitte um Hilfe aufgefallen?«

»Tja, ich habe es gesehen. Unzufriedene gibt es natürlich überall!« Er runzelte die Stirn. »Ich werde mit René darüber sprechen.«

»Wäre es nicht vernünftiger, den Herrn von Gattinara zurate zu ziehen? Es könnte sein, dass René die Ursache der Proteste ist.«

»Wenn du meinst! Gattinara ist auf jeden Fall ein ehrlicher Mann. Er hat mich sogar dringlich ersucht, mich mehr um die Staatsgeschäfte zu kümmern. Aber ich bin ein Krieger und mein Sinn steht nicht nach Politik. Auch nähme René es mir übel, wenn ich ihm ins Handwerk pfusche!«

Betroffenheit machte sich in Margot breit. Wie

konnte er nur so leichtsinnig sein, das Wohlergehen seiner Untertanen aufs Spiel zu setzen! Es war an der Zeit, dass sie eingriff.

Unterdessen lachte Philibert unbekümmert und es bildeten sich Grübchen um seine Mundwinkel, die ihr es so angetan hatten.

Margot küsste ihn auf die Nasenspitze. »Was wäre, wenn ich mit Gattinara spräche? Mich interessiert Politik und du könntest dich ungehindert deinen Kampfübungen widmen.«

Gespannt musterte Margot ihren Gatten.

»Willst du das wirklich auf dich nehmen?«

»Von Herzen gern, Philibert! Auf diese Weise können wir einander ergänzen!«

Einen Moment ruhte Philiberts Blick auf ihr, dann küsste er sie. Diesmal mit einer Leidenschaft, die sie erbeben ließ. Er umfasste ihre Hüften und hob sie über sich. Sie überließen sich ihren Gefühlen.

14 Erste Schritte in der politischen Arena

Das Kopfsteinpflaster des Hofs von Pont d'Ain schimmerte nass und kalt an diesem frühen Morgen. Dennoch drängten sich dort Pferde und Reiter. Die Hundemeute kläffte aufgeregt. Der Anführer der Jagd versuchte, die Tiere zu beruhigen, und winkte entschuldigend zu Margot hinauf. Margot winkte zurück.

Ein Lächeln huschte über ihr Gesicht, als sie sah, wie sich der Herbstnebel über dem Ain löste. Ja, sie fühlte sich wohl in ihrem neuen Wohnsitz! Die Burg auf der Anhöhe, umgeben von bewaldeten Hügeln und Weingärten mit Blick auf den Fluss, erinnerte sie an ihre Kindheit in Amboise. Die Räume zu beiden Seiten des Innenhofs ließen sich leicht umgestalten in Gästezimmer und ein Säulengang im italienischen Stil verliehe ihrer Residenz ein zeitgemäßes Flair.

Aber zuerst ging es auf die Jagd! Schon glitzerten Sonnenstrahlen auf dem Fluss. Was für ein herrlicher Tag! Margot sah sich bereits durch die feuerrote Pracht der Wälder traben.

Gut gelaunt betrat Philibert das Gemach seiner Gattin. Ein bunter Federnbusch zierte seinen Hut. Er schloss Margot in die Arme und gab ihr einen Kuss. »Ist meine Diana bereit, ihre Pfeile sausen zu lassen?«

»Es wird mir ein Vergnügen sein!«, erwiderte Margot und hakte sich bei ihm unter. Gemeinsam schlenderten sie die Treppe hinunter, hinaus in das rotgoldene Morgenlicht. Kaum hatten sie sich auf die Pferde geschwungen, die Jagdhörner setzten zum Aufbruch an, als ein schwarz gekleideter Reiter in scharfem Galopp durch das Tor in den Burghof preschte. Er brachte das Pferd unmittelbar vor dem Herzog zum Stehen. Schweißtriefend verbeugte sich Gattinara vor Philibert. »Verzeiht die Störung, Durchlaucht, aber ich habe Euch eine Mitteilung zu machen, die keinen Aufschub zulässt!«

Philiberts Miene verdüsterte sich. »Wird unsere Unterredung lange dauern? Ihr seht ja, wir wollen auf die Jagd.«

»Durchlaucht ... ich fürchte ... dieser Fall wird Euch Tage in Atem halten.«

Philibert verzog ärgerlich den Mund und wandte sich an seine Gefährten: »Liebe Freunde, es tut mir leid, aber ich kann Euch heute nicht begleiten. Die Pflicht ruft! Aber Margot wird mit Euch reiten!«

»Das kommt gar nicht infrage!«, widersprach sie ihm. »Auch ich werde hierbleiben. Zu zweit lassen sich Probleme besser lösen«, raunte sie ihm zu.

»Ihr habt es gehört, meine Gattin will mir mit Rat und Tat beistehen. Lasst Euch aber das Jagdvergnügen nicht verderben und bringt uns ausreichend Wild mit für die Tafel!«

Während sie sich zu dritt schweigend zur Kanzlei begaben, schwirrten allerlei Gedanken durch Margots Kopf: War Gattinara etwa René auf die Schliche gekommen? Oder lag Krieg in der Luft? Oh Gott, dann zöge Philibert zu Felde! Sie spürte, wie sich in ihrem Magen ein Knoten bildete.

In der Kanzlei angelangt, nahmen sie am Schreibtisch Platz.

»Sprecht!«, sagte Philibert zu Gattinara.

»In Genf habt Ihr mich ersucht, die Ursache der Unzufriedenheit einiger Eurer Untertanen zu eruieren.«

Margot atmete erleichtert auf. Es ging um René.

»Sehr zu meinem Leidwesen bin ich ein Bote schlechter Nachrichten, Durchlaucht! ... Die Steuereintreiber des Regenten haben Dutzende Bürger um ihr letztes Hab und Gut gebracht. Diese Menschen irren bettelnd durch die Stadt. Und das ist nicht nur in Genf der Fall.«

Ein Schatten flog über Philiberts Gesicht.

»Um diese Angelegenheit zu bereinigen, habe ich mich an ein Mitglied des Geheimen Rates gewandt, und zwar an den Herrn von Gorrevod. Von ihm habe ich erfahren, dass der Regent den Rat schon seit Jahren nicht mehr einberufen hat und nach eigenem Gutdünken handelt. Dem gesamten Geheimen Rat hat er das Schweigen auferlegt. Sollte jemand es wagen, gegen ihn aufzubegehren, werfe er ihn in den Kerker.«

Philiberts Finger trommelten auf den Armlehnen. Margot warf ihm einen einfühlsamen Blick zu.

»Mit Verlaub, das ist nur die Spitze des Eisbergs! Ist Euch niemals aufgefallen, dass Euer Halbbruder Savoyen mit eiserner Faust regiert?«

Für einen Augenblick starrte Philibert Gattinara fassungslos an. Aber sogleich hatte er sich wieder im Griff. »Dass er hart ist, weiß ich, es ist manchmal vonnöten. Ausbeuterei ist eine andere Sache. Aber ich schätze Eure Offenheit, Gattinara! Setzt Euren Bericht fort, auch mag die Wahrheit bitter für mich sein.«

»Nach Gorrevods Angaben haben den Regenten in letzter Zeit mehrmals Schweizer aufgesucht. Er hat zunächst Grenzstreitigkeiten vermutet. Als ihn aber sein Informant gestern mitten in der Nacht geweckt hat mit der Nachricht, dass der Graf von Villars soeben persönlich einen Eilkurier zu den Eidgenossen gesandt hat, hat Gorrevod Unrat gewittert. Gemeinsam haben wir Söldner auf den Boten angesetzt. Im Waadtland haben sie ihn abgefangen.« Gattinara griff in seinen Mantel und holte ein Schriftstück hervor. »Hier ist das Corpus Delicti! Es war in einem Brotlaib versteckt.« Er entfaltete die zerknitterte Urkunde und reichte sie dem Herzog.

Margot hielt den Atem an.

Mit beiden Händen ergriff Philibert das Pergament. In Windeseile las er den Text. Die Muskeln seiner Wangen zuckten, als er stammelte: »Das ist ja Hochverrat! Mein eigener Bruder ... unser Waadtland ...« Er knallte das Dokument auf den Schreibtisch, stand auf und irrte in der Kanzlei umher. Aus seinem Gesicht sprach Fassungslosigkeit.

Margot las die Urkunde: »... Hiermit kommen wir überein, dass gegen eine Zahlung von 100.000 Goldgulden das Waadtland den Eidgenossen übertragen wird.«

Sie hielt sich die Hand vor den Mund. Wie konnte René es nur wagen, Land zu versilbern? Jetzt hatte er sich in den eigenen Netzen verstrickt!

Sie betrachtete ihren Gatten aus den Augenwinkeln. Nein, nicht auf diese Weise hatte sie ihr Ziel erreichen wollen. Philibert sollte nicht darunter leiden.

»Ich muss handeln, Gattinara! Was schlagt Ihr vor?« Philibert hatte sich wiederum halbwegs gefangen und begab sich zurück zum Schreibtisch.

»Lasst den Regenten auf der Stelle verhaften, bevor er Euch noch mehr Schaden zufügen kann! ... Seine Gattin würde ich unter Hausarrest stellen und in ihren Gütern sollte man unverzüglich nach Beweismaterial fahnden.«

Philibert blickte Margot fragend an.

Sie fasste ihn am Arm. »Ja Liebster, so schwer es dir auch fällt, du musst jetzt durchgreifen. René von Bresse hat jahrelang dein Vertrauen missbraucht!«

Gattinara griff nach seiner Tasche und holte einen Haftbefehl hervor. »Würdet Ihr bitte die Akte unterzeichnen?«

Philibert biss die Zähne zusammen und unterschrieb.

Nachdem Gattinara das Dokument versiegelt hatte, verließ er die Kanzlei.

Mit einem Stoßseufzer lehnte sich Philibert auf dem Stuhl zurück. Er sah weiß und zerschlagen aus. »Was habe ich nur falsch gemacht, dass René mir das antut?«

»Nichts!«, sagte Margot und beugte sich über ihn. Sie umfasste seine Hand. »Du hast dich für diesen Bastard aus Bresse bei meinem Vater eingesetzt, damit er ihn legitimiert. Du hast René zum Grafen von Villars erhoben. Du hast ihm die Regentschaft anvertraut. Aber

Renés Laster ist die Gier ... sie hat ihn zu Fall gebracht. Möglicherweise hat er sogar beabsichtigt, sich deiner zu entledigen ... So bitter es auch klingen mag, es ist gut, dass Gattinara ihn rechtzeitig entlarvt hat.«

Stöhnend schloss Philibert die Augen. Er löste sich aber bald aus der Starre. »Du hast wohl recht, Margot! Ich habe geglaubt, René einschätzen zu können, aber ich habe mich geirrt. Es gibt Menschen, für die Moral ein Fremdwort ist! ... Aber wie soll es weitergehen?«

»Ach, du lässt Gattinara einen Geheimen Rat bilden und regierst mit dessen Hilfe!«

»Ich bin ein Krieger, Margot! Stundenlang in stickigen Kanzleien zu sitzen, Dokumente zu durchforsten, und über Maßnahmen zu beraten, ist mir ein Gräuel. Mich im Kampf zu messen, Mannschaften auszubilden, Truppen anzuführen, das ist meine Welt!«

Margot sah Philibert fest in die Augen. »Wenn dir der Sinn nicht danach steht, könnte ich doch an deiner Stelle die Geschäfte führen?«

Philiberts Augen weiteten sich, als fiele er aus allen Wolken. »Aber du bist meine Gattin! Wir wollen doch unser Leben genießen! Was würde aus den Jagden, Turnieren und Maskeraden werden, wenn du dich hinter einem Schreibtisch verkriechst? Obendrein – traust du dir das zu?« Er sah sie verwirrt an?

»Weil ich eine Frau bin?«

»Nein, so habe ich es nicht gemeint! Ich weiß sehr wohl, dass Frauen regieren können. Isabella ist eine große Königin!« Philibert lächelte sie schuldbewusst an.

»Eben diese Dame hat mich in die hohe Kunst der Politik eingeführt und ich muss sagen, es hat mir Freude bereitet.«

Margot stand auf, küsste ihn auf die Nasenspitze und sah ihm in die Augen. »Du bist meine Sonne, mein Mond, mein Sternenhimmel! Nur in deiner Gegenwart fühle ich mich geborgen. Und auf die Jagden und Feiern werden wir nicht verzichten müssen! Aber jemand muss unser Land wiederum in einen blühenden Garten verwandeln. Das sind wir Gott und unseren Untertanen schuldig!«

Sanft nahm Philibert Margots Gesicht in beide Hände und küsste sie.

»Da du es so sehnlichst wünscht ...«, er zögerte, »werde ich es mit dir als Regentin versuchen!«

Ein Leuchten trat in Margots Gesicht. Sie schloss die Augen und horchte für einen langen Augenblick in sich hinein.

Zwei Tage später rumpelten schwer beladene Fuhrwerke in den Innenhof von Pont d'Ain. Persönlich überwachte Gattinara das Entladen der Fracht.

Soldaten schleppten mit Silber beschlagene Eichentruhen in die Räume im Erdgeschoss, die in aller Eile zu Kanzleien umgewandelt worden waren. Aline schlenderte über den Hof. »Guten Morgen, Herr Gattinara!« Schadenfreude blinzelte aus ihren Augen. »Hat sich der Fuchs etwa in seiner eigenen Schlinge gefangen?«

»So kann man das wohl nennen, Madame de Valois!« Gattinara nickte ihr höflich zu und ließ weiterhin die Söldner nicht aus den Augen.

Margot wartete unterdessen in ihrer Kanzlei auf ihren Ratgeber. Das Prasseln des Feuers im Kamin mischte sich mit dem polternden Lärm der Soldaten. Zwanzig Truhen hatten sie schon an der Wand abgestellt.

»Noch zehn«, rief ihr Gattinara von draußen zu, »dann können wir uns über den Inhalt beugen.«

Endlich betrat er mit einem Stapel Akten unter dem Arm Margots Kanzlei. Nachdem er die Unterlagen auf ihrem Schreibtisch abgestellt hatte, nahm er ihr gegenüber Platz. »Stellt Euch vor, der Herr von Bresse hat über alle Einkünfte akribisch Buch geführt. Diese Dossiers sind äußerst belastend für ihn.«

Margots Mundwinkel zuckten gespannt.

»Nun zum Inhalt der Truhen. In Gegenwart aller Mitglieder des Geheimen Rates habe ich die Geldzählung durchführen lassen. Wir haben unseren eigenen Augen und Ohren nicht getraut, als wir auf den stattlichen Betrag einer Million Goldgulden gekommen sind!«

Margots Augen blitzten boshaft. »Das hört sich ja an, als habe René von Bresse das Bankhaus Fugger übertrumpfen wollen!«

Ein ironisches Lächeln spielte um Gattinaras Mundwinkel. »Mit dem Unterschied, dass der ehemalige Regent sich sein Vermögen erschlichen hat, während die Fugger es in Generationen durch harte Arbeit aufgebaut haben.«

Margots Lippen verzogen sich zu einem leichten Lächeln. »Enthält diese Unsumme auch den Erlös des Waadtlands?«

»Nein, Madame, der vorliegende Betrag steht Euch frei zur Verfügung.«

»Was empfiehlt mir mein Geheimer Rat? Wäre eine Rückerstattung an Geschädigte möglich?«

»Wie lobenswert, dass Ihr sogleich an Eure Untertanen denkt! Aber das wäre überaus kompliziert und erforderte umfangreiche Verfahren. Anstatt einer Rückzahlung, würden wir empfehlen, den Opfern zwei Jahre sämtliche Steuern zu erlassen. Dadurch ist ihnen ein Neubeginn gewährleistet.«

»Und die Staatskasse bleibt gefüllt?«

»Jawohl, Madame! Auch käme es Eurer Regentschaft zugute, wenn Ihr für dieses Jahr allen übrigen Untertanen die Steuern erleichtert. Das kurbelt den Handel an, der in den letzten Jahren gelitten hat.«

Margot nickte zustimmend. »Lasst die Maßnahmen schnellstens ausführen! Das Wohlergehen unseres Volkes ist die vordringlichste Aufgabe meiner Regentschaft.«

Gattinara strahlte. »Dem Herrn sei Lob und Dank, dass er uns Euch als Regentin gesandt hat!« Er warf ihr einen anerkennenden Blick zu. Und etwas zögerlich erkundigte er sich: »Hat sich seine Durchlaucht entschieden, wie er mit dem Herrn von Bresse verfahren wolle?«

In Margots Gesicht spiegelte sich Besorgnis wider. »Ihr kennt ja meinen Gatten, nie und nimmer will er seinen Halbbruder am Galgen hängen sehen. Ihn lebenslänglich im Kerker schmachten zu lassen, widerstrebt ihm ebenfalls. Er spielt eher mit dem Gedanken, René von Bresse des Landes zu verweisen.

Was haltet Ihr davon? Könnte er uns noch gefährlich werden?«

»Euer Gatte ist bei Gott ein milder Richter!« Gattinara legte die Stirn in Falten. »Ich nehme an, dass der ehemalige Regent sein Glück am französischen Hof versuchen wird.« Gattinaras Augen blitzten auf. »Wir sollten ihm zuvorkommen! ... Wenn wir in Flugblättern den Machtmissbrauch offenkundig machen, wird König Louis wenig Gefallen an dem Herrn von Bresse finden. Madame Louise wird über seine Ankunft ebenfalls nicht erbaut sein. Schließlich hat ihr Bastardbruder ihr nichts mehr zu bieten! Ich schätze, dass René von Bresse nur mehr der Kriegsdienst offensteht. Und im Schlachtengetummel bleibt ihm keine Zeit für Intrigen!« Gattinara legte sein Gesicht in ein zufriedenes Grinsen.

»Eine vortreffliche Lösung. Ich danke Euch sehr! Lasst die Flugblätter drucken und trefft die nötigen Vorbereitungen für das Gerichtsverfahren.«

Wolkenberge ballten sich am Himmel, als Philibert und Margot eine Woche nach Renés Absetzung beim Gerichtshof in Bourg-en-Bresse eintrafen. Vor dem Gebäude drängte sich eine lärmende Menschenmenge. Die Flugblätter hatten die Stimmung aufgeheizt. Als die Meute das Herzogpaar herankommen sah, grölten sie: »Hängen soll der Blutsauger! Auf den Galgen mit dem Bastard!«

Margot zuckte zusammen und blickte besorgt zu Gattinara.

»Madame, es wird keinen Aufruhr geben! Gleich

nach dem Urteil werde ich die Steuererleichterungen verkünden. Sie werden den Leuten mehr wert sein als der schaurige Kitzel einer Hinrichtung.«

Margot lächelte Gattinara bewundernd an. Sie konnte sich keinen besseren Berater wünschen! Vorauszudenken und Wogen zu glätten gehörten zu seinem Wesen.

Doch ihre gereizte Stimmung wollte nicht weichen. Die Gerichtssitzung lastete schwer auf ihrem Gemüt. Brächte es Philibert über sein Herz, René zu verbannen? Aber das musste sein!

Gemessenen Schrittes betraten sie den Gerichtssaal. Die Emporen waren zum Bersten gefüllt. An dem Eichentisch mitten im Saal erhoben sich die Ratsmitglieder. Ihre roten Talare unterstrichen den Ernst der Zusammenkunft. In der Mitte des Tisches waren noch drei Stühle frei. Philibert, seine Gattin und Gattinara nahmen ihre Sitze ein. Als Margot ihren Blick über die Anwesenden schweifen ließ, winkten ihr Claude de Brosse und Aline vom unteren Tischende zu. Ihre Anwesenheit beruhigte Margot. Auch sie hatten René immer misstraut.

Gattinara überprüfte die Akten. Er schob eine Liste der Vergehen und die abgefangene Urkunde in Reichweite des Herzogs.

Philibert nickte Margot zu. In seinem Blick las sie, dass er entschlossen war, sich dem Endkampf mit René zu stellen.

Auf einen Wink Gattinaras flogen die schweren Türen des Gerichtssaals auf. Soldaten zerrten den gefesselten René herein. Während sie auf den Tisch zumarschierten, ertönten Pfiffe und hasserfüllte Rufe von den Emporen. Gattinara hob die Hand und sogleich legte sich Schweigen über den Raum.

»Nehmt ihm die Fesseln ab!«, befahl Philibert.

René straffte sich, schaute sich um und fragte in frechem Ton: »So, Bruderherz, beginnst du gegenwärtig schon am Morgen mit deinen Maskeraden? Was soll es heute werden? Eine Sitzung des römischen Senats oder ein Augurentribunal?«

Während Margot aus ihren Augen giftige Pfeile auf René schoss, zog Philibert tief die Luft ein, um den aufkeimenden Zorn zu bezähmen. Er wollte Renés Verbannung so sachlich wie möglich hinter sich bringen. Er stand auf, ergriff das zerknitterte Pergament und hielt es hoch. »Wie konntest du dich nur dazu erdreisten? Hast du vergessen, dass ich der Herzog bin, der die Grenzen unseres Landes bestimmt?«

René spürte, wie ihm das Blut ins Gesicht schoss. Hätte dieser verfluchte Bote doch besser aufgepasst! Aber schon lag wiederum höhnische Überlegenheit auf seinem Gesicht. »Philibert, du musst verstehen, unsere Kassen waren leer. Die Eidgenossen haben einen horrenden Preis geboten. Was bedeutet der Verlust einiger armseliger Gehöfte gegen eine prall gefüllte Staatskasse? Sagt man nicht, dass der Zweck die Mittel heiligt?« René wischte sich fahrig über die Stirn.

Wiederum legte sich Schweigen über den Saal.

Da donnerte Philiberts Stimme: »Du hast versucht, Land zu verhökern ... das ist Hochverrat! Ich sollte dich hinrichten lassen.«

Für einen Moment stockte René der Atem. Doch sofort ging er zum Gegenangriff über. »Bevor du mich verurteilst, solltest du bedenken, wer dir bis heute ein unbekümmertes Leben besorgt hat. Während du dich auf der Jagd, bei Schlemmereien und mit Kriegsspielen vergnügt hast, hat auf mir die Bürde des Regierens gelastet.« Renés Lippen verzogen sich zu einem zynischen Lächeln.

Philiberts Wangen zuckten vor Empörung. »Du willst mir weismachen, dass du alles nur für mich getan hast? Und was ist mit den Schatztruhen auf deinen Gütern?«

»Nun, es hat auch Menschen gegeben, die mir erkenntlich gewesen sind!«

Den Opfern auf den Emporen platzte der Kragen. Wütende Rufe und höhnisches Gelächter erfüllten den Saal.

»Ruhe, Ruhe, meine Herren!«, mahnte Gattinara.

Philibert wies auf die Akten, die sich auf dem Tisch stapelten. »Meinst du etwa die Leute, die du gefoltert, erpresst und enteignet hast?«

René lief dunkelrot an und spuckte Galle. »Was verstehst du schon vom Regieren! Mit den Zehn Geboten auf den Lippen lässt sich kein Land lenken!«

Philiberts Miene wurde eisig. »Das genügt, René! Jahrelang habe ich dir bedingungslos vertraut und nicht erkannt, wie du deine Stellung missbraucht hast. Wir sind blutsverwandt. Ich werde dich nicht hinrichten lassen. Doch büßen wirst du! Du verlässt unverzüglich Savoyen!«

René erbleichte. Sein Kinn bebte. Er hatte seinen

Bruder unterschätzt! Wäre da nicht dieses gerissene Weib an seiner Seite gewesen, hätte er ihn herumkriegen können. Er verfluchte den Tag, an dem er Margot unversehrt über die eisigen Bergpfade gelotst hatte.

15 Ein verhängnisvolles Jahr

A line, ich habe eine Überraschung!« Margot strahlte. Ihre Freundin sah sie gespannt an.

»Philipp stattet uns einen Besuch ab! Er ist schon in Savoyen angelangt und Philibert reitet ihm entgegen.« Margot wies auf die Narzissenbeete vor ihrem Fenster. »Wie schön, über Nacht hat sich der Frühling eingestellt, gerade rechtzeitig, um meinen Bruder willkommen zu heißen!«

Aline warf einen Blick zum Fenster hinaus. Im frischen Grün prangten gelbe Blumenbüschel. »Na endlich hat das Land das trübe Grau abgeschüttelt!« Sie reckte ihre Glieder. »Wo soll das Treffen mit Philipp stattfinden? Hier in Pont d'Ain?«

»Nein, in Bourg heute Nachmittag.«

»Da müssen wir uns aber beeilen mit der Toilette!« Aline eilte zum Garderobeschrank. »Willst du das grüne Reitkostüm mit den hirschledernen Stiefeln tragen?«

»Eine gute Wahl! Ich möchte ja meinen beiden Männern gefallen! ... Packe noch die blaue Samtrobe ein!«

Margot nahm am Schminktisch Platz. Sie sprühte vor Lebensfreude. »Am Abend veranstalten wir einen Fackelzug auf der Reyssouze! Maître Lemaire sorgt für die künstlerische Ausstattung der Boote. Und in der Stadt lässt Philibert das Grabtuch Christi zur Schau stellen.«

Aline drehte sich zum Schrank um und rümpfte

die Nase. Im Gegensatz zu den meisten Menschen glaubte sie nicht an die wundertätige Kraft dieser Gegenstände. Die meisten Reliquien waren ohnehin gefälscht, wenn man bedenkt, dass so mancher Heilige fünfundzwanzig Finger oder zehn Kinnladen gehabt haben müsste. Ganz zu schweigen von den Splittern des Kreuzes! Zählte man sie zusammen, käme man auf einen Wald. Aber Aline wollte Margot den felsenfesten Glauben an diese Heilbringer nicht rauben.

Sollte sie ihr gleich ihren Herzenswunsch unterbreiten? Nein, zuerst würde sie sie ankleiden, und wenn sie ihr das Haar zurechtmachte, könnte sie sie vorsichtig fragen.

»Aline, du bist so schweigsam heute. Stimmt etwas nicht?«

Aline holte tief Atem und ließ die Katze aus dem Sack. »Ich hätte eine Bitte an dich! … Du weißt ja, wie sehr ich mich für Philosophie interessiere. Ich habe gehört, dass man an der Universität von Bologna Frauen zu den Vorlesungen zulässt, nur müssen sie hinter einem Vorhang sitzen. Könntest du mich im Herbst für ein paar Monate beurlauben?«

Margot zuckte zusammen. »Du willst mich doch nicht verlassen, Aline? … Ich gebe zu, dass ich dich in letzter Zeit vernachlässigt habe wegen der Staatsgeschäfte. Aber ich verspreche dir, das wird sich ändern!«

Aline zog ein Gesicht, als wäre sie über ihre eigenen Worte erschrocken. »Nein, Margot, so war das nicht gemeint! Solange ich lebe, werde ich bei dir bleiben. Das habe ich dir doch versprochen! Ich habe mir nur gedacht, dass du mich für drei Monate missen könntest. Ich wünschte mir schon immer, eine Universität zu besuchen.«

Langsam wich die Spannung aus Margots Gesicht. »Wenn das dein sehnlichster Wunsch ist, erfülle ich ihn dir gerne!«

Freudestrahlend umarmte Aline Margot.

Margot fasste sie aber mit sorgenvoller Miene ins Auge. »Am sichersten ist es, wenn du im September mit einer Handelskolonne über die Alpen ziehst. Dann ist das Wetter noch mild. Auch müssen wir ein geeignetes Quartier für dich finden.« Sie strich Aline über den Handrücken. »Ich möchte nicht, dass dir etwas zustößt. Philibert und du, ihr seid die Menschen, die mir am nächsten stehen!«

Als Philipp im Empfangssaal des Schlosses von Bourg auf Margot zukam, erschrak sie. Seine Augen waren dunkel umrandet und seine Haare zeigten erste graue Strähnen. War er unpässlich oder bereitete ihm das Regieren Sorgen?

Ein Lächeln stahl sich auf Philipps Gesicht, als er Margot in die Arme schloss. »Die grüne Robe steht der Frau Regentin ausgezeichnet!« Er wandte sich zu Philibert. »Ich wünschte, ich könnte die niederländischen Regierungsgeschäfte ebenfalls in zarte Hände legen. Aber leider steht mir nur ein schwergewichtiger Prälat zur Verfügung!«

Philibert lachte und klopfte seinem Schwager auf die Schulter.

Ein hochgewachsener Edelmann verbeugte sich

vor Margot. »Antoine de Lalaing, der Chronist meiner Spanienreise«, stellte Philipp ihn vor.

Als Margot Lalaing ansah, verschlug es ihr die Sprache. Er war Philibert wie aus dem Gesicht geschnitten: die gleichen braunen Augen und Grübchen um die Mundwinkel.

»Madame, ich habe vor Jahren die Ehre gehabt, Euch nach Mecheln zu begleiten!«, erklang eine angenehme Männerstimme.

Margot riss sich zusammen. »Ja, jetzt erinnere ich mich! Die Geschichte vom Walfisch! … Herzlich willkommen in Savoyen, Herr de Lalaing!«

»Darf ich meine Schwester für ein Gespräch entführen, Philibert?«

»Selbstverständlich, ihr werdet euch viel zu erzählen haben.« Er wandte sich an Lalaing. »Wie wäre es mit einem Schwertgefecht auf dem Exerzierplatz?«

Antoine strahlte. »Es wird mir ein Vergnügen sein, Durchlaucht!«

Philipp bot Margot galant den Arm und zusammen stiegen sie die marmorne Treppe hinauf zum Wohntrakt. In Margots Studio ließen sie sich in Polsterstühlen nieder. Während seine Schwester sich zum Tischchen neben ihrem Stuhl beugte und zwei kristallene Pokale mit Wein füllte, bewunderte Philipp die Teppiche, die die Wände zierten.

»Ein Geschenk der katholischen Könige?«

»Ja, die Tapisserien sollen mich an glückliche Tage in Spanien erinnern!« Margot reichte Philipp einen der Kelche und wandte sich ihm zu. »Auf unser Wiedersehen! Erzähle, wie ist dein Antrittsbesuch in Spanien verlaufen?«

Als hätte sich eine Wolke vor die Sonne geschoben, verfinsterte sich Philipps Gesicht. »Dir haben die Könige vertraut, aber mir misstrauen sie! Zwar haben sie eingesehen, dass Juana nicht imstande ist zu regieren und ich diese Aufgabe übernehmen müsse. Aber sie haben mich wie einen unreifen Knaben behandelt, dem sie noch vieles beizubringen hätten. Als ich ihnen meine Abreise angekündigt habe, sind beide äußerst aufgebracht gewesen. Allerdings habe ich Don Fernando noch überreden können, dem Frieden mit Frankreich beizutreten. Aber bei ihm weiß man nicht, wie lange er zu seinem Wort steht!«

Margot ergriff die Hand ihres Bruders. »Was wäre, wenn ich ihnen schriebe, um die Stimmung zu verbessern?«

»Schaden kann es nicht!« Philipp atmete auf. »Zumindest habe ich jetzt eine Weile Juana nicht am Hals! Sie erwartet die Geburt ihres Kindes in Spanien. Du kannst dir gar nicht vorstellen, wie mich dieses Weib quält mit ihrer Eifersucht! Vor unserer Abreise hat sie eine Hofdame misshandelt und ihr eigenhändig die Haare abgeschnitten im Wahn, dass sie mit mir das Bett geteilt habe.«

»Und du bist sicher, dass das nicht stimmt?« Margot konnte sich ein Kichern nicht verbeißen.

»Warum müsst ihr Frauen immer einander in Schutz nehmen?« Philipp schüttelte den Kopf.

»Aber du hast doch auch Erfreuliches erlebt, nicht wahr?«

»Ja, der Vertrag mit Frankreich ist unter Dach und Fach!«

»Das ist ein Meisterstück! Sogar Vater hat dein diplomatisches Geschick gelobt.«

»Wenn Louis sich an unsere Abmachung hält, was ihm geraten ist, wird dein Patenkind Karl Louis' Tochter Claudia heiraten. Dank dieser Ehe kommen Mailand und Burgund ohne Waffengewalt wiederum in unseren Besitz.« Philipp legte sein Gesicht in ein zufriedenes Grinsen.

Die Glocken dröhnten, als die hohe Geistlichkeit das Herzogpaar und seine Gäste am Nachmittag in der Kirche von Bourg empfing. Die Anwesenden konnten es kaum erwarten, die Gnaden spendende Reliquie zu sehen. Gemeinsam mit Philipp traten Margot und Philibert vor den gewaltigen Silberschrein. Am Gebetspult davor knieten sie sich nieder. Die bunten Glasfenster warfen farbige Lichtspiele in den hohen Raum und Margot fühlte, als hätte sie die Welt hinter sich gelassen. Den Blick auf Christis Antlitz auf dem Tuch gerichtet, betete sie zu ihm. Sie flehte ihn an, alle, die ihr nahestanden, zu beschützen und sie ihr nicht vorzeitig zu entreißen. Als der Knabenchor das Jubilate anstimmte, sah Margot, wie Philipps angespannte Züge sich lösten.

Die Klänge waren verhallt und gemeinsam verließen sie die Kirche. Die Abendsonne warf Schatten über den Domplatz. Auf den Fachwerkhäusern rund um das Gotteshaus leuchteten die savoyischen und österreichischen Wappen. Der Platz war zum Bersten gefüllt. Seilsperren hielten eine Bahn für den Herzog mit seinem Gefolge frei.

»Sie kommen, sie kommen!«, riefen aufgeregte Kinderstimmen. Während sie zum Jungfrauenbrunnen mitten am Platz zustrebten, bemerkte Margot, wie sich die Menschen den Hals verrenkten, um einen Blick auf sie zu erhaschen.

Hochrufe erschallten.

Margot gab einem Hellebardier ein Zeichen und sogleich strömte Wein aus den Brüsten der Jungfrau. Jetzt kannte die Ausgelassenheit keine Grenzen mehr.

Philipp wandte sich an seine Schwester und zwinkerte ihr amüsiert zu. »In Spanien unterzögen sie dich auf der Stelle einem Verhör wegen der Schändung der Jungfrau!« Er seufzte. »Gottlob sind nicht alle Menschen so verstockt wie meine zukünftigen Untertanen!«

Nach dem festlichen Abendessen verwandelte sich das herzogliche Schloss in ein Theater. Philibert, als Apollo verkleidet, begrüßte die Götter des Olymps. Margot eilte als Venus an ihm vorbei und Herkules Philipp war in seinem Element. Zwei Nymphen hatten sich bei ihm untergehakt. Er konnte sich kein reizvolleres Gastgeschenk vor seiner Abreise vorstellen. Umsäumt von Dutzenden Fackelträgern und untermalt von Flöten und Schalmeien, strömte die Festgesellschaft zum Ufer der Reyssouze. Sie bestiegen die Boote, die wie Delfine und Schwäne geformt waren, und fuhren auf den Fluss hinaus. Vulcanus kündigte das Feuerwerk an.

Ein Knall, der Himmel explodierte. Rote, gelbe, grüne Funken flirrten über das Firmament, formten Sterne und zersplitterten. Das Schauspiel wiederholte sich unter Beifallsrufen der Festgesellschaft.

Als sie zurück zum Ufer fuhren, goss der Mond silbern sein Licht vom nachtklaren Himmel und die Fackeln tänzelten über das Wasser. Philibert schlang die Arme um Margot. Sie fingen den Moment ein und hielten ihn fest, bevor er sich aufzulösen begann.

Stickige Luft lag an diesem Septembermorgen über Pont d'Ain. Es stank nach Moder, Latrinen und Müll. Margot ging ungeduldig in ihrer Kanzlei auf und ab. Sie hielt inne und tupfte sich einige Tropfen aus einer Phiole auf die Schläfen. Die Düfte von Rosmarin und Thymian beruhigten ihre gereizte Stimmung. Schon drei Monate dauerte die Dürre an. Im ganzen Land waren die Brunnen versiegt, Flussbette hatten sich in staubige Pfade verwandelt, die Ernte war verdorrt und Vieh verdurstet. Warum nur wurde Savoyen von dieser Plage heimgesucht?

Tag und Nacht waren Margots Beamte auf den Beinen, um in Frankreich Getreide, Fleisch und Fisch für den kommenden Winter aufzutreiben. Nein, das Volk sollte nicht hungern! Sie wollte verhüten, dass es sich einen Sündenbock für das Elend suchte.

Margot eilte zum Schreibtisch und sah in den Vorratslisten nach. Sie atmete erleichtert auf. Das meiste lagerte schon in den Speichern. Aber gab es genügend Bier- und Weinvorräte? Das sollte sie nochmals mit Gattinara durchnehmen. Sie erinnerte sich noch allzu gut an die meuternden Bauern in Amboise. Mit Mistgabeln und Dreschflegeln bewaffnet, hatten sie die Wachleute bedroht, bis ihnen Anne de Beaujeu einige Fässer Bier geschenkt hatte.

Sie sah auf. Philibert stand lächelnd vor ihr.

»Margot, die Lage in Bourg hat sich beruhigt. Die Prediger haben verkündigt, dass die Juden nicht schuld sind an der Dürre. Sie haben die Leute aufgerufen, erst vor der eigenen Tür zu fegen. Um den Frieden zu bewahren, habe ich im Judenviertel Wachleute aufstellen lassen.«

Margot atmete erleichtert auf.

Ehe sie sich es versah, umfasste Philibert ihre Taille und drückte sie an sich. Sein Körper löste eine Flut von Empfindungen in ihr aus. Wortlos eilten sie zur Mittagsstunde in ihr Gemach. Margot löste die Verschnürungen des Mieders, während Philibert die Stiefel geräuschvoll auf die marmornen Fliesen fallen ließ. Sein Blick folgte ihren Bewegungen und blieb an ihrem Brustansatz haften. Ihr Puls beschleunigte sich. Ob er sehen konnte, wie sehr sie ihn begehrte?

Sie überließen sich dem Feuer der Liebe.

Bevor sie aufstanden, umfasste Philibert Margots Hände. »Morgen, mein Schatz, gehe ich auf die Jagd, kommst du mit?«

»Solltest du nicht abwarten, bis die Hitze gewichen ist?«

»Im Wald ist es doch viel kühler als hier im Schloss. Außerdem habe ich mich die letzten Wochen zu Tode gelangweilt!« Er verzog sein Gesicht zu einer trübsinnigen Grimasse.

Margot strich ihm sanft über die Wange. »Ich muss morgen noch einiges mit Gattinara klären und kann leider nicht mit auf die Jagd. Aber du versprichst mir doch, nicht zu waghalsig zu sein?«

»Habe keine Angst, mich wird schon nicht der Hitzschlag treffen!« Und mit einem genüsslichen Lächeln fügte er hinzu: »Endlich kommt wieder Wildbraten auf den Tisch!«

Philibert war an diesem Tag früh auf die Jagd gegangen. Gegen Mittag trat Margot von ihrer Kanzlei ins Freie. Die Luft war heiß und trocken. Die Sonne stach so unbarmherzig, dass ihr der Schweiß ausbrach. Sie wollte sich soeben in ihr Gemach begeben, als sie auf der Zugbrücke das Klappern von Hufen hörte. Durch das lang gestreckte Gewölbe des Tors trottete ein Rappen herein. Auf der goldbestickten Satteldecke lag ein Mann, den vier Jagdknechte festhielten. Margots Herz krampfte sich zusammen. Oh Gott, nein! ... Philibert!

Sie rannte zu den Männern, die das Pferd zum Stillstand brachten. »Schnell, eine Bahre«, riefen sie und zu Margot gewandt: »Madame, der Herzog hat nach einem Trunk aus einer kalten Quelle einen Schwächeanfall erlitten!«

Ein Jagdknecht half ihr auf eine Reittreppe, sodass sie Philibert sehen konnte. Sie strich ihm über das Gesicht. Er war kreidebleich und zitterte.

»Du hast recht gehabt, die Hitze hat mir nicht gutgetan!«, stöhnte er.

Schon kamen Philiberts Kammerdiener herbeigeeilt und betteten ihn auf die Trage.

»Bringt meinen Gatten in unser gemeinsames Gemach, da hat er einen Ausblick auf den Fluss!«, befahl Margot.

Während die Kammerdiener den Herzog im Zimmer entkleideten und zu Bett brachten, gab Margot den Auftrag, den Kamin zu heizen und kalte Wickel vorzubereiten. »Damit werden wir deinen Schüttelfrost in den Griff bekommen!«, flüsterte sie ihm zu und küsste ihn auf die Schläfen. Philiberts glanzlose Augen sahen Margot schuldbewusst an. Sie streichelte seine Hand, bis er in Schlaf fiel.

Sie setzte sich auf die Bank neben dem Bett und versuchte, düsteren Gedanken Einhalt zu gebieten. Aber ihre Unruhe ließ sich nicht zerstreuen. Die Tür ging auf und Claude de Brosse stand vor ihr. Sie nahm Margots Hände in ihre und hielt sie fest. »Mein liebes Kind, was für ein Schreck! Aber wahrscheinlich ist alles nur halb so schlimm. Philibert ist kräftig. In einigen Tagen wird er es, so Gott will, überstanden haben!« Sie tätschelte Margots Hände und nahm neben ihr Platz.

Claudes Worte beruhigten Margot. Vermutlich hatte sich Philibert nur eine schwere Erkältung zugezogen. Sie lehnte sich auf der Bank zurück und schloss die Augen. Claude wachte über ihn.

Philiberts Stöhnen weckte Margot. Er wälzte sich hin und her. Der Platz neben ihr war leer. Eine Woge der Angst schlug über Margot zusammen. Sie schaute auf die Uhr am Kaminsims. Es war fünf Uhr morgens. Stimmengemurmel drang vom Korridor zu ihr. Mit einer lodernden Fackel in der Hand trat Claude ein, begleitet von drei Männern mit hohen schwarzen Hüten. Ärzte! Sie verbeugten sich vor Margot und begaben sich zum Patienten.

Claude flüsterte Margot ins Ohr: »Das Fieber ist nicht gewichen, trotz der Wickel und Tinkturen. Da habe ich mir gedacht, dass ihm ein Aderlass oder eine Schröpfung helfen könnte.«

Margot nickte zustimmend.

Während die Ärzte Philibert untersuchten, blickte Margot in das flackernde Licht der Kerzen. Es warf unheimliche Schatten an die mit Tapisserien verkleideten Wände. Ein eiskalter Schauer jagte ihr über den Rücken. Nein, sie musste stark bleiben, noch konnte sich alles zum Guten wenden. Sie musste nur daran glauben.

Die Ärzte setzten einen Aderlass. Dick und dunkel tropfte Philiberts Blut in die Silberschüssel, die ein Diener darunter hielt. Margot zitterte. Bilder von Juans Krankenbett bestürmten sie. Mit besorgten Gesichtern verließen die Mediziner das Gemach.

Fünf Tage waren verstrichen. Margot benetzte Philiberts Lippen mit einem feuchten Tuch. Er öffnete die Augen und lächelte sie matt an. Sie strich ihm über die fiebrige Stirn.

»Margot, ich habe mein Gelübde nicht eingelöst. In Brou muss die alte Kirche durch eine neue ersetzt werden! Ich habe es meiner Mutter hoch und heilig versprochen!« Philiberts Lippen bebten.

»Mein Liebster, sobald du genesen bist, werden wir den Bau in Angriff nehmen. Aber jetzt ruhe dich aus!« Sie sah Philiberts beschwörenden Blick und fügte hinzu: »Was immer geschehen mag, ich werde dafür sorgen, dass Brou eine neue Kirche erhält!«

Als hätte sie ihn von einer schweren Last befreit, entspannten sich Philiberts Züge. Erschöpft schloss er die Augen.

Die Luft war stickig im Gemach. Margot öffnete das Fenster. Von der Kapelle wehte der Gesang der Mönche herein. Ihre Augen füllten sich mit Tränen. Plötzlich fühlte sie einen Arm auf ihrer Schulter. Sie drehte sich um und blickte in Alines bekümmertes Gesicht. Margot brach in Schluchzen aus und warf sich in ihre Arme.

»Wir waren an der italienischen Grenze, als uns die Nachricht von Philiberts Erkrankung erreicht hat. Jetzt bin ich hier und kann dir beistehen!«

Margot schloss das Fenster. Hand in Hand gingen sie zum Krankenlager. Stöhnend warf sich Philibert im Schlaf hin und her. Sein Gesicht war so bleich, dass es sich kaum von dem Kissen abhob, auf dem sein Kopf ruhte.

Aline beschlich Angst. »Hast du ihm schon Perlenwasser verabreicht? Man sagt, es lindert hohes Fieber.«

Ein Hoffnungsschimmer trat in Margots Augen. »Nein, das habe ich noch nicht versucht. Wenn du bei Philibert bleibst, werde ich diese Arznei gleich zubereiten lassen.« Margot öffnete ihre Juwelenschatulle und entnahm ihr das dreireihige Perlenkollier. Sie nickte Aline zu und eilte in die Kapelle zum arzneikundigen Mönch.

Während der Klosterbruder sich in der Sakristei an

die Arbeit machte, kniete sich Margot vor dem Altar nieder. Ihre Hände bebten, als sie sie zum Gebet faltete. Sie suchte nach Worten. »Oh Gott, erbarmt Euch und lasst Philibert leben! Überlasst sein Los nicht der Willkür der Gestirne. Greift ein!« Margot hielt kurz inne. »Zwar reicht mein Verstand nicht aus, um Eure Pläne zu ergründen, aber entreißt mir nicht meinen Gatten. Er ist alles, was ich habe, mein Atem, mein Leben!«

Sie umklammerte mit beiden Händen das Gebetspult und schlug die Stirn gegen das Holz. »Erbarmt Euch, zerstört mir nicht nochmals mein Leben! Ich verspreche Euch, Eure Hilfe mit mildtätigen Taten zu entgelten. Um Christi willen greift ein und rettet Philibert!«

Die Ärzte hatten Philibert das Perlenwasser tropfenweise eingeflößt. Die Wirkung blieb jedoch aus. Sein Zustand schien sich eher zu verschlechtern.

Am siebenten Tag der Erkrankung dämmerte er zwischen Schlaf und Bewusstlosigkeit vor sich hin, als wäre sein Lebenswille erloschen. Bischof Gorrevod kam, um ihm die Sterbesakramente zu erteilen. Margot nahm alles wie in einem Nebel wahr. Sie wachte an seinem Bett, als könnte sie ihm durch ihre Gegenwart Leben einhauchen.

Der Morgen des achten Tages brach an. Claude und Aline waren in ihren Stühlen eingeschlummert. Margot stand auf und hastete zu Philiberts Bett. Sein Anblick versetzte ihr einen Stich. Ihre Hoffnung erfror. Er lag regungslos vor ihr. Er atmete nicht mehr!

Eine Welle des Entsetzens breitete sich in ihr aus, die sie in einem reißenden Strudel zu verschlingen drohte. Sie rannte zur Tür. Ohne den Boden unter sich zu spüren, flog sie die Treppen zum Südturm hinauf.

16 Glück – Unglück, stark aus eigener Kraft

Eine schwere Hülle der Verstörtheit lastete auf Pont d'Ain. Die Hitze war gewichen. Nebel lag über dem Land. Diener hatten alle Räume schwarz ausgeschlagen. Hussen waren über Stühle und Tische gezogen und die Wandteppiche waren verdeckt, als Gattinara mit den Räten die Kanzlei betrat.

»Meine Herren, wir sollten schnellstens Maßnahmen treffen. Zunächst muss unser Herzog bestattet werden, bevor seine sterbliche Hülle verwest. Die Ärzte munkeln, dass er einer Seuche zum Opfer gefallen ist. Wir müssen verhindern, dass sich das Fieber ausbreitet!«

In den Zügen der Räte spiegelte sich pures Entsetzen wider.

»Ich teile Eure Meinung!«, meldete sich Bischof Gorrevod zu Wort. »Was meint Ihr, wenn wir den Herzog neben seiner Mutter in der alten Kirche von Brou zur letzten Ruhe betten?«

Gattinara blickte in die Runde und traf auf allgemeine Zustimmung. »Nun zu den Seelenmessen! Der Herzog ist in der Blüte seiner Jahre gestorben, ohne ein Testament zu hinterlassen.«

Bischof Gorrevod zog unverzüglich ein Schriftstück aus dem Gewand hervor und reichte es Gattinara. »Ich habe mir erlaubt, ein Angebot zu machen. Man muss bedenken, dass es darum geht, dem Herzog die Zeit im Fegefeuer zu verkürzen.«

Gattinara studierte das Dokument. Während er las, kräuselte sich seine Stirn und man konnte ihm ansehen, wie er rechnete. »Hm, 10.000 Messen im ersten Jahr, gelesen in allen Kirchen Savoyens, ergänzt mit täglichen Gebeten in den Klöstern und den Fürbitten Bedürftiger mit sofortiger Entlohnung von einem Kupferpfennig ... Hm, das hört sich vernünftig an.«

Bischof Gorrevod feixte zufrieden.

Gattinara räusperte sich. »Die restlichen 20.000 Messen bis in alle Ewigkeit müsste man auf 10.000 kürzen, um die Kosten zu drücken. Hat jemand etwas einzuwenden?«

Die Räte verneinten.

»Aber Herr Präsident, wenn es um das Seelenheil geht, sollte man nicht knausern!«

Gattinara schnitt dem Bischof das Wort ab. Er war des Geschachers überdrüssig. »Exzellenz, wir können Euch ohnehin nur für ein Jahr Seelenmessen genehmigen und danach müsst ihr Euch an den regierenden Herzog wenden.«

Gorrevod verzog enttäuscht sein Gesicht. Der Nachfolger ließe sich kaum etwas an dem Seelenheil seines Vorgängers gelegen sein.

»Herr Gattinara, könntet Ihr uns sagen, was aus uns Ratsmitgliedern wird?« Jean de Marnix sah ihn besorgt an.

»Bis auf Weiteres führen wir die Regierungsgeschäfte. Es gibt eine Wartezeit von zwei Monaten, in der sich herausstellen wird, ob die Herzogin guter Hoffnung ist. Erwartet sie kein Kind, wird Karl von

Bresse Herzog! Es mag sein, dass er einige Ratgeber übernimmt.«

Im Korridor vor Margots Gemach vibrierten die Schritte der Mägde auf dem Holzboden. Sie hatten soeben ihr Witwenkleid aus der Schneiderei geholt.

»Marie, Madame Aline wünscht, dass wir die Robe in den Ankleideraum der Herzogin bringen!«

Marie verzog ihr Gesicht. »Jeanne, da möchte ich lieber nicht hineingehen!«

»Stell dich nicht so an, Marie!«

Jeanne öffnete behutsam die Tür zu Margots Gemach. Es war, als betraten sie eine Grabkapelle. Die Vorhänge des Betts waren zu. Die der Fenster ebenfalls. Dumpfe, schweißdurchtränkte Luft umfing sie. Am Eichentisch in der Mitte des Zimmers flackerten Kerzen.

Die Geräusche der Zofen schreckten Margot aus dem Schlaf. Sie lauschte nach dem Geflüster.

»Hier ist es wie in einer Gruft! ... Da muss man ja den Verstand verlieren! Glaubst du, dass sich unsere Herzogin jemals wiederum im Leben zurechtfinden wird?«

Bei diesen Worten zuckte Margot zusammen. Man sah sie schon als geistig umnachtet an. Nur keine Aufmerksamkeit erregen, schoss es ihr durch den Kopf, während sie den Atem anhielt.

»Pst!« Jeanne legte den Zeigefinger auf den Mund und flüsterte Marie zu: »Bete lieber für ihre Genesung!«

Die Zimmertür fiel knarrend ins Schloss, worauf

sich Margot in ihrem Bett ein wenig reckte. Ihre Glieder waren steif vom Liegen. Wie viele Tage waren es wohl her, die sie in diesem Dämmerzustand zugebracht hatte? Was war geschehen?

Ein schmerzhaftes Ziehen ging durch ihre Eingeweide, als sie an Philibert dachte. Lebensfroh und kräftig war er auf die Jagd gegangen und todkrank war er heimgekehrt. Ein Schluchzen schüttelte sie. Es kam tief aus ihrem Inneren, schmerzte in ihrer Brust und brannte in der Kehle. Hätte sie ihn doch von diesem Jagdausflug abgehalten!

Sie blickte auf ihre Hände herab, die bewegungslos und bleich auf der goldbestickten Überdecke lagen. Hände, die tatkräftig gewesen waren und kaum ruhten. Sie nahm den abgestandenen Geruch um sich wahr. Du hast dich gehen lassen, Margot, schalt sie sich aus. Es ist würdelos, derart in Selbstmitleid zu versinken. Stehe auf und stelle dich den Tatsachen!

Erinnerungsfetzen stiegen in ihr auf. Sie sah Philibert, wie er um Atem rang und stöhnte. Die Ärzte hatten ihn aufgegeben. Sie war dann nicht mehr von seiner Seite gewichen, als hätte sie ihn mit ihrem Atem am Leben erhalten können. Später schien sie vor Erschöpfung auf der Bank eingeschlafen zu sein. Am frühen Morgen erwachte sie und eilte zu seinem Bett. Seine Augen waren zu, die feingliedrigen Hände über die Brust gefaltet, als wäre er eine Steinplastik auf einem der aufwendigen Grabmäler. Tot, schrie es in ihr.

Sie sah sich am Fenster des Südturms stehen, einen Fuß am Gesims. Ihre innere Stimme flüsterte ihr zu: Springe, dann seid ihr wiederum vereint!

Da hatten sie zwei Arme heruntergezerrt und sie in ihr Gemach gebracht. Sie hatte noch Alines tröstende Stimme im Ohr, während sie ihr einen Schlaftrunk einflößte. Danach war sie hinübergeglitten in dieses Schattenreich, aus dem sie jetzt erwachte.

Entschlossen warf Margot die Decken ab und richtete sich auf. Ihre Füße berührten den kalten Boden. Sie stand. Mit den unsicheren Schritten einer Greisin tappte sie zum Fenster und zog die Vorhänge auf. Ein bleierner Himmel sah gleichgültig auf sie herab. Keine Menschenseele befand sich im Hof. Sie drehte sich um und bemerkte die Kerzen auf dem Tisch. Ihr Licht brach sich gespenstisch im venezianischen Spiegel. Durchhalten, raunte es in ihr. Sie fing an, im Zimmer auf und ab zu gehen. Die Bewegung belebte sie.

Vor dem Toilettenspiegel blieb sie stehen und erstarrte: Ihr Gesicht war aschgrau und geschwollen. Die bläulichen Lippen zitterten vor Kälte. Nur ihre Haarpracht war noch halbwegs unversehrt. Da versickerte ihre Entschlossenheit wie ein Tropfen Wasser im Sand. Das Gefühl der Verlassenheit überwältigte sie. Der Gedanke, allein durchs Leben gehen zu müssen, schnürte ihr die Kehle zu.

Ohnmächtiger Zorn stieg in ihr auf. Sie packte die Schere, die vor ihr lag, und schnitt die goldblonde Mähne ab. Aber auch diese Handlung befreite sie nicht von ihrem Schmerz.

Verzweifelt umklammerte sie Doña Isabellas goldenen Armreif, der am Toilettentisch lag. Ihr Blick fiel auf die Inschrift an der Innenseite des Geschmeides: »Glück – Unglück, stark aus eigener Kraft.«

Sie fühlte, wie sich ihr Körper entspannte. Diese Worte waren der Schlüssel zu ihrem künftigen Leben. Sie sah zum Fenster hinaus. Zaghaft brachen Sonnenstrahlen durch die Wolkendecke. Ein befreites Lächeln umspielte ihre Lippen, als sie in sich hineinhorchte: Sosehr man mich auch bedrängen wird, heiraten werde ich nicht mehr! Drei Versuche haben mir nichts eingebracht außer Leid und Schmerz. Von jetzt an werde ich das tun, wozu ich mich berufen fühle. Ich werde Philibert in Brou eine Grabkirche erbauen. Filigran und hell soll sie sein, ein zu Stein gewordenes Denkmal unserer Liebe! Und Vater werde ich überzeugen, mich in seinem Reich als Statthalterin zu ernennen!

Aline betrat Margots Gemach. Die Vorhänge waren offen und das Bett war leer. Furcht griff nach ihrem Herzen wie eine eisige Hand. Doch dann trafen sich ihre Blicke im Spiegel.

»Aline, ich bin ins Leben zurückgekehrt!«, rief ihr Margot mit fester Stimme zu. Mit einem Satz war Aline bei ihr und schloss sie in die Arme. Flüsternd kamen Margot die Worte über die Lippen: »Ich danke dir für deine Hilfe. Ohne dich hätte ich mich schwer versündigt.«

Aline strich ihr sanft über die Wange und meinte, dass es an der Zeit wäre, ein Bad zu nehmen.

***

Die Wartezeit auf einen Nachkommen Philiberts war verstrichen. Savoyens neuer Herzog wanderte unruhig in der Kanzlei in Chambéry auf und ab. Er hielt einen Brief König Maximilians in der Hand. Sein ehemaliger Erzieher und erster Rat versuchte, ihn zu beruhigen. »Karl, es wird dir nichts anderes übrig bleiben, als Philiberts Witwe die Einkünfte von Bourg, Faucigny und des Waadtlands zu übertragen. Jetzt droht schon ihr Vater mit einem Verfahren im Reich.«

»Wenn ich dem geldgierigen Weib das zugestehe, habe ich demnächst die noch habgierigere Louise am Hals. Alle wollen sich die Rosinen aus dem savoyischen Kuchen herauspicken.«

»Karl, höre auf meinen Rat! Philiberts Witwe muss abgefunden werden. Soll sie doch das Geld an dem Bau der Kirche und des Klosters in Brou verpulvern. Louise aber hat keinen Anspruch auf eine Rente von uns. Die zahlt ihr König Louis.«

Karl sah seinen Rat verdattert an.

»Du wirst dich doch nicht von einem Weibsbild so aus der Fassung bringen lassen!« Er klopfte dem Herzog auf die Schulter. »Ich sage dir, das ohrenbetäubende Gehämmer und Gesäge in Brou wird bald ein Ende haben. Maximilian wird seine Tochter wiederum verheiraten. Es laufen Gerüchte, dass der englische König ein Auge auf sie geworfen hat. Dann verfallen ihre Witwenrechte und du bist wiederum Herr im eigenen Land.«

Bewundernd sah Karl zu seinem ehemaligen Erzieher auf, verzog das Gesicht und brach in ein dröhnendes Gelächter aus.

***

Wie die Zeit verging! Philibert war bereits zwei Jahre tot. Zuerst dachte Margot jeden Augenblick an ihn, später jede Stunde und jetzt nur einige Male am Tag. Sie blickte von ihrem Arbeitszimmer im Schloss von Bourg zur Stadt hinaus. Eine strahlende Oktobersonne vergoldete die Dächer und Türme ihrer Residenz. In Pont d'Ain hatte sie Angst gehabt, gewisse Räume zu betreten, an Gegenständen vorüberzugehen, die sie gemeinsam betrachtet hatten. Für sie hatte noch alles Philiberts Gegenwart ausgeatmet. Wie oft hatte sie nicht die Hofkapelle gerufen, um in der Musik Vergessen zu finden. Nur mit Klängen in ihren Ohren konnte sie die Leere in ihrem Inneren ertragen. Ohne ihren Gatten fühlte sie sich trotz aller Menschen um sich herum einsam. Vergangenen Sommer entschloss sie sich, nach Bourg zu ziehen, um der gegenwärtigen Zeit Raum zu geben.

Ein Pochen an der Tür riss Margot aus ihren Gedanken. Gattinara verbeugte sich vor ihr und überreichte ihr feierlich ein Dokument. »Madame, der Herzog hat Euch die Witwenrente genehmigt. Das Eingreifen Eures Vaters hat sich gelohnt. Ihr könnt den Bau der Kirche in Brou fortsetzen!«

Ein entspanntes Lächeln stahl sich auf Margots blasses Gesicht.

Gattinara räusperte sich. »Ich habe nachgedacht, wie Ihr Eure Wiederverheiratung mit dem englischen König auf eine elegante Weise ablehnen könnt.«

Margot spürte, wie ihr das Blut ins Gesicht schoss.

»Madame, ich respektiere Euren Wunsch, nicht mehr zu heiraten. Überdies ist es unziemlich, eine Frau in der Blüte ihres Lebens an einen Greis zu binden, der schon mit einem Bein im Grabe steht, nur weil es politisch zweckdienlich ist.«

Gattinaras mitfühlender Ton flößte Margot Vertrauen ein. »Was habt ihr ausgeheckt, Herr Gattinara?

»Ich würde empfehlen, Erzherzog Philipp und Eurem Vater eine Verlobung Eures Patenkindes Karls mit Mary, der Tochter des englischen Königs, nahezulegen. Diese Verbindung kurbelte nicht nur den Handel an, sondern tilgte auch die Schmach der gelösten Verlobung mit König Louis' Tochter.«

»Und Frankreich wäre im Norden wie im Süden durch Feinde eingekesselt. Ein genialer Schachzug, Gattinara! Ihr werdet mir doch behilflich sein, dieses Vorhaben Vater schmackhaft zu machen?«

»Mit Vergnügen, Madame!«

Margot saß in einem bequemen Stuhl vor dem Kamin. Das knisternde Feuer sorgte für wohltuende Wärme. Ihr gegenüber hatte Maître Lemaire, ihr Hofdichter, Platz genommen.

»Madame, ich habe mir erlaubt, das Gedicht etwas zu überarbeiten, obwohl Eure Dichtkunst kaum zu übertreffen ist!«, sagte er in samtigem Ton und musterte sie aus den Augenwinkeln.

»Ich höre, tragt es mir vor!«

Lemaire nahm eine theatralische Pose ein und deklamierte gestelzt:

»Für alle Zeit bleibt eine Sehnsucht mir,
ohne Unterlass zu jeder Stund' bei Tag und Nacht,
die mich so quält, dass ich gern sterben möcht',
denn eine Qual nur ist mein ganzes Leben ...«

Die Tür ging auf und Aline murmelte eine Entschuldigung. »Margot, soeben ist der Herr de Lalaing eingetroffen. Er bittet dich dringend um eine Unterredung!«

Nachdem sich Lemaire mit nicht geringem höfischen Aufwand verabschiedet hatte, betrat Antoine de Lalaing das Gemach.

Ein Beben ging durch Margots Körper, als sie Lalaing ansah. Für einen Moment wähnte sie, Philibert sei zum Leben erweckt. Lalaings Stimme klang aber anders. Härter. Margot hieß ihn, Platz zu nehmen.

Ein merkwürdiger Ausdruck lag in seinem Gesicht. »Madame, ich bin der Bote einer traurigen Nachricht!«

Margot fühlte, wie sich ihre Eingeweide zusammenkrampften. Lalaing gehörte dem Gefolge Philipps an. »Sprecht, Antoine!«, sagte sie heiser.

»Erzherzog Philipp ist vor zwei Wochen in Burgos einem Fieber erlegen. Nach einem Schlagballspiel war er erhitzt und nahm einen Trunk aus einer kalten Quelle.« Lalaings Atem ging in heftigen Zügen. »Gift ist auszuschließen. Don Fernando und der Erzherzog hatten sich zuvor über die Regierung in Kastilien geeinigt. Es ist eine Schicksalsfügung gewesen wie bei Eurem Gatten.«

Die Worte schienen Margot zu unfassbar, um wahr

zu sein. Wie Blei sickerte die Nachricht durch ihre Adern. Sie schnappte nach Luft. »Oh Gott! Jetzt sind Philipps Kinder zu Waisen geworden!«

»Euer Bruder hat mich an seinem Totenbett ersucht, sie Eurer Obhut anzuvertrauen. Auch war er der Meinung, dass Ihr in den Niederlanden als Statthalterin willkommen seid!«

Margot schloss die Augen und horchte in sich hinein. Philipps letzte Worte hallten wie eine hoffnungsvolle Melodie durch ihren Kopf. Das Los hatte ihr eine Aufgabe zugewiesen, eine Rolle, die ihre kühnsten Träume übertraf. Aber um was für einen Preis!

Margot sah zu Lalaing auf, für einen Moment glaubte sie, das Glitzern von Tränen in seinen Augen zu sehen. »Wie steht es um Doña Juana?«

»Der Tod ihres Gatten hat sie um den Verstand gebracht.« Er zögerte.

»Antoine, Ihr braucht mich nicht zu schonen. Es ist besser, die volle Wahrheit zu kennen!«

»Madame, Eure Schwägerin hat gerast, sich die Kleider vom Leib gezerrt und sich tagelang mit dem Leichnam Eures Bruders eingeschlossen.«

Margots Augen weiteten sich vor Entsetzen. »Sie hat den Verstand verloren! Möge der Himmel sich ihrer erbarmen! ... Die armen Kinder!« Für einen Augenblick verbarg sie ihren Kopf in den Händen. Dann sah sie Lalaing mit einer unbeirrbaren Entschlossenheit an. »Wir dürfen uns nicht dem Unglück beugen. Ich werde meinen Vater aufsuchen und das Nötige in die Wege leiten. Er verweilt doch gegenwärtig in Straßburg?«

»Jawohl, Madame. Es wird mir eine Ehre sein, Euch das Geleit zu geben!«

17 An der Schaltstelle der Macht

Müde trottete Margots Stute dahin, während ihr Reisezug sich Straßburg näherte. Der Turm des Münsters reckte sich in den saphirblauen Märzhimmel. Margots Puls beschleunigte sich. Jetzt hing es einzig und allein von ihrem Vater ab, ob sie weiterhin in quälender Einsamkeit ihr Dasein fristen müsste oder ob sie ein aufregendes Leben inmitten des Weltgeschehens erwartete.

Ihr Blick fiel auf das Firmament, über das weiße Wolken jagten. Sie seufzte. Vaters Stimmung konnte ebenso rasch wechseln, wie die Wolken dort oben! Aber diesmal gäbe sie nicht klein bei. Gewiss, sie würde ihn mit Samthandschuhen anfassen und nebenbei ihren Charme einsetzen. Maximilian glaubte ja felsenfest, im Auftrag Gottes zu handeln. Zu viel weibliche Logik würde ihn obendrein in seinem Stolz kränken. Aber keinesfalls gäbe sie sich nur mit der Mutterrolle für Philipps Kinder zufrieden. Die Statthalterschaft der Niederlande war eine angemessene Aufgabe für sie. Sogar Philipp dachte am Totenbett an sie als Regentin. Sie griff doch nicht nach den Sternen!

Allerdings brauchte sie noch die Oberhoheit über die burgundische Freigrafschaft. Nur dann verfügte sie über ausreichende Mittel, um den Bau der Grabkirche fortzusetzen und einen standesgemäßen Hofstaat zu führen. Mit weniger ließ sie sich nicht abspeisen!

Margot presste die Lippen zusammen. Natürlich

würde sich Maximilian dagegen sträuben. Eine Frau als Regentin der aufsässigen Niederlande, das passte ganz und gar nicht in sein Konzept! Aber gab es nicht auch für ihn Vorteile? Karl, sein Erbe, würde nicht Fremden überlassen werden, die ihn gegen ihn aufhetzten, wie es mit Philipp geschehen war. Mit einem Wort, auf ihr konnte er bauen, er brauchte sie als Vertraute!

Margot verkniff sich ein Lächeln. Antoine, der neben ihr ritt, betrachtete sie eingehend, wenn er sich unbeobachtet fühlte. Es schmeichelte ihr. Trotz ihrer siebenundzwanzig Jahre schien sie noch anziehend zu sein. Die Röte kroch ihr bis unter die Haarwurzeln, als sie sich eine innige Freundschaft mit Philiberts Ebenbild ausmalte.

In Maximilians Palast angelangt, öffneten Hellebardiere beflissen die Flügeltüren zum Empfangsraum. Sie trat ein. Mit ausgebreiteten Armen schritt der römische König auf seine Tochter zu und umarmte sie. »Ich freue mich, dich wiederzusehen, Margot! Ich wünschte, der Anlass wäre nicht so traurig. Lasse dich ansehen!«

Er trat einige Schritte zurück und begutachtete sie. Margot setzte ihr berühmtes Lächeln auf.

Unter seinen buschigen Brauen blitzten die Augen. »Du bist eine Augenweide, mein Kind! Die Schicksalsschläge haben dir deinen frischen Teint nicht geraubt!« Er fasste sie am Arm und führte sie zu den Stühlen vor dem Kamin, indem das Feuer prasselte. Sie setzten sich. Maximilian rieb sich unwillkürlich die geschwollenen Handgelenke. »Hier kann ich meine brüchigen Knochen etwas aufwärmen.«

»Ich habe mich noch gar nicht nach Eurem Befinden erkundigt, Vater!«, sagte Margot, während sie in sein fahles Gesicht blickte.

»Ach Margot, in meinem Alter stellen sich Schwächen ein! Aber ich habe noch eine gigantische Aufgabe zu bewältigen und das hält mich aufrecht. Es freut mich, dass du mich dabei unterstützen wirst!«

In Margot keimte Hoffnung auf. »Gewiss, Vater! Ich habe mir schon einiges durch den Kopf gehen lassen, wie ich Euch noch mehr von Nutzen sein kann.«

Maximilian sah sie gespannt an. »Nur heraus mit der Sprache, mein Kind!«

Er denkt jetzt, dass ich den englischen König heiraten werde, durchzuckte es Margot. Sie schluckte den Ärger hinunter, entschlossen, ihm ihren Plan schmackhaft zu machen.

»Zweifelsohne ist ein Bündnis mit England sowohl für uns als auch für das Haus Tudor vorteilhaft.« Sie räusperte sich. »Eine Verbindung mit unserem alteingesessenen Haus würde den englischen Emporkömmlingen Ansehen verschaffen und den Weg zu Eroberungen in Frankreich ebnen. Wir dagegen könnten uns die militärische und finanzielle Unterstützung der Briten sichern und den Franzosen die Daumenschrauben anlegen.«

Margots und Maximilians Blicke kreuzten sich.

»Himmelherrgott, du kannst ja denken wie ein Mann! Was schlägst du vor?«

Margots Lippen zuckten. Als ob Frauen nicht denken könnten! Aber sie entschied sich, es als ein Komplement aufzufassen. »Ich habe eine Lösung gefunden, die beiden Seiten den größten Gewinn bringen könnte.«

Gespannt musterte Maximilian seine Tochter.

»Es wird Euch sicherlich bekannt sein, dass der englische König eine Tochter hat. Sie heißt Mary, ist noch nicht vergeben und soll ein anziehendes Mädchen sein. Wenn wir Karl mit Mary verloben, könntet Ihr Euch viel unbesorgter auf Eure Reise nach Rom begeben.« Margot lächelte Maximilian an.

»Hm, wenn die Unterhandlungen zu diesem Ergebnis führten, wäre es günstig für uns! Aber König Heinrich besteht noch immer auf einer Ehe mit dir. Er scheint bei deinem kurzen Aufenthalt in England einen Narren an dir gefressen zu haben.«

Margot runzelte die Brauen. »Vater, alle guten Dinge sind drei! Heiraten werde ich nicht mehr, damit müsst Ihr Euch abfinden. Aber ich biete Euch an, mit dem englischen König über Karls Verlobung zu verhandeln und nebenbei Philipps Missgeschick mit dem Handelsvertrag auszubügeln.«

»Das traust du dir zu?«, fragte er sie, während er zweifelnd den Kopf schüttelte.

Margot biss sich auf die Lippen. »Und ich traue mir noch mehr zu!«

Ihre Augen verschränkten sich ineinander. »Vater, erlaubt mir, offenherzig zu sprechen!«

Maximilian nickte kurz und sah sie gespannt an.

»Unser Haus besteht aus Euch, mir und vier wehrlosen Kindern. Ihr herrscht über ein Spinnennetz von Ländern, das beim geringsten Hauch zerreißen kann. Ihr seid unentwegt im Sattel, um Konflikte zu schlichten und die Kaiserwürde zu erlangen.« Margot hielt inne und sah ihrem Vater in die Augen. »Lasst mich in Eurem Namen die Niederlande verwalten, sodass Eure Enkelkinder in geordneten Verhältnissen heranwachsen. Überlasst sie nicht Fremden, die doch nur ihre eigenen Ziele verfolgen.«

»Hm, hm – schau an!« Für einen Augenblick blitzte Interesse in Maximilians Augen auf. Doch rasch verdunkelte sich seine Miene.

»Margot, du hast zwar in Savoyen bewiesen, dass du regieren kannst. Es hat mich beeindruckt! … Aber die Niederlande, mein Kind, die sind ein Pulverfass. Bürger und Adel gehen sich gegenseitig auf die Gurgel. Jeder wäre darauf aus, deine Fähigkeiten auszuloten, um sich dir gegenüber einen Vorteil zu verschaffen. Wäre mein Vater mir in den Achtzigerjahren nicht zu Hilfe gekommen, hätten mich diese Neidhammel und Kleingeister hingerichtet.«

Er machte eine Pause und wischte sich mit dem Hemdsärmel den Schweiß von der Stirn. »Obendrein flackert der Krieg mit Geldern wiederum auf. Dafür brauche ich einen gestandenen Mann. Nein, Margot, schlage dir das aus dem Kopf!«

»Vater, ihr unterschätzt mich! Doña Isabella hat mich in die hohe Schule der Politik eingeführt. Obendrein, wer könnte besser Euren Erben im Sinne unseres Hauses in die Staatsgeschäfte einführen als ich? In einer Welt, in der Heuchelei, Verstellung und Wortbruch zu Tugenden erhoben sind, sind Menschen, auf die man sich verlassen kann, unerlässlich. Philipp hat mich am Totenbett als Regentin anempfohlen! ... Gebt mir die Statthalterschaft der Niederlande! Ich werde Euer Vertrauen nicht beschämen!«

Maximilian vergrub sein Gesicht in den Händen. Mit einem hörbaren Zischen sog er die Luft ein. Margot fürchtete, dass ihm der Kragen platzte. Hätte sie doch mehr taktisches Geschick an den Tag gelegt!

»Ich hätte doch Ratgeber zur Verfügung ...«, der Satz blieb ihr in der Kehle stecken, doch zeigte Wirkung.

Maximilian stand auf und schritt zum Fenster.

Die Minuten versickerten quälend langsam für Margot. Maximilian verharrte am Fenster, ihr den Rücken zugewandt. Noch lag alles in der Schwebe.

Um ihre Unruhe zu besänftigen, schloss sie die Augen und faltete die Hände zum Gebet. Vater im Himmel, wozu habt Ihr mir Verstand gegeben, wenn ich ihn nicht gebrauchen darf?

Eine sanfte Berührung an der Schulter ließ sie zusammenfahren. Maximilian hatte sich vor ihr aufgebaut. Sein väterliches Lächeln milderte ihre Unruhe. »Nun gut, Margot!«, nachdenklich schob er den Unterkiefer hin und her, »Ich werde dich für die Zeit meiner Abwesenheit zur Statthalterin der Niederlande ernennen.«

Margot konnte ihr Glück kaum fassen, stand auf und wollte seine Hand ergreifen, da winkte er ab.

»Das ist noch nicht alles! Höre mir zu. Die Entscheidungen wirst du gemeinsam mit den Räten treffen. Ich warne dich vor eigenmächtigem Handeln. Eine einzige unbedachte Tat könnte uns die Niederlande kosten. Auch wirst du mich täglich per Kurier über alles auf dem Laufenden halten. Hast du das verstanden?«

Das Lächeln auf Margots Lippen erstarb. Wie konnte er es nur wagen, ihr so geringe Vollmachten zu erteilen. Wiederum machte er sie zu seiner Marionette. Während sie versuchte, ihre Enttäuschung niederzukämpfen, flog ihr der Gedanke zu, dass Maximilian weit weg sein würde und sich, bei Gott, nicht um alles kümmern konnte. Sie könnte den Freiraum vollauf nutzen. Es lag in ihrer Hand, was sie ihm per Kurier mitteilte. Wenn er ihre Erfolge sah, würde er ihr mehr Entscheidungsspielraum gewähren. Wortlos ergriff sie Maximilians Hand und küsste sie.

***

Die Bodendielen im Korridor des Mechelner Prinzenhofs knarzten. Margot und Aline hielten inne mit dem Ordnen der Bücher und lauschten. Trippelnde Schritte näherten sich der Tür ihres Wohntrakts. Als helle Kinderstimmen vom Gang hereindrangen, glitt ein amüsiertes Lächeln über Alines Gesicht. »Sieh' an, die Kinder können es nicht erwarten, dich zu sehen! ... Oh Gott, ich möchte nicht in der Haut der Kinderfrauen stecken!«

Margots Herz machte einen freudigen Satz. Sie eilte zur Tür und öffnete sie. Vor ihr stand ihre Nichte Eleonore mit Karl an der Hand und den anderen

Geschwistern dahinter. Vier Augenpaare sahen sie erwartungsvoll an.

Ein Lächeln breitete sich auf Margots Gesicht aus. »Kommt herein, meine Lieben, lasst euch umarmen!«

Die grünbraunen Augen der achtjährigen Eleonore leuchteten auf, als ihre Tante sie umarmte. »Karl, du bist ja groß geworden!« Der bleiche Knabe schlug die Augen nieder, um Margots Blick zu entgehen. Sie fuhr ihm übers Haar, schloss ihn behutsam in die Arme und flüsterte ihm zu: »Habe keine Angst, ich bin gekommen, um dich zu beschützen! Alles wird gut werden!«

Ein Kleinkind hüpfte auf sie zu, streckte die Ärmchen in die Höhe und gluckste vor Freude. Margot nahm die zweijährige Marie auf den Arm, die sogleich die Lippen spitzte und ihr ein feuchtes Küsschen gab. Während sie Marie durchs Haar wuschelte, übergab sie sie Aline.

Ein sechsjähriges, pausbäckiges Mädchen knickste artig vor Margot. »Isabelle!« In Margots Augen trat ein freudiges Staunen. Diese Nichte war ihr Ebenbild. Sie könnte ihre leibliche Tochter sein! Wortlos schlang sie die Arme um Isabelle, die sich an sie schmiegte.

»Wie lieb von Euch, dass ihr sogleich zu mir gekommen seid!«, sagte Margot mit feuchten Augen und wies auf Aline. »Diese Dame heißt Aline de Valois und ist mit mir, als ich so alt war wie ihr, durch dick und dünn gegangen. Sie wird euch unter ihre Fittiche nehmen, wenn ich zu viel zu tun habe.«

Drei Gesichter wandten sich Aline zu und schauten in warme graue Augen. Während Karl sich vor ihr verneigte, versanken die Mädchen in Knickse. Mittlerweile begann Marie auf Alines Schulter zu zappeln.

»Aline, wo sind die Geschenke, die wir aus Savoyen mitgebracht haben?« Die Kinder reckten die Hälse. »Was meint ihr, sollten wir nicht ein paar Plätzchen essen?« Margot wies auf eine silberne Schale mit buntem Marzipangebäck. Als Erster stürzte sich Karl darauf und schlang sogleich mehrere Küchlein herunter. Margot erschrak. Es war höchste Zeit, dass jemand ihrem Neffen Manieren beibrachte.

Aline setzte Marie behutsam auf den Teppich und wollte das bunt bemalte Holzpferd hervorholen, als ein Pochen an der Tür sie daran hinderte. Vier Kinderfrauen betraten das Gemach und verneigten sich vor Margot. Ihre Gesichter waren von Gewissensbissen gequält.

»Macht Euch keine Vorwürfe, meine Damen! Die Kinder haben mich überraschen wollen. Lasst uns gemeinsam das Wiedersehen feiern!« Margot lächelte und wies mit einer einladenden Geste auf die bequemen Stühle unter dem Wandteppich.

Babe, Josine, Anne und Willeke nahmen zögernd Platz. Nachdem sie sich gefasst hatten, blickten sie zuversichtlich zu ihrer neuen Herrin auf. Margot beobachtete unterdessen aus den Augenwinkeln ihren Neffen. Wiederum verschlang er heißhungrig Plätzchen. Pfeilschnell flitzte er an ihr vorbei geradeaus zu Babe, stopfte ihr ein Küchlein in den Mund, das er in der Hand verborgen hatte, und küsste sie auf die Wange, ohne einen Laut von sich zu geben.

Margot kniff die Lippen zusammen. Sollte er so arg stottern, dass er sich schämte zu sprechen? Sie seufzte in sich hinein: Oh Gott, stehe mir bei, diesen sonderbaren Knaben in einen Herrscher zu verwandeln! Der Gedanke, dass Aline ihm Manieren beibringen und das Stottern abgewöhnen könnte, beruhigte sie ein wenig.

Marie schaukelte auf ihrem Holzpferd, als Margot Isabelle eine elegant gekleidete Puppe überreichte.

»Sie soll Margot heißen, wie Ihr!«, strahlte Isabelle.

»Jetzt bist du an der Reihe, mein Patenkind!« Margot streichelte Karl über die Wange und übergab ihm ein edelsteinbesetztes Schwert. Karls blasses Gesicht färbte sich rot vor Freude. Seine dunklen Augen blitzten lebhaft auf und er flüsterte: »Danke, Tante!«, ohne zu stottern. Während Margot erleichtert aufatmete, glitt ihr Blick über die Anwesenden. Es lag eine heitere Stimmung im Raum und in ihr regte sich etwas, das reine Freude war.

Voll Eifer stürzte sich Margot in ihre Regentschaft. Das Einzige, was ihr fehlte, war eine eigene Residenz. Der Prinzenhof quoll über von Philipps Kindern und deren Personal. Eines Morgens wartete sie gespannt in der Kanzlei auf ihren Baumeister.

Das Schlagwerk am Turm der Peterskirche dröhnte zehn Uhr morgens, als Meister Keldermans Margots Kanzlei betrat und sich vor ihr verneigte. »Madame, dürfte ich Euch die Baupläne für Eure Residenz unterbreiten?«

Er wirkte angespannt und Margot sah, wie eine blaue Ader auf seiner Stirn hervortrat. Mit einer einladenden Geste wies sie auf den Schreibtisch, auf dem Keldermans den Bauplan aufrollte. Margot stand auf und nahm den Entwurf in Augenschein. Die Treppe mit den klassischen Säulen, die luftigen Arkadengänge und der Innenhof mit dem zierlichen Brunnen übertrafen ihre Erwartungen. Ihr Blick fiel auf ihre Privatgemächer im ersten Stock mit den Erkern und dem überdeckten Korridor zur Peterskirche. »Ich habe das Gefühl, schon durch das Gebäude zu schlendern!«, wandte sie sich lächelnd an den Baumeister. »Ihr seid ein wahrer Künstler!«

Um Keldermans‘ Mund spielte sich ein Anflug der Erleichterung und er verbeugte sich nochmals vor Margot.

»Wann schätzt Ihr, dass ich dort einziehen kann?«

Keldermans Stirn kräuselte sich und man konnte ihm ansehen, wie es dahinter arbeitete.

»Ich denke, dass Eure Privatgemächer, die Bibliothek und ein Ratssaal ...«, er zupfte sich am Bart, »rund in einem Jahr fertig sein könnten. Die Stadtväter haben schon die finanziellen Mittel genehmigt. Mit dem Festsaal und den anderen Räumlichkeiten müsstet Ihr Euch aber noch gedulden.«

»Einverstanden, Meister Keldermans!«, Margot streckte ihm die Hand zum Abschied entgegen. »Ich kann es kaum erwarten, im Hof von Savoyen ein-

zuziehen! Wann immer Ihr etwas benötigt, wendet
Euch an mich!«

18 Feuertaufe auf der internationalen Bühne

Warmes Licht drang durch das Buntglasfenster und vergoldete Philiberts Marmorbüste auf dem Schreibtisch. Margot schloss die Augen und fühlte zum ersten Mal seit vier Jahren Dankbarkeit in ihrem Herzen. Der nagende Schmerz war endlich aus ihrer Seele gewichen. Philiberts heiteres Antlitz untermalt mit Hundegebell und Hufgeklapper tauchte vor ihrem inneren Auge auf. Ein unverhofftes Glücksgefühl pulsierte durch ihre Adern. Könnte sie diesen Moment doch einfangen und für immer festhalten!

Ein Pochen an der Tür brachte sie in die Gegenwart zurück. Ihr treuer Ratgeber Gattinara trat ein. Er strahlte über sein ganzes Gesicht. »Ich habe Neuigkeiten, Madame!«

Noch nie hatte Margot ihren Berater so fröhlich gesehen. »Nehmt Platz und spannt mich nicht auf die Folter!«

»Euer Vater hat das kaiserliche Ansehen erlangt!«

Eine zentnerschwere Last fiel von Margots Herzen. »Ihr meint doch nicht etwa, dass die Venezianer ihn mit seinen Truppen nach Rom durchziehen haben lassen und Papst Julius ihn gesalbt und gekrönt hat?« Margot sah ihren Ratgeber erwartungsvoll an.

Gattinara senkte den Blick und hüstelte. »Hm, es verhält sich etwas anders. Euer Vater hat sich im Dom von Trient zum Kaiser proklamieren lassen!«

Im Nu verfärbte sich Margots Gesicht. »Oh Gott,

was für eine Posse! Damit macht er sich und unser Haus zum Gespött des Abendlandes.«

Gattinara erhob beschwichtigend die Hand. »Mit Verlaub, Madame, ich sehe es eher als einen wohlüberlegten Schachzug. Nachdem die Venezianer dem römischen König den Durchmarsch verweigert haben und seine Heiligkeit die Krönung in Trient rundheraus abgelehnt hat, ist ihm nur noch diese Option offengestanden.«

»Ich sehe Vater schon vor mir, wie er sich vor den grölenden Landsknechten eine Kanonenkugel als Reichsapfel schnappt!« Tränen der Scham stiegen ihr in die Augen.

»Madame, beruhigt Euch bitte!« Gattinara lächelte ihr zu. »Euer Vater hat sich in einer feierlichen Zeremonie im Beisein des weltlichen und kirchlichen Adels zum Kaiser ernennen lassen. Ich versichere Euch, dass dieser Schritt rechtmäßig ist! Seinen Widersachern wird bald das Lachen vergehen, wenn er in Italien klare Verhältnisse schafft.«

Margot hob den Kopf und schaute ihn skeptisch an.

»Madame, der Kaiser hat erkannt, dass Italien das Herz des Reiches ist und die deutsche Nation ihr Schwert und Schild. Er ist im Begriff, für Euer Haus die Vorherrschaft im Abendland zu erringen. Bedenkt, Ihr dürft daran mitwirken! Ihr wacht über seinen Erben und lenkt die Geschicke der Niederlande!«

»Zu Letzterem fehlt mir aber jegliche Befugnis!«, warf Margot gereizt ein.

»Geduldet Euch noch ein wenig, das wird sich alles finden! Bei der Rückkehr Eures Vaters könnt Ihr ihn darauf ansprechen. Ihr tretet nicht mit leeren Händen vor ihn, Ihr habt ja längst beachtliche außenpolitische Erfolge vorzuweisen!«

Gattinaras Worte besänftigten Margot. Die Vernunft siegte über ihre Gefühle. Mit einem zuversichtlichen Lächeln verabschiedeten sie sich voneinander.

Margot lehnte sich in ihrem Stuhl hinter dem Schreibtisch zurück und starrte auf Maximilians Porträt an der gegenüberliegenden Wand. »Vater, Ihr denkt, dass der liebe Gott Euch allein die Welt überlassen hat!« Sie lächelte ihn herausfordernd an, stützte die Ellenbogen auf den Tisch und verschränkte die Hände. »Ich werde Euch einen Strich durch die Rechnung machen. Wie Euch Italien gehört, steht mir die Regentschaft der Niederlande zu. Jede einzelne Befugnis werde ich Euch abringen, bis ich die Generalvollmacht in der Tasche habe. Während ihr denkt, die Welt mit dem Schwert gestalten zu müssen, bin ich der Ansicht, dass ein Land nur im Frieden gedeihen kann.«

Ein Klopfen riss Margot aus ihren Gedanken.

Aline steckte den Kopf zur Tür herein. »Margot, entschuldige die Störung, draußen wartet Antoine de Lalaing, er muss dich dringend sprechen!«

Margot runzelte die Stirn. »Sollte Antoine nicht in Geldern zusammen mit Rudolf von Anhalt die Truppen befehligen?«

»Ich denke, dass er dich in dieser Angelegenheit aufsucht!« Um Alines Mund spielte ein Anflug der Sorge.

»Er soll eintreten.«

Der Schweiß perlte Lalaing von der Stirn, als er sich anschickte, sein Knie zu beugen. Margot winkte ab und wies auf den Stuhl vor ihrem Schreibtisch. »Erholt Euch erst ein wenig! Ihr seht ja aus, als hättet ihr Stunden im Sattel gesessen!«

Antoine nickte stumm und schnappte nach Luft. Margot goss unterdessen Wein in einen Kelch und stellte ihn vor Lalaing auf den Schreibtisch.

»Ich fürchte, Madame, ich bin ein Bote schlechter Nachrichten!«, sagte er mit gequälter Miene. »Gestern Abend ist Zaltbommel gefallen!«

Margot schlug die Hand vor den Mund. »Der Oberbefehlshaber hat mir doch versichert, dass die Stadt uneinnehmbar ist.«

»Das haben wir alle geglaubt, bis Karl von Egmont sich einer List bedient hat!« Lalaing griff nach einem Taschentuch und schnäuzte sich geräuschvoll.

»Erzählt!«, stieß sie heiser hervor.

»Zuerst hat sich alles ganz harmlos angelassen. Ein mit Reisig beladenes Frachtschiff hat gegen Abend am Wassertor angelegt. Während unsere Wachposten von den Zinnen aus den Schiffer zur Rede gestellt haben, sind Söldner aus dem Bauch des Frachters gekrochen und in die Stadt eingedrungen. Wie aus dem Nichts hat eine Front von Spießen und Äxten unsere Soldaten umzingelt. Die Geldrischen haben sich auf die Unsrigen geworfen und jeglichen Widerstand erdrückt.«

Entsetzt schüttelte Margot den Kopf. »Das stinkt nach Verrat!«

»Das ist es auch, Madame! Die Brabanter sind wiederum ihren Waffenknechten den Sold schuldig geblieben und das hat viele von ihnen in die Arme des Herzogs von Geldern getrieben. Aber ich fürchte, ich habe noch unheilvollere Nachrichten!«

Lalaing wischte sich den Schweiß von der Stirn und nahm einen Schluck Wein.

»Wir Befehlshaber sind uns einig, dass der Geldernkrieg nicht mehr einzudämmen ist, geschweige denn zu gewinnen. Das Katz-und-Maus-Spiel mit dem französischen König hat wiederum begonnen. Seit gestern überschreiten bewaffnete Banden unsere südlichen Grenzen, um sich Karl von Egmont anzuschließen. Es scheint, dass der Herzog von Geldern in unseren Ländern dieselbe Verwüstung anrichten will, die in seiner Seele herrscht. Er hat die Schmach nicht überwunden, dass Euer Vater ihn in den Achtzigerjahren nicht aus der französischen Kriegsgefangenschaft ausgelöst hat.«

Einen langen Blick starrte Margot Lalaing an, unschlüssig, was sie ihm antworten sollte. »Antoine, ich werde Chièvres beauftragen, die Kriegskasse zu füllen, sodass Ihr die Söldner bezahlen könnt.«

Lalaing nickte erleichtert. Mit einer schwer bewaffneten Eskorte brächte er den Sold sogleich zum Militärlager, um die verbliebenen Landsknechte zu bezahlen.

»Wenn ich den englischen König um Bogenschützen ersuchen würde, könnte das die Kampfhandlungen günstig beeinflussen?«

»Das wäre nur ein Tropfen auf den heißen Stein!« Lalaing zog ein Gesicht, als wäre er über seine eigenen Worte erschrocken.

»Ich verstehe!« Margot presste die Lippen zusammen. Ihre Miene verhärtete sich. »Der einzige Ausweg aus dem sinnlosen Blutvergießen ist ein Sonderfrieden mit Frankreich. Wenn Karl von Egmont die französische Unterstützung verliert, wird ihm bald das Geld für den Krieg ausgehen ... Aber die Besprechungen könnten sich über Monate hinziehen!«

Lalaings Gesicht erhellte sich. Jetzt wusste er, weshalb er so eine Schwäche für Margot hatte. Es war nicht nur ihr Charme, sondern auch ihr scharfer Verstand, die ihn anzogen. Er fuhr sich mit der Hand über die Stirn, als wollte er diese aussichtslose Beziehung aus seinem Kopf bannen.

In Margot hatte Lalaing ebenfalls etwas zum Klingen gebracht. Bei ihm konnte sie sich ihren Zwiespalt von der Seele reden. »Eigentlich habe ich mir vorgenommen, auf solche Weise zu regieren, dass ich anderen so wenig wie möglich schade. Aber Karl von Egmont zwingt mich, meine Vorsätze über Bord zu werfen. Ich kann es nicht zulassen, dass er aus persönlicher Rachsucht die Niederlande in Geiselhaft nimmt.« Sie biss die Zähne zusammen, während Antoine zustimmend nickte.

»Bis wir zum tödlichen Hieb gegen ihn ausholen können, werde ich ihm seine Tücken mit gleicher Münze heimzahlen.«

»Mit dem Gewissen, Madame, kann man weder Schlachten gewinnen noch ein Land regieren. Aber mit etwas Selbstdisziplin und Gottes Beistand kann es gelingen, sich einen Funken Anstand zu bewahren.«

Während Antoine sich vor ihr verneigte, blickte Margot ihm tief in die Augen. »Möge Gott Euch beschützen! Setzt Euch nicht zu vielen Gefahren aus!« Und leise fügte sie hinzu: »Euch zu missen, wäre ein herber Verlust für mich.«

Der Herr von Chièvres, Margots Finanzberater, beobachtete das Spiel des Sonnenlichts, das durch das bleiverglaste Fenster des Mechelner Ratssaals fiel und den wuchtigen Tisch umtanzte. Als er sich im Stuhl zurücklehnte, hallten ihm die Worte der Regentin wie heitere Fanfaren durch den Kopf: »Im Namen des Kaisers ersuche ich Euch, sich nach Frankreich zu begeben und das Terrain für einen Frieden zu sondieren.«

Die übrigen Ratsmitglieder hatten die Statthalterin mit einem Funken Argwohn und Furcht angestarrt. Sollte Chièvres wiederum zu den Schaltstellen der Macht zurückkehren? Vor allem die Parteigänger Englands machten aus ihrer Abneigung gegen ihn keinen Hehl.

Wie anders war es doch unter Erzherzog Philipp gewesen. Chièvres faltete die Hände vor dem wohlgemästeten Bauch und legte sein Gesicht in ein zufriedenes Grinsen. Damals hatte er schalten und walten können, wie er wollte. Der junge Herrscher fraß ihm buchstäblich aus der Hand. Alle mussten nach seiner Pfeife tanzen! Und die Schmiergelder, die er für Gefälligkeiten kassierte, die machten aus ihm einen reichen Mann! Aber er ließ auch nicht das Wohl des Landes außer Acht. Schon damals handelte er einen

Frieden zwischen den Niederlanden und der französischen Krone aus. Er fädelte die Verlobung zwischen Erzherzog Karl und der französischen Königstochter ein. Leider Gottes machte König Louis bald eine Kehrtwende. Chièvres fegte sich mit der Hand über die Stirn: Was soll's? Nicht alles kann gelingen!

Nach Philipps Tod hatte sich das Blatt gewendet. Der Kaiser ernannte nicht ihn zum Statthalter, sondern seine Tochter. Diese Demütigung hinterließ eine Wunde in seiner Seele. Von jetzt an musste er zusammen mit den anderen Ratsmitgliedern die Weisungen der Regentin befolgen. Er schnaubte verächtlich. Mit einem bezaubernden Lächeln umgarnte die junge Frau den Rat und vertrat geschickt verpackt die hierzulande umstrittenen Interessen ihres Vaters. Eines musste man ihr aber lassen, im Gegensatz zu ihrem Bruder kannte sie die Regeln des politischen Spiels.

Chièvres warf den Kopf in den Nacken und starrte nachdenklich auf die Decke. Die Kosten-Nutzen-Rechnung war glasklar: Wenn er seine Beziehungen in Frankreich erfolgreich spielen ließ, müsste der Kaiser sich ihm gegenüber erkenntlich zeigen. Die etwaigen Friedensbesprechungen führten seine Tochter und Gattinara. Diese Ehre entging ihm. Aber was wäre, wenn Maximilian ihn mit der Erziehung seines Erbens betraute? Er könnte das schüchterne Kind mit väterlicher Sorge umringen und – ungeachtet der Einstellung des Großvaters und der Tante – zu einem wahren Franzosenfreund erziehen. Sobald Karl volljährig war, würde er für ihn die Regierungsgeschäfte führen. Er strich sich mit der Zunge über die Lippen. Die erlittene Schmach wäre dann getilgt und vor seinen Augen glänzte das französische Gold. Ja, die Reise nach Frankreich war eine letzte Chance, aus dem schwarzen Loch der Bedeutungslosigkeit zu entschlüpfen.

***

Über Mecheln graute ein nebeliger Dezembertag. Wochenlang unterhandelte die Regentin mit den Franzosen in Cambrai. Schweigsam und lustlos gingen die Menschen ihrer Arbeit nach. Würden sie die Weihnachtszeit in Frieden begehen können oder donnerten wiederum die Kanonen?

Der Tag schritt voran und plötzlich schwirrte die Stadt von Gerüchten: Der Vortrupp der Regentin habe soeben Mecheln erreicht und angeordnet, alle Glocken zu läuten. Es war Frieden zwischen Frankreich und den Niederlanden!

Schon ertönte der feierliche Klang des Sankt Rombout und bald schwoll das Geläute an. Aus allen Winkeln der Stadt strömten die Menschen zum Großen Markt. Sie wollten dabei sein, wenn Madame Margot aus Cambrai heimkehrte. Der Regentin mit den leuchtenden, braunen Augen und dem rätselhaften Lächeln war es gelungen, den geldrischen Hitzkopf zum Frieden zu zwingen!

Ein Sonnenstrahl schob sich aus dem winterlichen Himmel und tauchte Mecheln geschwungene Backsteingiebel in ein weiches Licht, als Margot mit ihren

Hellebardieren den Markt überquerte. Sowohl Patrizier als einfache Leute sanken in die Knie. Beim Anblick der jubelnden Menge durchströmte Margot Freude. Das Einzige, was für ihre Untertanen zählte, war, dass ihre Städte und Dörfer nicht mehr in Rauch aufgingen. Mittels ausgeklügelter Schachzüge, die ihr noch auf der Seele brannten, hatte sie für viele Menschen Gutes bewirkt!

Es dämmerte schon, als Margot den Prinzenhof erreichte. Im Licht der Fackeln schwang sie sich vom Pferd. Ein seltsames Schauspiel lief vor ihren Augen ab. Der gesamte Hofstaat hatte sich versammelt und stand Spalier. Auf ein Zeichen ihrer Haushofmeisterin erklang Chorgesang. Die klaren Stimmen der Hofkapelle sangen das Te Deum. Margots Augen füllten sich mit Tränen. Hätte Gott ihr nicht Gattinara zur Seite gestellt, wäre dieser Friedensvertrag niemals zustande gekommen! Der Gesang endete und sie zog ein spitzenbesetztes Tüchlein hervor, mit dem sie sich die Tränen trocknete.

Sie fühlte eine Hand an ihrem Arm. Ihre Nichte Eleonore stand vor ihr. Hinter ihr verbarg sich Karl. Auf Eleonores Wink verbeugte er sich und küsste ihr die Hand. Mit erhobenem Blick sagte er im feierlichen Ton: »Ich danke Euch, liebe Tante, dass Ihr einen Frieden zwischen mir und dem Herzog von Geldern zuwege gebracht habt. Jetzt kann mein Volk wiederum Handel treiben und die Felder bestellen.«

Gerührt umarmte sie Karl, drückte ihn an sich und flüsterte ihm zu: »Das ist für mich das schönste Lob, das ich erhalten habe!«

Ein Leuchten glitt über Karls bleiches Gesicht.

Das alles ist Alines Werk, durchzuckte es Margot. Sie hat sein Vertrauen gewonnen und ihm mehr Selbstsicherheit gegeben. Arm in Arm mit den Kindern schritt sie durch das Spalier des Hofpersonals.

Aline öffnete Margot die Tür zum Gemach. Kerzenlicht in silbernen Kandelabern erhellte den Raum und wohlige Wärme umfing sie. »Wie froh bin ich, wiederum zu Hause zu sein!«

»Soll ich dir ein Bad richten lassen?«

»Nein, nein! Lasse uns wie in alten Zeiten am Kaminfeuer sitzen und unter dem Genuss eines Glases Wein ein wenig plaudern!«

Aline strahlte Margot an. Der Erfolg hatte ihre Freundin nicht verändert. Sogleich schenkte sie den funkelnden Rotwein aus der kristallenen Karaffe in zwei Pokale ein, die sie auf das elegante Tischchen zwischen den gepolsterten Stühlen stellte. Mit raschelnden Röcken nahmen sie Platz. Aline erhob ihren Kelch und sah Margot in die Augen »Auf den Frieden! Ich bin so stolz auf dich!«

Margot gab ihr einen Kuss auf die Wange und prostete ihr zu. »Auf unsere Freundschaft! Sie ist beständiger als die Verträge, die ich soeben geschlossen habe.«

»Eine Weile werden sich deine Bündnispartner doch daran halten?«

»Ja, das will ich hoffen! Schließlich haben sich mein Vater, König Louis und der Papst geschworen, die Venezianer zu vernichten und deren Gebiete untereinander aufzuteilen. Aber das sind geheime Absprachen. Offiziell haben sie eine Liga gegen die Türken geschmiedet!« Margot lachte verschämt.

»Ist es wahr, dass Louis von Orléans für den Frieden mit Geldern bürgt?«

»Ja, das stimmt! Sein Unterhändler hat Karl von Egmont gedroht, Geldern in Schutt und Asche zu legen, falls er sich nicht an unser Abkommen hält.«

»Das sind ja ganz neue Töne!«, schmunzelte Aline. »Und du hast das alles ausgehandelt! Wie fühlt man sich, wenn man am Höhepunkt des Ansehens steht?«

»Natürlich schmeichelt es mir, Aline! Edelmänner, die mich zuvor belächelt haben, wissen jetzt, dass sie mich ernst nehmen müssen. Aber ohne Gattinara hätte ich das alles nicht geschafft! Es hätte nicht viel gefehlt und die Liga wäre geplatzt. Gefangen in eitler Arroganz und Unwissenheit, hat Vaters Sekretär den Franzosen zu viel versprochen. Er hat sich Gebiete in Italien abluchsen lassen, die der Heilige Vater sich aneignen will. Als ich mich dem widersetzt habe, haben die Franzosen erneut mit Krieg gedroht. Wir waren in eine gefährliche Sackgasse geraten. Es hat Gattinara Mühe gekostet, um alles wiederum ins Lot zu bringen.«

Aline schlug die Hand vor den Mund.

Ein Leuchten trat in Margots Gesicht und in ihrer Stimme schwang Bewunderung. »Ohne Gattinaras Überredungskunst hätte mir auch Vater niemals so weitreichende Vollmachten übertragen, geschweige denn die Freigrafschaft als Witwengut geschenkt. Ich hoffe, Gattinara seine wertvolle Hilfe eines Tages vergelten zu können!«

Aline streifte Margot mit einem warmen Blick.

»Wie schön, dass du den Ruhm mit anderen Menschen teilst! Wie hat dir Karls Ansprache gefallen?«

»Du hast ein Wunder an ihm vollbracht! Eine größere Freude hättest du mir nicht bereiten können. Mein Neffe hat heute kein einziges Mal gestottert und sogar gelächelt!«

»Karl hat Fortschritte gemacht. Auch habe ich ihm abgewöhnt, fortwährend am Stuhl hin und her zu rutschen und die Hände zu kneten. Wenn er sich unsicher fühlt, stützt er jetzt seinen Kopf in die Hand, als denke er nach.«

Margot entfuhr ein Prusten. »Was für eine würdevolle Haltung für einen achtjährigen Bengel!«

»Seine Lateinkenntnisse haben sich ebenfalls verbessert. Zwar fällt ihm das Studieren schwer, aber er besitzt Ausdauer. Jeden Tag lasse ich ihn zehn Sätze auswendig lernen und Verben konjugieren. Hat er das geschafft, darf er sich mit seinen Gefährten im Park nach Herzenslust herumbalgen.«

»Du hast seine Kinderseele erfasst! Was hält sein geistlicher Erzieher davon?«

»Vor Kurzem hat er uns hier aufgesucht. Gewiss, Bischof Adrian ist ein angesehener Gelehrter, aber von Knabenerziehung hat er nicht den leisesten Schimmer. Er hat mich händeringend gebeten, Karl in seinem Namen zu unterrichten.« Aline lächelte Margot eindringlich an.

Margot nickte zustimmend. »Von Herzen gern, Aline! Bei dir weiß ich ihn in guten Händen. Ich mache mir eher Sorgen über seinen Gouverneur, den Vater ohne mein Wissen auserwählt hat.«

»Margot, es ist kaum zu glauben, aber dein griesgrämiger Finanzberater hat sich in einen warmherzigen Großvater verwandelt. Chièvres schläft bei Karl, kleidet ihn an und aus, und liest ihm aus dem ›Fest entschlossenem Ritter‹ vor, dessen Pilgerreise Karl fasziniert.«

Margot kräuselte missbilligend ihre Lippen. »Wenn er Karl nur nicht einredet, dass er im Geist dieser absterbenden Zeit seine Untertanen regieren soll!«

Sie streckte die Hand nach Aline aus. »Versprich mir, dass du darauf achtest, dass mein Neffe nicht den Bezug zur Realität verliert!«

19 Im Netz der Intrigen

Unschlüssig irrte Margot im Prunkgemach ihrer neuen Residenz umher. Als sie vor dem hohen Fenster kurz innehielt, begrüßte sie ein klarer Herbsttag. Schmerzlich verzog sie den Mund. Wie ungetrübt hatte sich doch ihre Statthalterschaft nach dem Friedensschluss angelassen. Adel, Patrizier und das Volk waren zufrieden, kehrten in ihren Alltag zurück. Niemand stellte ihre Autorität infrage. Sie brannte darauf, dass im Hof von Savoyen die Gesandten ein und aus gingen, Allianzen schmiedeten und den Glanz ihrer Residenz an den abendländischen Fürstenhöfen rühmten.

Sie presste die Lippen zusammen, während sie zum Baldachin ihres Himmelbetts aufsah: Glück – Unglück, stark aus eigener Kraft. Wie oft musste sie sich noch an diese Devise klammern! Die Zeiten waren schlecht! Nach zwei Jahren hatte der Herzog von Geldern das Abkommen gebrochen. Diesmal wütete er schlimmer als die sieben Plagen. Zum Glück sandte ihr der englische König Truppen, die Karl von Geldern hinderten, Brabant dem Erdboden gleichzumachen. Wiederum schloss sie einen Waffenstillstand und schlug dem geldrischen Haudegen die Heirat mit ihrer Nichte Isabelle vor. Da sie sich aber weigerte, ihm die Zehnjährige sofort nach Geldern zu senden, stand der Waffenstillstand auf tönernen Füßen. Nein, sie brachte es nicht übers Herz, das empfindsame Mädchen diesem Draufgänger auszuliefern!

Margot schloss die Augen und seufzte. Maximilian hätte besser daran getan, Geldern zu unterwerfen, als sich an Italien die Zähne auszubeißen.

Ihr Blick streifte den mit silbernen Einlegearbeiten verzierten Tisch. Dort lag ein Schreiben mit dem kaiserlichen Siegel. Ein Kurier hatte es ihr in der Früh übergeben. Sie zögerte, es zu öffnen. Sie wollte sich den Morgen nicht verderben lassen. Sie goss sich ein Glas Wein ein, stellte es am Tisch ab und griff nach dem Brief. Während sie das Siegel aufbrach, trat Aline ein.

Die Augen ihrer Freundin leuchteten. »Was für ein herrlicher Tag, ich freue mich auf unseren Ausritt mit den Kindern!« Als sie Margots unsicheren Blick sah, berührte sie ihren Arm. »Ein Schreiben deines Vaters?«

Margot nickte.

»Nicht jeder kaiserliche Brief enthält eine Unglücksbotschaft! Lesen wir ihn doch gemeinsam!«

Während Aline sich neben ihr niederließ, faltete Margot das Schreiben auf.

»Meine liebe Tochter!

Vor einiger Zeit habe ich beschlossen, keine nackte Frau mehr anzurühren, um die päpstliche Würde zu erlangen.« Margots Wangen röteten sich vor Scham, während Aline in ein Prusten ausbrach. Sie überflogen den Rest des Briefs.

»Margot, nimm nicht alles so schwer! Der Plan deines Vaters hat sich doch wie eine Seifenblase aufgelöst. In dem ihm eigenen Humor teilt er dir sein Scheitern mit! Er wollte anderen zuvor sein, die sich daran noch lange die Zunge wetzen werden.«

»Oh Gott, nichts ist Max mehr heilig!« Margot lehnte sich auf ihrem Stuhl zurück und fasste sich am Kopf. »Natürlich hat er Papst werden wollen! Ihn lockten die Kirchengelder. Der Fugger hätte sie für ihn eingetrieben. Was für eine Schande!« Margot nahm einen Schluck Wein und versuchte ihren Unmut hinunterzuspülen. »Gottlob hat sich der große Teufel, wie er Papst Julius zu nennen pflegt, von seiner Krankheit erholt, sodass kein Konklave ansteht!« Sie atmete spürbar auf.

»Vermutlich wäre dein Vater ein gottgefälligerer Papst geworden als die verwerflichen Bischöfe in Rom. Er hat nach den Evangelien leben wollen, sodass wir ihn nach seinem Ableben als einen Heiligen verehren können!«

»Aline, damit ist nicht zu scherzen!« Margot schüttelte energisch den Kopf. »Eine Kirchenspaltung hätte er ausgelöst und obendrein mich mit den Kindern im Stich gelassen. Was hat er sich dabei gedacht? Dass die Reichsfürsten Karl, einen elfjährigen Knaben, zum römischen König wählen?«

Aline schenkte sich ebenfalls ein Glas Wein ein und prostete Margot zu: »Auf den reibungslosen Ablauf dieser leidigen Angelegenheit. Es lebe Julius der Schreckliche!«

***

Drei Jahre waren verstrichen. Karl lümmelte am Morgen im Gemach auf einer Bank. Er hatte soeben den ersten Humpen Bier geleert. Er rülpste. Ein Strahl der Herbstsonne fiel auf sein bleiches Antlitz. Wie gerne wäre er mit seinen Gefährten durch die Wälder getrabt, um Kleinwild zu jagen! Aber ausgerechnet heute hatte Margot ihn mit den Geschwistern zu einer Mahlzeit im Freien geladen.

Himmelherrgott, seine Tante sorgte in letzter Zeit für Aufruhr! Er hatte sie immer schon als zu ungestüm empfunden. Wenn sie ihn umarmte und an ihren Busen drückte, musste er nach Luft ringen. Er verdrehte die Augen und schnitt eine Grimasse. Auch dass sie sich ständig in seinen Alltag einmischte und sich mit Chièvres entzweite, missfiel ihm. Die zurückhaltende Art ihrer Freundin Aline war ihm viel angenehmer!

Er wusste nicht mehr, ob er seiner Tante vertrauen konnte. War sie so selbstherrlich und machtbesessen geworden, dass sie vergessen hatte, dass er der zukünftige Herr des Hauses Habsburg war? Chièvres versuchte, ihm das tagtäglich einzuschärfen. Aber war sein Gouverneur wiederum so uneigennützig, wie er vorgab? Er entschied alles, ohne ihn darüber zu unterrichten.

Im Innersten schämte sich Karl für sein Auftreten, als Margot den spanischen Vliesritter gefangen genommen hatte. Chièvres hatte ihn aber unter Druck gesetzt, sie im Beisein des Adels zurechtzuweisen. Die Regentin hätte die Ehre eines Ordensritters beschmutzt und sich somit an verbotene Grenzen gewagt. Das müsste er ahnden. Heimlich übte er vor dem Spiegel die rügenden Sätze, um nicht vor allen ins Stottern zu geraten. Die Worte trafen seine Tante wie ein Schlag ins Gesicht und seither lastete eine Missstimmung über ihnen, die nahezu unerträglich war.

Tja, in Kürze war er volljährig und musste die Regierung übernehmen. Wenn man den Gerüchten glaubte, hatte seine Tante sogar einiges in ihre eigene Tasche gewirtschaftet. Was sollte er tun? Sein geistlicher Erzieher, Bischof Adrian, hatte ihm angeraten, vorerst Chièvres mit den Staatsgeschäften zu betrauen. Gleichzeitig sollte er aber die Augen offen halten und sich eine eigene Meinung bilden. Nur auf diese Weise könnte er sich auf seine heilige Pflicht als Herrscher des Abendlandes vorbereiten. Karl seufzte, während der Kammerdiener eintrat, um ihn anzukleiden.

Es ging gegen Mittag. Die Sonne ergoss sich über die Landschaft und der Wald vor Margot badete in einer feuerroten Pracht. Ihre Nichte Eleonore lenkte das Pferd zu ihr, schaute sich um und überreichte ihr ein gefaltetes Blatt Papier. »Es ist von Karl. Er ersucht Euch, nichts davon an Chièvres mitzuteilen.«

Margot biss die Zähne zusammen. Es war höchste Zeit, dass dieser Gouverneur das Feld räumte! Sie würde alles mit Maximilian besprechen. Ein Seitenblick verriet ihr, dass Chièvres Lalaing in ein Gespräch verwickelte. Sie entfaltete das Schreiben und erkannte Karls ungelenkes Gekritzel: »Meine liebe Tante!

Als Großmeister des Ordens hatte ich die Pflicht, Euch in die Schranken zu weisen. Als Euer Neffe schäme ich mich aber zutiefst für mein Benehmen.

Möge Gott uns beistehen, dass wir in Eintracht unsere Pflichten erfüllen können.

Euer besorgter Neffe Karl.«

Nicht nur ihr, sondern auch Karl brannte diese Szene auf der Seele, durchfuhr es sie. Ihre Augen wurden feucht. Sie wischte sich eine Träne von der Wange und verbarg den Brief im Ärmel ihrer Robe. In einigem Abstand nahm sie Karls bleiches Gesicht wahr und nickte ihm zu.

Mit glühenden Wangen galoppierte die achtjährige Maria in den Wald hinein. Karl und seine Gefährten folgten ihr. Ein auffrischender Wind strich über Margots Gesicht, als sie sich im langsamen Trab den anderen anschloss. Sie sog den kühlen Duft des Waldes ein. Als sie zur Lichtung ritten, an der der Imbiss stattfinden sollte, durchschnitten Sonnenstrahlen den Weg. Geblendet vom Licht musste Margot die Augen schließen. Das Bild des lächelnden Philiberts mit den Grübchen um die Mundwinkel schob sich vor ihr geistiges Auge. Ihre trübe Stimmung verflog.

Zwei lange Tische, gedeckt mit Tafelgeschirr und Trinkbechern, erwarteten Margots Gäste. Musikanten spielten eine fröhliche Melodie, während alle Platz nahmen. Wie von Zauberhand erschienen Schalen mit Melonen, Weintrauben, kaltem Braten, Brot und Käse. Margot blickte lächelnd auf Philipps Kinder. Es war das letzte Mal, dass sie alle vereint beisammensaßen. Marie reiste in Kürze nach Wien, um sich mit dem Sohn des Königs von Ungarn zu verloben. Bald danach sollte Isabelle Mecheln verlassen. Die Trennung von ihr schmerzte sie. Für sie war das empfindsame Mädchen mit der goldblonden Haarpracht wie eine leibliche Tochter. Maximilian hatte seine Enkelin wegen eines Handelsabkommens an den viel älteren Dänenkönig verkuppelt.

Die ausgelassene Stimme Eleonores, die Marie neckte, brachte Margot in die Gegenwart zurück. Antoine de Lalaing und Elisabeth von Culemborg lächelten ihr zu. Es war für sie ein Glücksfall, dass sich ihre verwitwete Haushofmeisterin mit Antoine vermählt hatte. Nun ließ sich Philiberts Ebenbild häufiger am Hof sehen. Sie erinnerte sich noch, wie ihr Elisabeth nüchtern den Zweck dieser Ehe mitgeteilt hatte.

Margot blickte auf das Firmament. Die Sonne stand schon tief und verzierte dunkle Wolkenballen. Es war Zeit, um aufzubrechen. Als Chièvres sich mit einer Verbeugung bei Margot für die Einladung bedankte, quittierte Margot seinen Dank mit einem knappen Lächeln. Ausnahmsweise war das keine Lüge, ging es ihr durch den Kopf. Als Ziehmutter der Kinder und Repräsentantin des Fürstenhauses war sie ihm willkommen. Aber die Staatsgeschäfte waren Männersache und zweifellos die seine.

***

Ein Geruch aus kaltem Rauch und Verwesung lag über der Landschaft, während sich der schwer bewaffnete kaiserliche Tross über die schlammigen Wege Brabants mühte. Männer mit leeren Blicken und Frauen mit gesenkten Köpfen saßen entlang des Weges in den Trümmern ihrer Häuser. Kein einziger Weiler war intakt geblieben. Wie sollten diese Menschen den Winter überstehen? Maximilian hatte schon gedacht, dass Margot in ihrer düsteren Stimmung die Lage übertrieben hatte, um ihn in die Niederlande zu locken. Aber was er da sah, war die Vernichtung seines Geldschreins. Die Adern in seinem Hals schwollen an und sein Brustkasten hob und senkte sich. Sein französischer Verbündeter, mit dem er mehr als ein Jahr brüderlich gegen die Venezianer kämpfte, hatte diesen geldrischen Halunken wiederum zum Krieg mit den Niederlanden angestachelt. Diesem französischen Judas, kochte es in Maximilian, dem werde ich es heimzahlen! Über die Alpen werde ich ihn prügeln und endlich gehört mir Italien ganz allein!

Herbstlicher Nebel hing über Maximilians Reisezug und die Luft war feucht. Sein rechtes Bein schmerzte. Unwillkürlich wanderten seine Gedanken zu Margot. Er war gekommen, um die Widerspenstige zu zähmen. Sie und der Fugger waren die Einzigen, die sich seinen Plänen zu widersetzen wagten. Der Letztere sperrte ihm ganz einfach den Kredit, wenn er ein Unternehmen zu riskant fand. Margot sträubte sich, seine Anordnungen auszuführen. Was für Wortgefechte hatten sich doch in ihrem Briefwechsel entsponnen! Er schluckte den schalen Beigeschmack im Mund herunter. Ja, das ist die neue Zeit! In alle Winkel des Lebens nisten sich Frauen ein und wollen mitmischen. Aber er musste zugeben, dass es Margot nicht an politischem Gespür fehlte. Sie hatte schon aus vielen Sackgassen einen Ausweg gefunden. Maximilians Gesichtszüge entspannten sich. Trotz all des Geplänkels war seine Tochter ihm doch von Herzen zugetan. Ein Lächeln stahl sich auf seine Mundwinkel, als er an die fein gewebten Leinenhemden und die köstlichen Konfitüren dachte, die ihm die Kuriere regelmäßig überbrachten. Für einen winzigen Augenblick wallte Zärtlichkeit in ihm auf.

Die Türme und Dächer von Mecheln ragten finster in den Horizont. Schützend formierten sich die Hellebardiere um den Kaiser, als sie das Stadttor passierten und zum Großen Markt einbogen. Maximilian erwartete weder flatternde Fähnchen noch Jubelgeschrei, aber dass ein wütender Mob ihn mit Pfiffen empfing, gab ihm einen Stich ins Herz. Sein Pferd scheute. Er zog die Zügel leicht an und setzte mit eisigem Blick den Weg zum Hof von Savoyen fort.

Eine Insel des Friedens und der Schönheit umfing ihn, als er sich in Margots Residenz vom Pferd gleiten ließ. Die Flucht der hohen Buntglasfenster und Arkaden atmeten den Geist der neuen Zeit. Während er das Gebäude in Augenschein nahm, eilte Margot auf ihn zu. »Vater!«, sie war so rasch die Treppen heruntergelaufen, dass sie nach Luft schnappte.

Freude strahlte aus Maximilians Augen, als er sie umfing und an sich drückte. Margot hielt sich an der beruhigenden Wärme seiner Arme fest und dachte für einen Moment, dass sich das Unheil, das über ihr schwebte, noch auflösen könnte.

Die Porträts seiner Vorfahren blickten auf Maximilian herab, als er Margots Empfangssaal betrat. Er konnte sich nicht sattsehen an dem prächtigen Raum. Gelbe damastene Behänge, eingefasst mit rotem Velours, schmückten die Wände und in der Mitte des Raums glänzte ein Kronleuchter aus feinstem venezianischem Kristall. »Dieser Saal ist eine Augenweide, mein Kind. Hier strahlt der Ruhm unseres Hauses herab!«

Maximilian fasste Margot bei der Hand und führte sie zum Erker mit den Bänken. Nachdem sie sich niedergelassen hatten, blickte er ihr in die Augen und schüttelte den Kopf. »Was ist doch in dich gefahren, dass du einen Vliesritter einkerkern hast lassen?«

Margot zuckte mit den Schultern und legte die Finger ineinander. »Ja, im Licht des Aufruhrs habe ich unbedacht gehandelt. Ich konnte doch nicht ahnen, dass die Statuten des Ordens heiliger sind als die Gesetze. Don Manuel ist aber alles andere als ein Ehrenmann. In einem fort hat er Verschwörungen angezettelt. In Kastilien hat er die Granden gegen Euer Abkommen mit König Ferdinand aufgewiegelt und somit Karls Erbanspruch in Gefahr gebracht. Kardinal Cisneros hat mich mehrmals um seine Auslieferung ersucht. Als Don Manuel sich Chièvres' Hetzkampagne gegen meine Regentschaft angeschlossen hat, ist für mich das Maß voll gewesen.« Margot funkelte ihren Vater an. »Ein Vliesritter, was ist das schon? Wenn ich ein Mann wäre, hätten sie auf ihre Statuten pfeifen können!«

Maximilian lachte in sich hinein. Das feurige Temperament, das hatte sie von ihm geerbt. Schade, dass sie eine Frau ist, sie hätte das Zeug zum Herrschen! Er musste sich wohl oder übel mit dem wortkargen Knaben Karl begnügen. Maximilian tätschelte Margots Hand. »Mein Kind, die Welt ist noch nicht reif für mündige Frauen! Auch ich tue mir manchmal schwer damit. Aber das besagt nicht, dass ich deine Fähigkeiten nicht zu schätzen weiß!«

»Heißt das, dass ich weiterhin die Niederlande regieren darf?« Margots Kinn bebte, als sie zu ihrem Vater aufsah.

Maximilian vermied, seiner Tochter in die Augen zu sehen. »Höre mir zu! Der Adel, die Patrizier und das Volk sehnen sich nach einem Neuanfang. In Kürze ist Karl volljährig und ich kann nicht umhin, ihm die Regierungsgewalt zu übertragen. Auf Karls Wunsch wird Chièvres die Staatsgeschäfte leiten.«

Tränen der Wut und Ohnmacht stiegen in Margot auf. Chièvres, dieser Speichellecker, hatte ihren Vater auf seine Seite gezogen. Sie hörte die Goldstücke in Maximilians Geldkisten klingen. Ein brennender Schmerz breitete sich in ihr aus. Alles ist ihr misslungen! Sie schnäuzte sich. »Vater, gestattet mir, mich nach Karls Amtsübernahme in die Freigrafschaft zurückzuziehen!«

»Mein liebes Kind, so schnell gibt man nicht auf! Du wirst doch deinen Palast nicht leer stehen lassen!«

Margot maß ihn mit einem seltsamen Blick, dem er am liebsten ausgewichen wäre.

Erst jetzt erkannte Maximilian, was er angerichtet hatte. Er versuchte, ihre Hand zu ergreifen, aber sie entzog sie ihm. Er wagte sie kaum anzusehen, als er sagte: »Ich brauche dich in den Niederlanden!«

Margot verengte die Augen zu hasserfüllten Schlitzen: »Stört es Euch etwa, dass Chièvres das Land den Franzosen in den Rachen werfen wird?«

Maximilian machte eine beschwichtigende Geste. »Es mag schon sein, dass er Zugeständnisse macht, um den Waffenstillstand mit Geldern zu wahrborgen. Das tätest du ja auch! Aber darum geht es nicht.«

Er vergrub das Gesicht in den Händen. Die angespannte Stimmung füllte alles aus. Nach einer Weile hob er den Kopf und seine Stimme klang, als hätte er einen Kloß im Hals, der ihm die Luft abdrückte. »Margot, sollte mir etwas zustoßen, bist du die Einzige, die mein Erbe bewahren kann.«

Für einen Moment hatte sie das Gefühl, ihm in die Seele zu blicken. Auch er hatte die Tiefen der Verzweiflung durchwandert. Wie häufig hatte er nicht Misserfolge übersprungen, ohne die Begeisterung für die Sache zu verlieren. »Vater, sagt mir, womit ich Euch behilflich sein kann!«

Er küsste sie auf die Stirn und seine Stimme klang sanft.

»Sobald der spanische Erbfall eintritt … und ich sage dir, dieses Ereignis wird nicht lange auf sich warten lassen, da König Ferdinand schwer erkrankt ist … wird Karl sich nach Spanien begeben und dir die Regentschaft der Niederlande übertragen. In der Zwischenzeit ersuche ich dich, deinen Einfluss auf Umwegen gelten zu lassen, sodass Chièvres unseren Interessen nicht zu sehr schadet. Wir werden ihm das

Handwerk legen, aber bis dahin müssen wir Vorsicht walten lassen.«

Aline saß auf der Kante von Margots Himmelbett und zerknüllte ein Spitzentuch in den Händen. Die Unterredung ihrer Freundin mit ihrem Vater wollte nicht enden. Sie warf einen Blick auf die vergoldete Uhr am Kaminsims und stellte fest, dass die beiden schon mehr als drei Stunden miteinander sprachen. Nein, sie konnte Margot in ihrer Erniedrigung nicht allein lassen! Antoine de Lalaing hatte ihr am Morgen zugesteckt, dass man Margot absetzen würde. Womit konnte sie sie nur trösten? Zögernd schritt sie zu Margots Betstuhl und kniete sich nieder. Den Blick auf den Altar gerichtet, flehte sie die Muttergottes an: »Oh Maria, lege deine schützende Hand über Margot. Lasse nicht zu, dass ihr Lebensziel wie ein morscher Steg unter ihr zusammenbricht! Wirf ihr einen rettenden Anker zu!«

Die Tür ging auf und Margot schleppte sich wie benommen in ihr Gemach. Aline eilte ihr entgegen, fasste sie am Arm und führte sie zur Bank in der Fensternische. Wie zum Hohn tauchte die sinkende Sonne das Zimmer in ein rotgoldenes Licht.

»Du hast es geahnt, nicht wahr?«, sagte Margot, während sie mit den Tränen kämpfte.

»Ja, Antoine hat es mir heute Morgen schonend beigebracht. Auf Karls Wunsch ist er in Chièvres Regierung eingetreten.«

»Da habe ich zumindest einen Vertrauten unter den Verrätern!«, lachte Margot bitter. »Oder zeigt mir Antoine ebenfalls die kalte Schulter?«

»Nein, keineswegs! Er ist dir treu ergeben. Elisabeth wird dich auf dem Laufenden halten.«

»Aline, ich fühle mich, als hätte man mir meine Wurzeln weggerissen.« Sie presste die Hände an die Schläfen, um ihre Verzweiflung in den Griff zu bekommen. »Und Vater hat das einfach hingenommen im Tausch für ein paar Truhen Gold. Als ob ich eine Handelsware wäre!«

Margot hob ihr Kinn an und schürzte die Lippen. »Spionieren soll ich jetzt für ihn!« Sie schluckte den bitteren Geschmack in ihrem Mund hinunter. »Sobald Karl das spanische Erbe antritt, darf ich wieder regieren und Chièvres' Fehler ausbügeln. Ich bin es leid, eine Lückenbüßerin zu sein!«

Aline strich Margot über den Handrücken. »Es hätte schlimmer ausgehen können, meinst du nicht? Als Frau musst du geschmeidig sein, wenn du dein Ziel erreichen willst. Denke an Doña Isabella! Auch sie hat Demütigungen einstecken müssen, bevor sie allgemeines Ansehen erlangt hat.«

Für einen Moment erstarb das Gespräch. Margot senkte den Kopf und dachte nach. »Da ist was Wahres dran! Sollte Vater etwas zustoßen – er hat es selbst gesagt – dann bin ich die Einzige, die für Karl und seine Geschwister die Interessen unseres Hauses wahrnehmen kann. In dieser Stellung muss mich jeder respektieren!«

Aline atmete erleichtert auf. Diesmal fiele ihre Freundin nicht der Verzweiflung anheim. »Margot, was wäre, wenn du dich in der Zwischenzeit an den Künsten erfreust? Anstatt Botschafter könntest du Gelehrte und Künstler empfangen, die uns ihre Denkwelten eröffnen!«

»Daran habe ich ebenfalls gedacht. Wir werden uns den angenehmen Seiten des Lebens zuwenden und ich werde den Bau der Grabkirche in Brou vorantreiben!«

20 Abseits der politischen Arena

Ein blasses Vogelgesicht starrte Erasmus von Rotterdam aus dem Spiegel an. Das Steinleiden hatte ihm in den letzten Wochen schwer zugesetzt. Zum ersten Mal hatte ihn das Gefühl übermannt, dass er mit seinen fünfzig Jahren genug gelebt habe, zumal die Leiden die Freuden überwogen. Seit einigen Tagen ging es ihm aber besser. Zwar zwickte ihn noch die Gicht, aber er verspürte wiederum den Drang, sich zum Schreibpult zu begeben und die Studien fortzusetzen.

Seine Übersetzung des Neuen Testaments sollte die wahre Lehre Christi verkünden, wie sie einst die Kirchenväter gepredigt hatten. Ein Lächeln umspielte Erasmus' Lippen, als er die schwarze Kalotte aufsetzte und in einen verschlissenen Mantel schlüpfte. So manch einer würde es ihm zu verdanken haben, wenn er in seiner Not in Christis Worten Zuflucht fand!

Sein Blick streifte durch die Kammer. Die Betttücher waren schmutzig und Essensreste lagen auf dem Tisch. Was soll's? Hauptsache, er konnte arbeiten. Er eilte zum Schreibpult am Fenster und tauchte den Gänsekiel in das Tintenfass. Ein Pochen an der Tür riss ihn aus seinen Gedanken. Unwirsch rief er: »Tretet ein!«

Die üppige Zimmerwirtin rollte in die Dachkammer herein, gefolgt von einer adeligen Dame. Erasmus blinzelte, als wollte er sichergehen, dass er nicht träumte.

Die Dame steckte der Wirtin ein Geldstück zu

und wandte sich an ihn: »Verzeiht, mein unerwartetes Erscheinen! Mein Name ist Aline de Valois.« Sie schnappte nach Luft. So viele Treppen war sie schon lange nicht mehr hinaufgeklettert. »Ich kann Euch gar nicht sagen, wie glücklich ich bin, Euch in Mecheln anzutreffen.«

Erasmus stand auf, verbeugte sich und schielte verlegen auf die Unordnung in der Kammer.

Während Aline sich nach einem Sitzplatz umsah, wies Erasmus auf die Bank am Tisch. Nachdem sie Platz genommen hatten, sahen zwei warme graue Augen ihn an. »Ich freue mich, Euch wohlauf zu sehen und Eure persönliche Bekanntschaft zu machen! Madame Margot und ich bewundern Eure Schriften. Die Lektüre des ›Lobes der Torheit‹ hat uns so manche dunkle Stunde erhellt.«

Ein Leuchten trat in Erasmus' Augen und er sah Aline gespannt an.

»Könntet Ihr uns in den kommenden Tagen am Hof von Savoyen mit Eurem Besuch beehren? Madame Margot hätte einen Auftrag für Euch.«

Diese Einladung kam ihm wie gerufen. Er brauchte dringend Einnahmen. Aber er besaß keine höfische Kleidung. Gegenstreitige Gefühle rangen in ihm: Freude und Zaudern.

Aline sah das Wechselspiel in seiner Miene, stand auf und holte einen Geldbeutel aus ihrem Mantel hervor, den sie mit einem einfühlsamen Lächeln auf den Tisch legte. »Für etwaige Auslagen, die Ihr für den Besuch bei Hof benötigt.«

Froh gelaunt, wie schon lange nicht, verneigte sich Erasmus vor Aline.

Beschwingt eilte Aline zum Hof von Savoyen zurück. Kaum war sie in Margots Gemach angelangt, rief sie mit triumphierender Stimme: »Ich habe Erasmus gefunden! In einigen Tagen wird er uns aufsuchen.«

Margot hob ihren Blick vom Schreibtisch und schaute ihre Freundin erwartungsvoll an. »Erzähle, ist Erasmus persönlich auch so fesselnd wie seine Werke?«

»Na ja«, ein leichtes Zucken befiel Alines Mundwinkel, »etwas schrullig ist er schon! Ich habe den Eindruck, dass er sich an niemanden und nichts binden will.«

»Ein Einzelgänger?«

Aline nickte.

»Schade!« Margot verzog das Gesicht. »Ich habe mich so sehr auf eine geistreiche Unterhaltung mit ihm gefreut! Aber Hauptsache, er verfasst einen Fürstenspiegel, der Karl die Tugenden und Pflichten eines Herrschers vor Augen führt!«

Margot erhob sich von ihrem Schreibtisch und näherte sich mit einem geheimnisvollen Lächeln dem Tisch mit den Einlegearbeiten.

»Ach nein!« Alines Herz machte einen freudigen Satz. »Die Entwürfe für Brou sind endlich da! Ich habe schon gedacht, der Steinmetz drückte sich vor diesem Auftrag.«

»Eile mit Weile, ist die Devise unserer flämischen Handwerker!«, scherzte Margot. »Heute Morgen hat mir Meister Romme persönlich die Modelle für die Grabmäler überreicht. Schaue sie dir gründlich an! Ich bin gespannt, ob sie dir gefallen.«

Voll Neugier betrachtete Aline die Baldachine über den Gräbern. Die steinernen Himmel waren so fein bearbeitet, als wären es Decken aus Spitzen. Sie stützte das Kinn auf die Hand und nahm die marmornen Grabfiguren in Augenschein. Als lebte er noch, ruhte Philibert im Hermelinmantel mit Herzogskrone auf einer weißen Marmorplatte. Das Haupt war seiner Gattin zugewandt, die ihm in die Augen sah.

Margot stand neben dem Tisch und verflocht ihre Finger.

Alines Blick glitt unter die Marmorplatten. Dort schliefen die Toten, umhüllt von fein gemeißelten Tüchern. Eine leichte Röte überzog ihre Wangen, als sie sich zu Margot umwandte. »Hier hat Kunst Sterbliches in Unvergängliches verwandelt! Das ist ein Mausoleum der Liebe!«

Margots Augen begannen zu glänzen. »Du meinst, dass ich mich dort getrost bis zum Ende der Welt zur Ruhe legen kann?«

»Gewiss, aber vorerst wirst du noch in den Niederlanden gebraucht!«

Kerzenlicht erhellte Margots Gemach und ein knisterndes Feuer im Kamin sorgte für wohltuende Wärme. Der Herbst meldete sich früh in diesem Jahr. Margot saß gebeugt über einer feinen Stickerei inmitten von Aline und Elisabeth. Sie war angenehm überrascht, dass sie diese Kunst noch beherrschte.

Aline legte die Stickerei beiseite und schenkte sich aus der kristallenen Karaffe ein Glas Wein ein. Als sie den Römer zu ihrem Mund führte, stieg ihr der Duft von Weichselkirschen und Himbeeren in die Nase. »Erinnert ihr euch noch, wie dieser gute Tropfen dem scheuen Erasmus die Zunge gelöst hat?«

»Ja, natürlich, ohne diesen Burgunderwein hätten wir nichts über die Himmelfahrt von Papst Julius erfahren!«, pflichtete ihr Elisabeth bei. »Antoine und ich haben zu Hause noch Tränen gelacht.«

»Julius' Verdienste fand ich äußerst erheiternd!«, gluckste Margot.

»Du meinst, dass er die christliche Lehre auf das Verlustkonto gebucht und den Kirchenschatz mit Palästen, Pferden, Soldaten und Gold aufgestockt hat?«, wandte sich Aline grinsend an Margot.

»Ja, und dass er sämtliche Bündnisse gebrochen und bis zum letzten Atemzug alle Könige gegeneinander aufgehetzt hat.« Margot schüttelte sich vor Lachen.

Sie mussten das Pochen an der Tür überhört haben, denn auf einmal stand Antoine vor ihnen. »Verzeiht, Madame, mein unerwartetes Erscheinen. Es freut mich, Euch so heiter zu sehen!«

»Nehmt doch Platz, Euer Ehren!«

Elisabeth schlug die Hände vor den Mund und konnte nicht glauben, was Margot soeben gesagt hatte.

Antoine sah seine Gattin triumphierend an. »König Karl hat uns heute in den Grafenstand erhoben. Wir dürfen uns von jetzt an Grafen von Hoogstraten nennen, Elisabeth!«

Während Elisabeths Augen zu strahlen begannen, durchströmte Margot Freude. Es war ihr gelungen, ihre langjährigen Getreuen zu belohnen. Karl hatte ihrem Wunsch stattgegeben. Und mit einem Lächeln, das keine Widerrede duldete, fügte Margot hinzu: »Ich denke, dass wir zum vertrauten Du übergehen sollen! Ebenso wie ich Alines Treue schätze, möchte ich auf eure Freundschaft bauen!«

Der Wind blies wahre Bäche gegen die Butzenscheiben und das Glas klirrte. Margot fuhr in ihrem Bett hoch. Der Sturm und ein Schmerz in ihren Eingeweiden hatten sie aus dem Schlaf gerissen. Sie griff nach dem diamantenen Kreuz, das auf dem Nachtkästchen lag. Es stammte von ihrem Neffen Karl. Endlich hatte er sich durchgerungen, die Reise nach Spanien anzutreten. Ein Schauer rieselte ihr über den Rücken, als sie an ihre eigene Seereise dachte. Möge Gott Karl eine ruhige Überfahrt gewähren! Sie umklammerte das Kreuz und versuchte, ihre Unruhe zu bändigen.

Heute sollte Chièvres ihr die Regentschaft übertragen. War es ihr sehnlichster Wunsch, erneut die schwere Last des Regierens auf sich zu nehmen? Für einen Moment spürte sie, wie ihre Sicherheit ins Wanken geriet. Sie dachte an den Geldernkrieg, den Kampf um Karls Wahl zum römischen König und nicht zuletzt an das Schachern um Vollmachten. Karl übertrage ihr nur die allernötigsten Befugnisse, hatte Antoine durchblicken lassen. Die Alternative war Bedeutungslosigkeit und Langeweile. Nein, sie brauchte eine Aufgabe, die sie auslastete. Diesmal würde sie verheerende Fehler vermeiden!

Schuhe klapperten im Flur. Sogleich käme Aline herein, um sie anzukleiden. Margot stand auf und eilte zum Garderobeschrank. Für den heutigen Anlass wollte sie sich besonders sorgfältig kleiden. Chièvres sollte mit eigenen Augen sehen, dass sie an den zweieinhalb Jahren ihrer Absonderung nicht zerbrochen war.

Die schwere Eichentür von Margots Gemach fiel klirrend ins Schloss. Aline wirbelte herein. »Entschuldige, es ist der Wind! Gottlob, dass du bei diesem Wetter den Palast nicht verlassen musst! Chièvres Sänfte wird ganz schön schaukeln!«, kicherte Aline. »Na ja, ein Vorgeschmack auf die Seereise!«

»Weißt du, dass ich ihn noch immer zutiefst verabscheue?«

Aline streichelte Margot über den Rücken. »Nur dieses eine Mal musst du ihn noch ertragen! In einigen Tagen schifft er sich in Vlissingen ein und du bist ihn für immer los. Soll er doch in Spanien sein Unwesen treiben!«

Aline griff nach den Kleidungsstücken, die Margot ausgewählt hatte, und begann sie anzukleiden. Beim Spiegel löste sie ihr den Zopf und bürstete das goldblonde Haar, das schon graue Fäden durchzogen. Sie kämmte es zurück und bedeckte es mit einem blütenweißen Schleier. »Nun, Frau Regentin, seid Ihr zufrieden?«

Margot musterte sich im Spiegel. Ihre Gesichtsfarbe war noch immer frisch. Die Falten um ihren

Mund verrieten aber Kummer und Verdruss. Mit ihren siebenunddreißig Jahren war sie eine reife Frau geworden. »Du hast dir Mühe gegeben, Aline! Die Jahre lassen sich nicht verbergen.« Sie sah auf die Uhr am Schreibtisch und konnte sich ein Lächeln nicht verkneifen. »Hm, ich habe Chièvres lange genug warten lassen. Auf in den Audienzsaal!«

Chièvres bestaunte die Porträts der burgundischen Herzöge. Zweien hatte er von Kindesbeinen an gedient. Vor Maximilians Bildnis hielt er inne. Ehrfürchtig blickte er zu ihm auf. Diesem schillernden Herrscher hatte er seinen Aufstieg zu verdanken. Hätte Maximilian ihn nicht zum Erzieher seines Enkels ernannt, fristete er in bitterer Einsamkeit sein Dasein. Und der Zufall wollte es, dass dieser Enkel das spanische Weltreich erbte, das er gemeinsam mit anderen Ratgebern lenken sollte. Das Haus Chièvres machte Geschichte! Während ein zufriedenes Grinsen über sein dralles Gesicht glitt, hörte er Schritte. Er wandte sich um und sah, wie sich Karls Tante, umhüllt von einer schweren Parfumwolke, ihm näherte. Schwerfällig beugte er das Knie.

Karls allmächtiger Ratgeber war alt geworden, stellte Margot nicht ohne Genugtuung fest. Sein wellig braunes Haar hatte die Farbe kalter Asche angenommen, aber die Lust am doppelten Spiel war wohl noch nicht in ihm erloschen. Mit einer lässigen Geste hieß Margot ihn, sich zu erheben. Chièvres rückte das schwarze Barett zurecht, auf dem ein Diamant funkelte. »Madame, was für eine brillante Idee, Herrn Erasmus den Auftrag zum Fürstenspiegel für König Karl zu erteilen! ... Bei Gott, Ihr habt ein vortreffliches Auge für Kunst. Eure Porträtgalerie ist ein Juwel!«

Wiederum raspelt er Süßholz, durchzuckte es Margot. Sie rang sich aber ein knappes Lächeln ab und führte ihn zu den gepolsterten Stühlen, die im Halbkreis um den reich verzierten Kamin standen. Chièvres ließ sich in den Stuhl fallen und faltete die Hände über den Bauch. Margot betrachtete ihn kühl.

»Madame«, begann er stockend, »es wird Euch nicht entgangen sein, dass Euer Neffe in Kürze nach Spanien reist, um das Erbe der katholischen Könige anzutreten. Sein Kanzler und ich werden ihn begleiten, da wir unentbehrlich sind.« Er wischte sich eine Schweißperle von der Stirn. »In Anbetracht dieser Tatsache wünscht König Karl, Euch wiederum als Regentin einzusetzen!«

Margot schwieg.

»Madame, ich kenne niemanden mit Eurer Regierungserfahrung.« Sein Ton war samtig. »Und mit Eurem diplomatischen Geschick könntet ihr König Karl bei den deutschen Kurfürsten von Nutzen sein. Für sein Ansehen ist der Kaisertitel unerlässlich.«

Ein spöttischer Zug umspielte Margots Lippen. »Euer Weitblick, Monsieur, ist zu bewundern!«

Peinliches Schweigen folgte. Chièvres fing sich aber schnell. »Madame, nach allem, was in den letzten Jahren vorgefallen ist, verwundert mich Eure Verstimmung nicht. Es ist naheliegend, dass Ihr an meinen Beweggründen zweifelt, obschon mein Gewissen reiner ist als ihr vermutet.«

Margots Gesicht zeigte keine Regung, aber Chièvres ließ sich nicht beirren. »Ich gebe zu, die Volljährigkeitserklärung Eures Neffen vorangetrieben zu haben, da die leidige Angelegenheit mit dem Vliesritter und die franzosenfeindliche Politik unser Land ins Chaos gestürzt haben. Das Gerücht der Veruntreuung aber habe ich nicht in die Welt gesetzt! Sobald es mir zu Ohren gekommen ist, habe ich die Stände einberufen und Dokumente vorgelegt, die Eure Unschuld bewiesen haben.«

»Monsieur, worauf wollt Ihr hinaus?«

»Madame, wir sollten das Kriegsbeil begraben und mit vereinten Kräften Eurem Neffen dienen.« Nahezu väterlich fügte er hinzu: »Ihr steht in der Blüte Eurer Schaffenskraft und verfügt über genügend Zeit, um die Geschicke der Niederlande nachhaltig zu gestalten!«

Für einen langen Augenblick starrte sie ihn an. Niemand hätte treffender ihre Absichten in Worte fassen können. Die Zusage lag Margot auf der Zunge, als sie Chièvres nochmals in die Augen blickte. In ihnen leuchtete etwas wie Verständnis.

Mit einem rätselhaften Lächeln auf den Lippen teilte sie ihm mit: »Sagt meinem Neffen, dass ich die Regentschaft übernehme.«

21 Der Kauf der Kaiserkrone

Ende Januar ruhte Mecheln noch unter dem festen Griff des Winters. Ein eisig blauer Himmel wölbte sich über der Stadt, als sich Ferdinand, König Karls jüngerer Bruder, unter dem Klang von Dudelsäcken und Trommeln mit seinen niederländischen Freunden zur Dyle begab. Die wenigen Gefährten, die ihn aus der spanischen Heimat begleitet hatten, zogen es vor, sich in den behaglichen Stuben der Schenken zu vergnügen. Ferdinand blickte gebannt auf die Landschaft. Der zu Eis erstarrte Fluss hatte sich in eine Bühne winterlichen Vergnügens verwandelt. Am Ufer dampften Suppen und der Duft von Gewürzwein stieg ihm in die Nase. Ferdinand war froh, den Ränke schmiedenden Prälaten und Granden am Hof seines Bruders entronnen zu sein. Wie leicht hätte er sich in unsichtbaren Fangarmen verheddern und arglos in Fallen tappen können. Karl hatte in ihm nur den Rivalen gesehen, auch hatte er ihm mit der Hand auf der Bibel den Treueid geschworen. Das aufflackernde Misstrauen in Karls Augen beim Abschied traf ihn wie ein Schlag ins Gesicht. Wie anders empfing ihn seine Tante! Sie sprühte vor Freude, als sie ihn in die Arme schloss. Wärme durchflutete ihn. In den Niederlanden war er willkommen und er konnte vorerst das Leben genießen. Bei Karls Krönung zum römischen König lernte er endlich seinen Großvater Maximilian kennen, der ihm eine Aufgabe zuweisen würde.

Während Ferdinands Atem in der kalten Luft wie

Wölkchen zum Himmel aufstieg, band er sich die Schlittschuhkufen unter die Schuhe und sprang aufs Eis. Philippe de Lalaing, sein Lehrmeister, lachte ihn herausfordernd an und es entspann sich ein Wettlauf.

Aline half unterdessen ihrer Freundin im Gemach in den Luchsfellmantel und reichte ihr einen mit grünem Damast eingefassten Muff. Lächelnd wandte sich Margot ihr zu: »Stell dir vor, Karl hat meinen Rat befolgt und Gattinara zum Großkanzler ernannt!«

»Gratuliere!« Aline fasste sie am Arm. »Jetzt kannst du besser schlafen! Gattinara wird Chièvres' Einfluss schwinden lassen. Auf jeden Fall gewinnt Karls Regierung an Gewicht!«

Im Flur schloss sich Elisabeth ihnen an und zu dritt eilten sie in den Innenhof, wo ein bunt bemalter Prunkschlitten auf sie wartete. Margot gab dem Kutscher ein Zeichen. Eingerahmt von Hellebardieren ging es zur Dyle.

Menschen drängten sich ausgelassen am Ufer und verrenkten die Hälse. Die Regentin hatte keiner erwartet. Mit voller Wucht setzte der Schlitten auf dem Eis auf. Kreischend stoben einige als Fabelwesen vermummte Schlittschuhläufer auseinander.

Erinnerungen an Schlittenfahrten mit Karl und den Nichten durchzuckten Margot. Wie die Zeit verging! Philipps Kinder waren in alle Winde verstreut. Beim Gedanken an Ferdinand durchströmte sie ein inniges Gefühl. Wie wird sich Maximilian über diesen Enkel freuen! Im Gegensatz zu Karl ist er liebenswürdig und aufgeschlossen. Eine Lichtgestalt!

Jäh riss sie Elisabeth aus ihren Gedanken. »Da sind

sie! Der junge Mann mit dem roten pelzgefütterten Wams ist Philippe, Antoines Sohn.« Sie rief seinen Namen und winkte ihm zu.

Sogleich wetzten Schlittschuhkufen auf dem Eis in ihre Richtung. Ferdinands Backen waren rot vor Kälte, aber in seinen Augen leuchtete Begeisterung, als er sich zu Margot herunterbeugte und sie auf die Wangen küsste.

»Ferdinand, ich habe dich noch sehen wollen, bevor du dich auf die Rundfahrt durch die Niederlande begibst! Genieße die Reise und komme wohlbehalten zurück!«

»Tante, macht Euch keine Sorgen um mich!« Er zwinkerte ihr zu. »Philippe wird auf mich aufpassen!«

Ein hochgewachsener Jüngling verbeugte sich ehrfürchtig vor Margot. Ihr Blick eilte über sein Gesicht. Antoines Bastardsohn war seinem Vater wie aus dem Gesicht geschnitten.

Zähneklappernd vor Kälte, aber froh gelaunt stieg Margot im Hof von Savoyen aus dem Schlitten und eilte mit Aline in ihre Gemächer. Elisabeth blieb zurück und erteilte dem Personal noch einige Anweisungen. Im Nu verdunkelte sich der Innenhof. Krähenschwärme flatterten über sie hinweg, zeterten und verschwanden. Elisabeth fuhr zusammen und bekreuzigte sich. Ein ungutes Gefühl beschlich sie.

Das Pferd des Kuriers trottete müde über die vereisten niederländischen Wege. Der Wind biss dem Mann in die Wangen. Hätte er die Hufe des Tiers nicht mit

Stoffen umhüllt, wäre er niemals in Mecheln angelangt. Sein Fuchs lechzte nach Wasser und konnte
sich kaum noch auf den Beinen halten, als er endlich
die Residenz der Regentin erreichte. Erschöpft ließ er
sich vom Pferd gleiten und übergab es einem Knecht.
Ein Hellebardier geleitete ihn zum Gemach der Erzherzogin. Die Glieder des Boten schmerzten. Noch
den Brief überreichen und dann ab zum Glühwein
in einer warmen Herberge!

Margot saß am Schreibtisch gebeugt über Akten.
Es war still im Schloss, nur ihr Federkiel war zu hören, während sie Verordnungen unterschrieb. Jäh
schlugen harte Schritte auf den Marmorboden. Sie
näherten sich ihrem Gemach. Ein Bote, ging es ihr
durch den Kopf. Hoffentlich keine Unheilsbotschaft!

Die Tür ging auf und der Kurier verneigte sich vor
der Regentin. »Eine Nachricht aus den österreichischen Erblanden, Madame!«, sagte der Mann tonlos.

Ein Schauer rieselte Margot über den Rücken.
Sollte ihrem Vater etwas zugestoßen sein?

Die rotblau gefrorene Hand des Boten griff unter
sein Wams und holte das Dokument hervor. Margot
entließ ihn mit einem Kopfnicken. Ihre Hände zitterten, als sie das Siegel erbrach und zu lesen begann:

»... Zu unserem Leidwesen müssen wir Euch mitteilen, dass Kaiser Maximilian am 12. Januar in Wels
verschieden ist. Auf seinen Wunsch haben wir ihn in
Wiener Neustadt beigesetzt.«

Margot ließ das Schreiben fallen und vergrub ihren
Kopf in den Händen. Oh Gott, was kommt jetzt alles
auf sie zu! Sie presste die Hände an die Schläfen, um

ihre Verzweiflung in den Griff zu bekommen. Bilder des letzten Treffens mit ihrem Vater wirbelten ihr durch den Kopf. Der Schlaganfall hatte ihn gezeichnet. Er hinkte an einem Bein und rang ab und zu nach Worten. Aber noch immer brannte das Feuer in ihm, Karl als seinen Nachfolger in Aachen krönen zu lassen. Alle waren davon überzeugt, dass er den Wettlauf mit der Zeit bis zu Karls Wahl durchstehen würde.

Margot stand auf und irrte in ihrem Gemach umher. Maximilians Abmachungen mit den Kurfürsten waren hinfällig geworden. Das Gold war vergebens in die Taschen der Wahlmänner geflossen! Und dann der Schuldenberg, den Maximilian ihnen hinterließ! Margots Herz klopfte bis zum Hals. Was sollte sie tun? Sofort den Rat einberufen, um Karls Wahlkampf umzugestalten?

Unschlüssig blickte sie auf den Hausaltar. Nein, zuerst musste sie sich um Maximilians Seelenheil kümmern. Sie steuerte auf das Gebetspult zu und fiel auf die Knie. »Allmächtiger Gott«, stammelte sie. »Vater hat nicht tadellos in Eurer Welt gehaust. Und doch habt Ihr sie ihm überlassen! ... Gegen dreißig Kriege hat er geführt und hunderttausende Menschen in den Tod gejagt, um das Römische Reich Deutscher Nation wiedererstehen zu lassen. Er hat felsenfest daran geglaubt, dass das Euer Wille sei.«

Margot starrte auf das Altarbild, wo Gottvater entrückt von allen irdischen Nöten über den Wolken thronte. Tränen liefen ihr über das Gesicht. »Weshalb nur haltet Ihr Euch fern von uns? Hättet Ihr

Maximilian nicht friedfertiger und seine Widersacher aufrichtiger erschaffen können? ... Ist es etwa Euer Wille, dass die Welt zur Hölle wird?« Margots Lippen bebten. »Doch hat Vater immer noch einen Funken Anstand im Leibe gehabt. Er hat sich nicht am Leid anderer ergötzt und sie zertreten.« Sie brach in Schluchzen aus. »Oh Gott, lasst Eure Milde walten, erbarmt Euch seiner Seele und nehmt sie in den Himmel auf!«

Sie bekreuzigte sich und stand auf. Sie musste sich um die Totenfeier kümmern. Ihre Augen blitzten auf. Sie könnte die Messe in Sankt Gudula in Brüssel abhalten, zu den ergreifenden Klängen von Meister Isaacs Requiem. Das wäre ein würdiger Abschied!

***

Verletzter Stolz blitzte aus Karls Augen, als er den Brief seiner Tante auf den Schreibtisch knallte. Die Muskeln seiner Wangen zitterten und er schnappte nach Luft. Seit Wochen verweilte er in Barcelona, mühte sich mit den Katalanen ab, um ihre Streitigkeiten zu schlichten. Nun stellte sich auch noch seine Tante gegen ihn. Sein Großkanzler machte eine beschwichtigende Geste und reichte ihm einen Becher Bier.

Gattinara ergriff das Schreiben der Regentin und las es andächtig durch. Aus den Augenwinkeln musterte er Karl. Das Bier hatte seinen Herrn etwas entspannt. »Majestät, Eure Tante unterbreitet Euch lediglich zwei Vorgehensweisen. Ihr seid es, der die

Entscheidung trifft! Lasst uns in aller Ruhe Madame Margots Argumente überprüfen!«

»Ihr zweifelt doch nicht etwa an meinem Anrecht auf den Kaisertitel?«, fauchte Karl.

Gattinara sah dem König in die Augen. »Bin es nicht ich gewesen, Majestät, der Euch mehrmals an Eure Sendung erinnern musste?«

Karl senkte den Blick.

»Niemand kann leugnen, dass Ihr der erste Fürst des Abendlandes seid. Euer französischer Rivale fühlt sich im Norden und Süden von Euch umzingelt und ist darum entschlossen, zwei Jahreseinkünfte seines Königreichs für die Kaiserwürde zu opfern. Aber Gott hat einzig und allein Euch mit der nötigen Macht versehen, den christlichen Glauben zu verteidigen. Es besteht somit kein Zweifel, dass nur Ihr ein Anrecht auf den Kaisertitel habt.«

Karls Miene erhellte sich. »Ich höre, Gattinara, was schlagt ihr vor?«

»Hm, ich denke, dass die schwindelerregenden Summen, mit denen die Franzosen die Kurfürsten ködern, Madame Margot in Unruhe versetzt haben. Im Vergleich zu Euch verfügt König François über ansehnlichere Einkünfte. Ihr dagegen müsst mit Euren Einnahmen noch die Schulden Kaiser Maximilians tilgen.« Gattinara legte die Stirn in Falten. »Eure Tante wünscht aber, die Kaiserwürde für Euer Haus aufrechtzuerhalten. Wenn dieser Ehrentitel dem Haus Habsburg abhandenkäme, wäre es nachteilig für Euer Ansehen. Aus diesem Grund unterbreitet sie Euch eine Kandidatur Erzherzog Ferdinands. Sie geht davon aus, dass die Kurfürsten den Kandidaten vorziehen, der einer deutschen Dynastie entstammt, aber nicht zu einflussreich ist, um ihre Freiheiten zu beschneiden. Die Kosten für den Stimmenkauf, meint Madame Margot, fielen geringer aus.«

Karls Miene verfinsterte sich. Wiederum kam ihm sein Bruder in die Quere! Wie konnte seine Tante nur so kleinlich sein, wenn es um seine Ehre ging!

Gattinaras Stimme brachte Karl in die Gegenwart zurück.

»Für den Fall, dass Ihr persönlich kandidieren wollt, unterbreitet Euch die Erzherzogin das folgende Vorgehen.« Ein feines Lächeln schlich sich auf das Gesicht des Großkanzlers. »Ihr solltet bei den Kurfürsten gezielt die Angst vor den Türken schüren, um ihnen klarzumachen, dass Ihr der einzige deutsche Fürst seid, der das Reich vor dieser Plage schützen kann. Auch solltet ihr beim Feilschen um die Stimmen den Wahlmännern ihre Freiheiten gewährleisten und überall lautstark verkünden lassen, wie sehr Euer französischer Rivale den eigenen Adel knechtet. Die Kurfürsten sähen dann eher Euch als den geeigneten Kandidaten.« Gattinara räusperte sich. »Was die benötigten Kredite betrifft, meint die Erzherzogin, wird sie Jacob Fugger anstandslos gewähren. Ihr wisst ja, wie erpicht er auf die Schürfrechte von Minen ist. Und daran mangelt es in Spanien nicht!« Nachdenklich schob Gattinara den Unterkiefer hin und her. »Ich würde vorschlagen, Truppen am Wahlort zusammenzuziehen. Die Anwesenheit der Soldaten soll die Kurfürsten unmissverständlich an ihre Wahlversprechen erinnern.«

Um Karls Mund spielte ein Anflug der Erleichterung. »Dieser Plan, Gattinara, gefällt mir. Stellt unverzüglich ein Schreiben an meine Tante auf, dass sie weder Kosten noch Mühen scheuen soll, um mir diesen Ehrentitel zu verschaffen!«

Er schnellte auf, um die Kanzlei zu verlassen. Am Fechtplatz warteten die Gefährten. Bei der Tür angelangt, drehte er sich nochmals um und rief Gattinara zu: »Deutet Madame Margot an, dass sie nach meinem Wahlsieg die Niederlande nach eigenem Gutdünken regieren darf.«

Das Räderwerk von Margots Kanzlei war in vollem Gange. Überall im Reich tummelten sich ihre Wahlkämpfer und Geheimagenten. Kuriere mit verschlüsselten Nachrichten eilten im Hof von Savoyen ein und aus. Es gab keinen kurfürstlichen Sitz, wo Margot nicht ihre Netze ausgeworfen hatte. Ohne dieses Vorgehen hätte sie für Karl nichts ausrichten können, zumal da es galt, die Franzosen ständig zu überbieten. War die Stimme eines Kurfürsten für ihren Neffen endlich gekauft, konnte man sich noch lange nicht auf dessen Zusage verlassen. Der Wahlmann musste um die Uhr überwacht werden, sodass man sogleich zur Stelle war, falls er wiederum bei den Franzosen die Hand aufhielt.

Margot blickte aus dem Fenster ihrer Kanzlei und sah, wie sich das safranfarbene Licht des Junimorgens über den Innenhof legte. Für einen winzigen Moment keimte Zuversicht in ihr auf.

Ihr Gewissen hatte sie für die Zeit der Wahl in eine dunkle Truhe gesperrt. Man veräußerte ja auch den Stuhl des heiligen Petrus an den Meistbietenden. Was zählte, war Erfolg!

Drei Nachrichten lagen auf dem Eichentisch. Margot griff hastig nach dem Schreiben der Fugger.

Ein Pochen an der Tür und Antoine trat ein. Wie üblich hatte er eine Aktenmappe unter dem Arm geklemmt. Er eilte auf Margot zu und küsste ihr die Hand.

Ihre Miene erhellte sich. »Ich habe soeben ein Schreiben von Jacob Fugger erhalten!«, sagte sie, während sie am Tisch Platz nahmen.

»Zuerst die angenehme Nachricht! Den Franzosen scheint das Wasser bis zum Hals zu stehen! Sie haben beim Fugger um einen Kredit angeklopft.«

Antoine sah Margot fragend an.

»Selbstverständlich hat unser Bankier den Franzosen eine höfliche Abfuhr erteilt!«

Ein Lächeln glitt über Antoines Gesicht. »Hieße das nicht, dass Karl jetzt der einzige Kandidat ist?«

»Ja und nein! Der Fugger hat seine Kontakte in Rom spielen lassen.« Eine Wolke des Missmuts zog über Margots Gesicht. »Unser Heiliger Vater zündelt im Reich.«

»Er wird doch nicht etwa die Franzosen unterstützen, die ihm den Kirchenstaat abspenstig machen wollen?«

Margot schüttelte verneinend den Kopf. »Es ist noch

abgefeimter! Papst Leo hat den sächsischen Kurfürsten angestachelt, seine Kandidatur anzumelden, und lockt ihn mit der Aufhebung des Kirchenbanns gegen seinen Schützling, diesen störrischen Augustinermönch.«

»Ach ja, der mit dem Aufruhr in Wittenberg.« Antoine runzelte die Stirn. »Er heißt Martin Luther, wenn ich mich nicht irre. Gott verhüte, dass auch unsere Niederländer auf seine Worte hereinfallen!«

»Wir können es nicht zulassen, dass dieser skrupellose Papst knapp vor der Wahl die Welt auf den Kopf stellt. Der unbedeutende Kurfürst von Sachsen schnappt Karl die Kaiserkrone weg!« Margots Nasenflügel bebten.

»Dieser verfluchte Papst wittert schon, dass Karl als Kaiser ihn in seiner römischen Lasterhöhle nicht ungeschoren lässt. Aber die päpstliche Rechnung wird nicht aufgehen! Wir verfügen über Truppen!« Antoine lächelte Margot siegesgewiss an.

Margot erbrach das Siegel des Schreibens ihres Wahlhelfers Marnix. Sie überflog die Zeilen. »Marnix meldet, dass er die Stimmen der Erzbischöfe von Mainz und Köln gewonnen habe.«

»Das ist eine erfreuliche Nachricht!«, entfuhr es Antoine, während er den Brief des Herrn von Bergen öffnete. »Hm, Maximilian von Bergen ist es endlich gelungen, den Markgrafen von Brandenburg auf unsere Seite zu ziehen ...« Es verschlug ihm die Sprache. »Gegen 200.000 Goldgulden und das Eheversprechen mit Karls Schwester lässt er sich herab, deinem Neffen seine Stimme zu geben.«

Margot erbleichte.

Lalaing lächelte fein. »Franz von Sickingen soll sich diesen Vater der Habgier einmal vorknöpfen!«

»Aber sag dem Söldnerführer, dass er ihn unversehrt am Wahlort abliefert!« Erst jetzt bemerkte Margot, dass ihr das Herz bis zum Hals klopfte.

»Der pfälzische Kurfürst ist von den Franzosen genesen!« Lalaing grinste. »Er hat sich bei von Bergen beklagt, dass ihn französische Söldner kurz nach der Aushändigung der Goldtruhen in einen Hinterhalt gelockt und ausgeraubt haben.«

»Jetzt hat Karl die Mehrheit der Stimmen!«, brach es aus Margot heraus.

»Ja, vier vom Gift der Bestechlichkeit aufgedunsene Gestalten! Ich werde unseren Truppenkommandanten anordnen, die Bewachungsstufe zu erhöhen. Diese Zusagen dürfen uns nicht mehr verloren gehen.«

»Wie fahren wir fort, Antoine?«

»Am Wahltag werden unsere Truppen die Kurfürsten vor die Tore Frankfurts geleiten, wo sie die Elitetruppe des Grafen von Nassau übernimmt. In einer feierlichen Prozession werden sich die Wahlmänner in die Bartholomäuskirche begeben, wo Nassau alles abriegeln lässt.«

»Flucht und Vertagungstaktiken sind ausgeschlossen?«

»Darauf kannst du dich verlassen!« Lalaing sah Margot in die Augen. »Sollten es die Herren wagen, im ersten Wahlgang den Sachsen zu wählen, werden sie dort so lange unter Arrest stehen, bis sie die richtige Wahl getroffen haben.«

Langsam drangen Antoines Worte in Margots Bewusstsein. Es war, als fiele ihr eine zentnerschwere Last vom Herzen. Karl würde Kaiser werden und sie könnte endlich nach eigenem Ermessen die Niederlande regieren. Wenn es nur wahr wird!, flüsterte es in ihr.

Beschwingt wandte sie sich an Lalaing: »Antoine, veranlasse alles Nötige!«

22 Karls Dank

Mit einer lässigen Geste entließ König François den Leibdiener. Das Licht des Julimorgens leuchtete verheißungsvoll über Amboise. Es drang bis in den Ankleideraum des Königs herein. Sein Blick glitt über das edelsteinbesetzte Barett, den lichtgestutzten Bart und das Wams aus teurer Seide. Selbstverliebt lächelte François seinem Spiegelbild zu. Sogleich würde er in den Gartenpavillon eilen und die reizende Hofdame seiner Gattin vernaschen. Ein Grinsen schlich sich auf sein Gesicht. Er zog eine Phiole aus dem Wams und tupfte sich einige Tropfen hinter die Ohren. Moschus macht Jungfrauen gefügig!

Im nächsten Moment ertönte ein Klopfen. François stolzierte aus der Garderobe in das Gemach und rief verärgert: »Tretet ein!«

Anne de Montmorency, sein Jugendgefährte, eilte auf ihn zu und schwenkte einen Brief in der Hand.

»Ach, du bist es, Anne!« François wedelte wegwerfend mit der Hand. »Die Berichte können doch warten. Du weißt ja, ich habe etwas vor, das keinen Aufschub duldet!«

»François, es tut mir leid, aber dieses Schreiben ist soeben aus dem Reich eingetroffen.« Er zwinkerte ihm zu: »Das Wahlergebnis könnte deine Sinne noch mehr prickeln!«

François entriss ihm die Nachricht, erbrach das Siegel und überflog den Inhalt. Die Muskeln seiner

Wangen zitterten, als er das Schreiben auf den Boden schleuderte. Er ballte die Hände zu Fäusten, während er mit dem Fuß ausholte und eine kostbare Vase traf, die klirrend am Boden zerschellte.

Montmorency zuckte zusammen. Er wich einige Schritte zurück.

»Dieser Halunke von einem Papst! Er hat mir hoch und heilig versprochen, dass die Kurfürsten den Sachsen wählten! Und jetzt ist Karl Kaiser geworden!«, schrie François in ohnmächtiger Wut.

Montmorency machte eine beschwichtigende Geste, aber er war nur Luft für François. Sein Freund drosch in blinder Wut auf alle Gegenstände ein, die ihm in die Quere kamen. Scheppernd landeten sie auf dem Boden. Montmorency musterte den König aus den Augenwinkeln. François' Blick war wie loderndes Feuer. Er musste die Königinmutter holen. Nur Louise von Savoyen konnte den Besessenen zur Vernunft bringen.

Louises Seidenröcke raschelten gleich einem Donnergrollen, als sie in das Zimmer ihres Sohnes stürmte. »François, stelle sofort diese Vase auf ihren Platz zurück!«

Als führte ihn eine unsichtbare Hand, gehorchte der König dem Befehl seiner Mutter.

»Was ist geschehen?« Louise strich ihm über die Wange.

François schnappte nach Luft, las den Eilbrief vom Boden auf und begleitete seine Mutter zur Polstergarnitur. Tränen der Ohnmacht stiegen in ihm auf, als er ihr das Schreiben aushändigte.

Beim Lesen der Nachricht zog Louise zischend die Luft ein. Rote Wutfunken tanzten vor ihren Augen. »Was für ein Affront! Dieses Kurfürstenpack hat unser Gold genommen, aber sich für Karl entschieden!« Sie schluckte den Zorn hinunter, denn Frankreich brauchte einen klaren Kopf. »Was für eine List hat sich Margot ausgedacht, um den Sachsen für Karl zu gewinnen? ... Das werde ich ihr heimzahlen!«, schnaubte sie.

»Mutter, der Sachse ist ein kränklicher Greis!« François lachte bitter. »Er scheint vernarrt zu sein in Reliquien. Die Erzherzogin könnte ihn mit Kreuzsplittern aus dem savoyischen Erbe geködert haben!«

»Wie dem auch sei, wegen der Flausen eines alten Mannes ist das Gleichgewicht der abendländischen Mächte eingestürzt!«, zischte Louise.

»Der Makel am Schilde meines Ruhms, Mutter, wiegt schwerer für mich!« Angriffslust flammte in François' Augen auf. »Ich könnte die Gunst der Stunde nutzen, um das kaiserliche Neapel anzufallen. Mit dieser Eroberung stelle ich Karl in den Schatten. Ich wäre in aller Munde, wie damals nach der Schlacht von Marignano.«

»Oder durchsiebt von Kanonenkugeln auf dem Schlachtfeld!«, überschlug sich Louises Stimme.

François' Protest erstarb, als er den Blick seiner Mutter sah.

»François, von derlei riskanten Unterfangen wünsche ich derzeit nichts zu hören! Dein Vabanquespiel mit der Kaiserwürde hat uns an den Rand des Ruins gebracht! Es geht jetzt darum, unser Königreich zu retten! Begreifst du denn nicht, dass Karl uns mit seiner Hausmacht im Würgegriff hält und jederzeit Frankreich mit Krieg überziehen kann? Der Verlust Burgunds ist für ihn eine klaffende Wunde!«

François spürte, wie ihm die Hitze in die Wangen stieg. Gerne hätte er gleich in den Niederlanden zugeschlagen, aber seine Mutter ließe das nicht zu. »Was schlägst du vor?«

»Wir brauchen ein Bündnis mit England! Der englische König könnte als Vermittler zwischen Karl und uns auftreten. Er soll ihm Sand in die Augen streuen. Unterdessen beschlagnahmen wir Adelsgüter, um uns mit dem Erlös bis an die Zähne zu bewaffnen. Sobald unsere Grenzen gesichert sind ...«, François ergriff Louises Hand, »... ziehe ich über die Alpen und vertreibe Karl aus Italien!«

»Ja, mein Caesar, dann ist die Zeit reif, um dem Abendland deine Macht zu beweisen.« Gerührt strich Louise ihm über den Handrücken. »Ich werde sogleich die nötigen Maßnahmen einleiten. Genieße den Tag, François! Vergnüge dich!«

***

Antoine de Lalaing stürzte schweißüberströmt vom langen Ritt aus dem Reich in Margots Kanzlei. »Unsere Anstrengungen haben sich gelohnt! Karl ist Kaiser!« Margot sprang von ihrem Stuhl hinter dem Schreibtisch auf, lief auf ihn zu und umarmte ihn. Antoine drückte sie an sich und für einen kurzen Moment fühlte sie, als läge sie in Philiberts Armen.

Mit einer leichten Röte auf den Wangen löste sie sich aus der Umarmung.

Antoine räusperte sich. Seinen Körper dicht an ihrem zu fühlen, hatte eine Flut von Empfindungen in ihm ausgelöst. Ein verlegenes Lächeln schlich auf sein Gesicht. »Karl hat es aber erst im zweiten Wahlgang geschafft! Zuerst haben alle den Sachsen gewählt außer Friedrich. Im zweiten Wahlgang wählten sie dann einstimmig Karl.«

Margot atmete erleichtert auf. »Ach, Antoine, Hauptsache, das Endresultat stimmt!« Sie rieb sich das Kinn. »Zum Glück hat Sickingen nicht mit seinen Bewaffneten Karls Wahlsieg einfordern müssen! Diese Blamage hat uns Friedrich von Sachsen erspart! Ich muss dafür sorgen, dass Karl sich ihm erkenntlich zeigt, meinst du nicht?«

»Lasse das besser sein, Margot! Friedrich könnte verlangen, dass Karl diesen rebellischen Mönch ungestört predigen lässt.«

»Oh Gott!«, Margot fasste sich mit der Hand auf die Stirn. »Jetzt hast du mich vor einem schweren Fehler bewahrt! Jemanden, der den Papst als einen Blutsäufer und Fürsten der Hölle anprangert, muss ein Kaiser ahnden.«

In Antoines Augen trat ein warmer Schimmer. »Wäre es jetzt nicht angebracht, dem Volk Karls Wahlsieg mitzuteilen?«

»Ja, lasse alle Glocken läuten! Unsere Leute sollen feiern. Im Freudentaumel werden sie die von mir auferlegten Steuern vergessen.«

Ein Jahr war verstrichen, ehe Karl sich in die Niederlande aufmachte, um sich anschließend im Reich krönen zu lassen. An einem heiteren Junitag sollte er in Brüssel eintreffen. Die Halle des Schlosses glänzte im Licht der Mittagssonne, als Margot ihren Hofstaat darin versammelte. Stille umhüllte den Raum, nur hier und da flüsterten einige Höflinge. Unter Margots Füßen begannen sich die schwarz-weißen Fliesen des Saales zu verschieben. Sie atmete schwer. Ihre politische Zukunft lag in Karls Händen! Ihr Blick streifte Ferdinand, der neben ihr nervös an seiner Goldkette hantierte.

Hoffentlich hat Gattinara zu ihren Gunsten auf Karl eingewirkt, durchzuckte es sie, als die Fanfaren schmetterten.

Im Türrahmen erschien eine mittelgroße, elegant gekleidete Gestalt, gefolgt von einem Kleriker im Talar. Karl und Gattinara!

Margot fasste Ferdinand bei der Hand und eilte zu ihrem Neffen. Sie schickte sich an, sich vor ihm zu verneigen. Doch ehe sie sich es versah, küsste Karl sie auf die Wangen und schloss sie in die Arme. Die Art, wie er ihren Namen aussprach, innig und ehrfurchtsvoll, ließ Hoffnung in ihr aufkeimen. Ferdinands Augen leuchteten, als sie zu dritt Hand in Hand das Podest bestiegen und die Begrüßungszeremonie sich vollzog.

Mit einem Lächeln auf den Lippen kehrte Margot nach dem Empfang in ihr Gemach zurück. Aline eilte herbei und strahlte sie an. »Ein Wunder hat sich an deinem Neffen vollzogen, findest du nicht? Wer hätte gedacht, dass Karl, der Menschen vermieden hat, sich in kurzer Zeit in einen selbstsicheren Monarchen verwandelt!«

»Ich bin ebenfalls überrascht! Man könnte meinen, er ist mit seinen Aufgaben gewachsen!« Margot zog ein spitzenbesetztes Tüchlein hervor, mit dem sie sich die Augen tupfte. »Wie froh bin ich doch, dass er sich würdevoll kleidet und nicht herausputzt wie ein Pfau!«

Alines Augen glitzerten amüsiert. »Hm, stell dir vor, er staffierte sich aus wie der englische König: Hüte mit schillernden Straußenfedern, grelle Wämser, aufreizende Schamkapseln und extravagante Stiefel.«

»Sprich mir nicht davon!«, kicherte Margot und schüttelte den Kopf. Ihr Blick verdunkelte sich.

»Machst du dir etwa Sorgen wegen des anstehenden Gesprächs mit Karl? Er hat dich doch soeben mit allen Ehren überhäuft!«

»Das ist es ja! Er könnte mich damit abspeisen wollen. Die Vollmachten hat er mir zwar versprochen, aber das ist noch keine Garantie, dass er sie mir erteilt!«

»Ach Margot, diesmal ist dein Misstrauen fehl am Platz!« Aline sah ihr in die Augen. »Karl vertraut dir jetzt! Das habe ich an seinen Augen abgelesen!« Sie fasste sie am Arm und führte sie zum Toilettentisch.

Mit einem Seufzer ließ sich Margot auf dem Stuhl nieder. Während Aline ihr die Schläfen und den Hals mit Rosenöl betupfte, sog sie den Duft ein und allmählich beruhigten sich ihre Nerven. Sie stand auf und straffte sich. »Ich werde jetzt Karl aufsuchen, um der nagenden Ungewissheit ein Ende zu bereiten.«

Karl saß entspannt auf der Bank vor dem geöffneten Fenster des Prunkgemachs und las ein Schreiben, als die Hellebardiere ihm die Ankunft seiner Tante ankündigten. Sogleich erhob er sich und kam ihr mit ausgebreiteten Armen entgegen. »Ohne Euer diplomatisches Geschick, liebe Tante«, flüsterte er ihr zu, »wäre nicht ich, sondern der Sachse Kaiser! Das werde ich Euch, solange ich lebe, danken.«

Margots Gesicht erhellte sich. Sollte Alines Einschätzung der Lage stimmen?

Karl bot ihr den Arm und geleitete sie zum Fenster. Umflossen vom goldenen Glanz der Abendsonne lag die flämische Landschaft vor ihnen. Der Wind trug den Duft von Flieder herein, untermalt von klappernden Windmühlen. »Wie schön ist es doch, wieder in der Heimat zu sein!« Karls Augen senkten sich in die seiner Tante. »Würdet Ihr bereit sein, diese Länder so zu regieren, wie ich es persönlich täte?«

Endlich hatte er ausgesprochen, worauf sie sehnsüchtig gewartet hatte. Margot war so gerührt, dass sie schlucken musste. »Ja, das will ich! So wahr mir Gott helfe!«

»Dann werden die Generalstände Euch morgen den Treueeid leisten!«

Ein Anflug geschmeichelter Eitelkeit huschte über Margots Gesicht. Sie musste sich nicht länger ducken vor diesen von Arroganz und Hochmut aufgedunsenen Männern. Nun waren sie es, die nach ihrer Pfeife tanzen mussten.

Die untergehende Sonne tauchte den Himmel in ein rotes Licht. Karl legte sanft den Arm um Margots Schulter. Für eine Weile genossen sie das Schauspiel der Natur.

Margot unterbrach als Erste das Schweigen. »Mir ist, als hätten wir mit Eurem Großvater die alte Zeit zu Grabe getragen. Das Neue drängt, doch vieles ist noch in der Schwebe.«

»Und darüber möchte ich mit Euch sprechen!«

Sie wandten sich um und strebten zu den bequemen Bänken in Karls Gemach. Nachdem sie Platz genommen hatten, goss Karl aus einer Karaffe Wein in zwei Pokale und reichte einen seiner Tante. »Mit einem Glas Wein spricht es sich leichter!«, zwinkerte er ihr zu und nahm einen Schluck.

»Was haltet Ihr davon, wenn ich Ferdinand zum Statthalter der Erblande ernenne? Wäre er dieser Aufgabe gewachsen?« Karl stützte den Kopf in die Hand und musterte Margot.

»Ihr könntet keinen geeigneteren Stellvertreter erwählen als Euren Bruder!« Sie lächelte erleichtert. »Ich bin froh, dass Ihr jetzt von Ferdinands Loyalität überzeugt seid! Es ist höchste Zeit, dass die Erbländer einen Regenten erhalten, der die Stände in die Schranken weist.«

Karls Augen blitzten vor Tatendrang. »Zu dritt werden wir ein Reich regieren, in dem die Sonne nicht untergeht! Seht Euch das an ...«, er wies mit der Hand auf die gegenüberliegende Wand. Auf der lindgrünen Tapete blinkte im Kerzenschein eine Scheibe aus purem Gold, verziert mit silbernen Sternen und daneben funkelte eine zweite aus Silber.

Margot betrachtete mit glänzenden Augen die fremdartigen Gestirne.

»Es freut mich, dass Euch diese Kunstwerke gefallen! Sie sollen Euch gehören! Meine Untertanen hinter dem großen Ozean haben sie eigens für uns angefertigt.«

»Ich fühle mich verehrt!«, hauchte Margot und schenkte Karl ihr bezauberndes Lächeln. Sie legte die Hand aufs Kinn. »Ja, ich könnte den Mond und die Sonne in meiner Bibliothek zur Schau stellen, sodass auch Eure Untertanen hierzulande diese Kunstwerke bestaunen können!«

»Macht das, Madame!«

Karls Blick verhärtete sich. »Zwar leben wir noch in Frieden mit Frankreich, aber ich fürchte, ein Konflikt wird sich nicht vermeiden lassen. François kann sich nicht abfinden mit meiner führenden Stellung im Abendland. Rivalität, Ruhmsucht und Eitelkeit peitschen ihn gegen mich auf.«

Um Margots Augen zuckte es kurz. Das Lächeln auf ihren Lippen erstarb. »Ist denn der Schlichtungsversuch des englischen Königs gescheitert?«

»Ach Tante, König Heinrich mischt gerne mit, weil er sich gewichtig machen will. Aber er spielt den einen gegen den anderen aus.«

In Margots Gesicht spiegelten sich widerstreitende Gefühle. Die Hoffnung auf Frieden löste sich in nichts auf. Unwillkürlich straffte sie sich und sah ihrem Neffen in die Augen. »Ich sehe ein, dass wir uns mit der harten Realität abfinden müssen. Aber die Niederlande möchte ich aus den Konflikten heraushalten.«

»Einverstanden! Sorgt dafür, dass der Handel blüht! Schließt Abkommen mit England und Frankreich, so viele ihr wollt. Ich brauche die Steuern aus den Niederlanden, um meine Ziele zu verwirklichen!«

Margot hielt den Atem an. Wie sollte sie ihm nur beibringen, dass die Niederländer es leid waren, sein Geldschrein zu sein?

Bevor sie aber etwas einwenden konnte, wedelte Karl mit der Hand. »Ach Tante, Ihr werdet wie immer die geeigneten Worte finden, um die Stände von der Notwendigkeit der Steuern zu überzeugen!«

Margots Nasenflügel bebten, aber sie zog es vor, sich nicht den Mund zu verbrennen. Karl schwieg ebenfalls. Nur das Zischen der Kerzenflammen war zu hören. Während Margot die Finger ineinanderflocht, sah sie, wie ihr Neffe den Unterkiefer nachdenklich hin und her schob.

Stockend begann er zu sprechen. »Ich weiß, es wird nicht leicht sein, die Aufgabe zu erfüllen, vor die mich Gott gestellt hat!« Er holte Luft. »Zuallererst gilt es, die Franzosen aus Italien zu verjagen, anschließend holen wir uns Burgund zurück und danach werde ich dafür sorgen, dass Gottes Geist wieder durch die römische Kirche weht.« Karl verstummte und sein Blick verriet, dass das Gewicht der Welt auf seinen Schultern lastete.

Wenn er sich nur nicht wie sein Großvater in der Spirale der Kriege verstrickt!, wirbelte es durch

Margots Kopf. Mit einem einfühlsamen Lächeln erwiderte sie ihm: »Bedenkt aber, dass Gott keinen Gefallen an Blut hat! Auch nach Erfolgen ist es vernünftiger, zu einer Verständigung zu gelangen.«

Karl erhob sich, griff nach ihrer Hand und küsste sie.

»Sollte es mir nicht gelingen, mich nach einem Sieg mit den Franzosen zu arrangieren, werde ich Eure Verhandlungskunst benötigen.«

23 Das Abendland steht in Flammen

Margot tauchte in den Schlund eines Kraters, während ihr der Atem aus den Lungen wich. Sie strampelte und kämpfte, aber sank immer tiefer. Zwei Kreaturen mit spitzen Schnäbeln umkrallten ihre Hände und zerrten sie kreischend durch die brennenden Trümmer einer Stadt. Ein faulig beißender Gestank erfüllte die Luft. Schmerzensschreie gellten durch die Nacht, durchbrochen von klirrendem Metall. Sie wollte schreien, bekam aber keinen Ton heraus. Eine riesige Ratte, aus deren Haaren Funken schlugen, gierte nach ihr. Schweißtriefend schreckte sie auf und sah sich verwirrt in ihrem Gemach um.

Die Uhr am Nachttisch zeigte vier Uhr morgens an. Das Nachtgewand klebte an ihrem Körper und ihre Hände zitterten. Sie tastete nach der silbernen Glocke und läutete. Aline eilte mit wehendem Morgenmantel herbei. Zwei warme graue Augen beugten sich besorgt über sie. Sie strich ihr über die Wangen. »Du fieberst ja! Soll ich den Arzt rufen?«

Die Anwesenheit ihrer Freundin beruhigte sie. »Nein, Aline, das Fieber ist doch normal nach dem Eingriff an meinem Bein. Es wird schon nachlassen!« Sie zögerte und stammelte: »Ein Albtraum hat mich geplagt. Aline, ich habe die Hölle gesehen. Unser Haus ist verdammt. Gott missbilligt Karls Kriege!«

Aline setzte sich aufs Bett und tätschelte ihr die Hand. »Wie hat es in der Hölle ausgesehen?«

Margot erzählte ihr von den vogelartigen Kreaturen und der Ratte. Ein vielsagendes Lächeln huschte über Alines Gesicht. »Margot, der Chirurg hat dir gestern, bevor er dein Bein geöffnet hat, Mohnsaft eingeflößt. Im Traum haben dich die Fabelwesen von Hieronymus Boschs Hölle bedrängt.«

Margot drückte Aline die Hand. »Oh Gott, jetzt sehe ich es vor mir, es ist das Weltgericht. Vor Jahren habe ich dieses Gemälde im Brüsseler Rathaus zur Schau gestellt. Damals haben wir noch über die bizarren Gestalten gelacht.«

Aline sah sie erleichtert an. »Soll ich mich zu dir legen, wie wir es früher getan haben?«

Margot streckte ihr die Hand entgegen. »Ja, schlüpfe neben mir unter die Brokatdecke und lasse uns miteinander reden!«

Ihre Stimme klang, als habe sie einen Kloß im Hals. »Es ist so viel geschehen in den letzten Jahren. Karls Schlachten in Italien, das Gemetzel in Geldern und an der französischen Grenze haben meine Pläne für die Niederlande wie Seifenblasen zerplatzen lassen.« Es entfuhr ihr ein Seufzer. »In meiner zweiten Regentschaft wollte ich unserem Land Wohlstand bringen, aber stattdessen habe ich einen Brandherd nach dem anderen löschen müssen.«

»Aber das ist dir gelungen! Der Geldernkonflikt ist beendet und mit den Franzosen und Engländern verhandelst du über einen Waffenstillstand. Dass Karl und François Italien mit Mord, Totschlag und Verwüstungen überziehen, ist nicht deine Schuld.«

Margot umklammerte Alines Hand. Sie starrte auf

die Wand vor ihr, auf die das flackernde Kerzenlicht groteske Bilder warf.

»Aber Gott wird mich zur Verantwortung ziehen, wenn ich nichts unternehme, um dieses sinnlose Blutvergießen einzudämmen ... Ich muss mehr Einfluss auf Karl ausüben. Nur weiß ich noch nicht, wie ich das anstellen soll.«

»Werde erst gesund, dann wird dir schon etwas einfallen!«

»Mein Rücken schmerzt!«, jammerte Margot und drehte sich auf die Seite.

Aline schob Margots Nachthemd nach oben und begann sie sanft zu massieren. Nach einer Weile stellte sie fest, dass Margot eingeschlafen war.

***

Griesgrämig schlurfte König François die Treppe im Schloss von Amboise hinunter und begab sich zur Kanzlei seiner Mutter. Obwohl es schon Ende Februar war, hatte der Winter sein Sargtuch noch nicht gelüftet. Vor allem die eisigen Stürme, die über das Land fegten, hinderten ihn daran, auf die Jagd zu gehen.

Gleich beim Betreten der Kanzlei fielen ihm zwei Dinge auf. Seine Mutter war nicht allein, sondern in Gesellschaft des Kanzlers und Montmorencys. Ihre Gesichter waren seltsam bedrückt.

François nahm neben Louise am Eichentisch Platz, verschränkte die Arme vor der Brust und blickte fragend in die Runde.

»Seit deiner Gefangennahme durch Karl und deinem erneuten italienischen Abenteuer droht uns die Macht im eigenen Land zu entgleiten.« Louise sah ihren Sohn eindringlich an. »Die Kriege, Seuchen und Hungersnöte haben die Gesetze aus den Angeln gehoben und die Menschen zu Bestien gemacht. Es ist nur eine Frage der Zeit, dass das Volk deine Schlösser bestürmt. Wir müssen unseren politischen Kurs ändern, bevor alles aus dem Ruder läuft! Wir brauchen einen Ausgleich mit deinem Erzfeind Karl!«

Wie von einer Tarantel gestochen, sprang François auf und wandte sich an den Kanzler.

Duprat schüttelte aber resigniert den Kopf und legte seine Wurstfinger ineinander. »Majestät, die Staatskunst gleicht der Seefahrt, wenn wir nicht kentern wollen, müssen wir durch den Wellenkamm reiten.«

Der König schnalzte verächtlich mit der Zunge und setzte sich.

»François«, Anne de Montmorency sah ihm fest in die Augen, »du musst mit Karl Frieden schließen, um dein Haus zu retten! Bedenke doch, dass deine Söhne an deiner Stelle in einem spanischen Kerker schmachten. Mit einem Friedenschluss kannst du sie befreien.«

François' Kinn bebte.

»Was würde mit deinen Kindern geschehen, wenn dir etwas zustößt? Du willst doch nicht etwa, dass dein Haus am Kehricht der Geschichte landet?«

Rasch wie ein Wetterwechsel im April verschwand der Zorn aus François' Gesicht und wich einem Anflug von Ratlosigkeit.

Louise berührte ihn an der Schulter. »Höre mir zu, mein Sohn! Was wäre, wenn ich an deiner Stelle und Margot für Karl als Vermittler fungierten? Da uns weder Rivalität noch Ruhmsucht quälen, könnten wir unbefangener nach einem Ausweg suchen.«

In der Kanzlei war es so still, dass man eine Nadel hätte fallen hören. Louises Blick wanderte zu François. In seinem Gesicht spiegelten sich widerstreitende Gefühle. Dann biss er die Zähne zusammen und klopfte nervös mit dem Fuß auf den Marmorboden. »In Gottes Namen, Mutter, versuche es! Aber das Herzogtum Burgund bleibt bei Frankreich.«

»Gewiss, François, Burgund gehört uns!« Louise atmete erleichtert auf und die Gesichter der Berater entspannten sich. »Jetzt müssen wir nur noch Margot für das Vorhaben gewinnen!«, entschlüpfte es Louise.

Es war Mitte März, als Louises Sekretär mit geringem Gefolge eines Morgens Mecheln erreichte. Bayard verspürte ein unangenehmes Kribbeln in den Eingeweiden. Wenn er nur diese heikle Mission nicht verpfuschte! Während er zum Himmel aufblickte, schimmerte es gläsern blau durch die weißgrauen Wolken. Er sog den feuchten Duft des Vorfrühlings ein und gab dem Pferd die Sporen.

Margot betrat unterdessen erschöpft von der Audienz mit aufsässigen Untertanen ihr Gemach. Elisabeth und Aline begleiteten sie.

»Wie klug von dir, die Leute mit Samthandschuhen anzufassen! Wenn die Niederländer etwas hassen, dann sind es Befehle und Vorschriften!«, munterte Elisabeth sie auf.

»Trotz ihres Widerstands werden sie die Ausnahmesteuern bewilligen!«, fiel Aline ein.

»Auf jeden Fall habe ich mir Respekt verschafft!« Margot gähnte und ließ sich auf ihr Himmelbett fallen. Ihr war nach einer Ruhepause. Aline lockerte geschickt die Bänder des Mieders und zog die Vorhänge zu.

Plötzlich erfüllte Lärm das Schloss. Schwere Schritte näherten sich Margots Gemach. Aline eilte auf Zehenspitzen zur Tür und öffnete sie einen Spalt. »Leise! Die Regentin ruht sich aus.«

»Verzeihung!«, wisperte der Hellebardier in Alines Ohr. »Im Hof wartet ein Gesandter Madame Louises. Sollen wir ihn ins Audienzzimmer geleiten?«

»Ja, macht das! Aber durchsucht ihn zuvor gründlich nach Waffen und Giftphiolen!«

»Was geht hier vor?« Margot hatte den Bettvorhang zur Seite geschoben.

»Louise hat dir einen Gesandten geschickt. Ich vermute, dass sie dich wiederum anbettelt um Hafterleichterungen für ihre Enkel.«

Mit Mühe richtete Margot ihren fülligen Leib auf und setzte sich auf die Bettkante. »Nein, Aline! Mein Gefühl sagt mir, dass es sich um etwas anderes handelt. Schnüre mir das Mieder zu und mache mich frisch!«

Hochmütig blickten die Herzöge von Burgund im Audienzzimmer von ihren Bildnissen auf Louises Gesandten herab. Der letzte Burgunderherzog fixierte ihn mit eisiger Miene. Bayard wollte sich von ihm abwenden, als mit einem Knall die Flügeltür aufflog und eine füllige weibliche Gestalt, gekleidet in schwarzen Damast mit einer weißen Musselinehaube, auf ihn zustrebte. Der Gesandte sank vor der Regentin auf die Knie und überreichte ihr das Schreiben der Königinmutter. Margot hieß ihn, aufzustehen und an einem der Stühle vor dem Kamin neben ihr Platz zu nehmen. Während sie Louises Brief las, blitzte Interesse in ihren Augen auf. Eine Weile sah Margot gedankenverloren in das prasselnde Kaminfeuer. Als sie sich an Bayard wandte, war ihr Gesicht freundlich, aber mit einem Anflug von Zurückhaltung. »Das Ansinnen von Madame Louise ehrt mich, aber ich benötige verbindlichere Zusagen, will ich mich damit an meinen Neffen wenden. Vielleicht könntet Ihr mir ja einiges erläutern?«

Bayard räusperte sich. »Madame Louise ist krank und besorgt um ihr Seelenheil. König Franz und Kaiser Karl sind jung und wollen die Welt aus den Angeln heben. Nur Euch und ihr könnte es gelingen, die zwei zutiefst verfeindeten Herrscher davor zu bewahren, das Abendland in Schutt und Asche zu legen.«

Margot biss sich auf die Unterlippe und zögerte. Sie musste herausfinden, ob Louise es ernst meinte mit dem Vermittlungsversuch. »Weshalb sollten die Unterhandlungen ohne Mitwissen Eures englischen Verbündeten stattfinden?«

Bayards Nasenflügel bebten und er zögerte mit der Antwort. »Madame, wie Ihr wisst, verfolgen die Engländer eigene Ziele. Sie würden einen Frieden zwischen den Häusern Angoulême und Habsburg im Keim ersticken.«

Margot prüfte eine Weile das Gesicht des Gesandten.

»Ich versichere Euch, dass Ihre Durchlaucht zu Zugeständnissen entschlossen ist. Sie wünscht, nur einige Paragrafen des umstrittenen Vertrags von Madrid zu mildern.« Bayard zog ein Gesicht, als wäre er über seine eigenen Worte erschrocken. Er hatte die Anweisungen überschritten.

Innerlich freudig überrascht, bemühte sich Margot, ihr Mienenspiel zu beherrschen, und hakte nach. »Wäre Madame Louise zu Gesprächen mit meinen Gesandten bereit?«

Bayards Züge erhellten sich. »Madame Louise wünscht sich nichts sehnlicher, als mit Euch in Kontakt zu treten.«

Mit einem winzigen Lächeln auf den Lippen verabschiedete sie sich von Bayard.

Nach der Unterredung mit Louises Gesandten eilte Margot in ihre Kanzlei. Der dichte Nebel, der seit Monaten ihre Seele eingehüllt hatte, war aufgerissen und Freude durchströmte sie: Sie könnte die abendländische Politik entscheidend umgestalten!

Sogleich ließ sie die Herren de Rosimbos und des Barres rufen und erläuterte ihnen ihre delikate Mission. Danach schlurfte ihr Sekretär mit einem Stoß Akten herein und entlud sie auf dem Schreibtisch. »Das ist alles, Madame, was ich im Archiv über den Vertrag von Madrid habe finden können.«

»Danke, Marnix! Ihr hört noch von mir.«

Sie öffnete die Akte über die kontroversen Standpunkte. Mit erhobenen Brauen begann sie zu lesen. An Karls Beharren auf der Rückgabe des Herzogtums Burgund war das Abkommen vor Jahren gescheitert. In Margots Geist stiegen Bausteine annehmbarer Forderungen auf. In diesem Labyrinth von Alternativen musste an irgendeiner Stelle die Lösung der Probleme verborgen sein. Doch wo? Margot war so tief in die Sache versunken, dass alles, was sie umringte, verschwand, sogar die Zeit. Sie hatte nicht bemerkt, wie Lakaien auf Zehenspitzen die Kerzen an den Kandelabern entzündeten, und als Antoine de Lalaing seine Hand sanft auf ihren Arm legte, starrte sie ihn geistesabwesend an.

»Störe ich?«

Das vertraute Lächeln mit den Grübchen um die Mundwinkel und der Moschusduft brachten sie aber sogleich in die Gegenwart zurück.

»Nein, du kommst wie gerufen!«

»Ich bin soeben von meiner Inspektionsreise aus Seeland zurückgekehrt, als ich in den Gängen allerlei Getuschel über einen französischen Gesandten gehört habe.« Er sah sie fragend an.

»Ja, das stimmt. Aber nimm erst Platz!« Margot wies auf den Stuhl vor ihrem Schreibtisch.

Nachdem Lalaing sich gesetzt hatte, streckte sie ihm mit einem verheißungsvollen Blick Louises Brief entgegen. Antoines Augen eilten über das Schreiben, das er danach auf den Schreibtisch legte. Mit beiden Händen betastete er seine Wangenknochen, als wollte er sichergehen, dass er nicht träumte. »Hm, diesmal könnte Louise es ernst meinen! Nach all den militärischen Fiaskos in den letzten Jahren steht dem Haus Angoulême das Wasser bis an die Kehle. Was hältst du davon?«

»Ich teile deine Einschätzung der Lage. Aber, um sicherzugehen, habe ich de Rosimbos und des Barres zu Louise gesandt, als Kaufleute verkleidet, wegen der Geheimhaltung!« Ein Lächeln schlich sich auf ihr Gesicht »Du hättest die langen Gesichter dieser Herren sehen sollen, als ich sie zur Handelskluft verdonnert habe.«

Während ein verschmitztes Lächeln über Antoines Lippen flitzte, lehnte er sich im Stuhl zurück, den Blick auf Margot geheftet.

»Nur wenn Louise sich zu verbindlichen Zusagen entschließt, werden de Rosimbos und des Barres nach Spanien reisen, um Karl etwaige Unterhandlungen schmackhaft zu machen.«

»Das ist einleuchtend! Louise und François sollen nicht nochmals die Gelegenheit beim Schopfe packen, Karl hinters Licht zu führen!«

Margot verzog den Mund, als beiße sie in eine Zitrone. »Wenn ich an all die Hürden denke, die noch zu nehmen sind, bevor Karl die nötigen Vollmachten herausrückt, verlässt mich nahezu der Mut!«

»Ja, gegenwärtig vertraut dein Neffe niemandem mehr und meint, alles in seinem Reich persönlich kontrollieren zu müssen! ... Du kannst ihn doch nicht über jeden Schritt auf dem Laufenden halten. Da liefe dir Louise, im wahrsten Sinne des Wortes, vom Verhandlungstisch davon!« Antoine schüttelte den Kopf. »Wende dich doch an Gattinara! Nach dem Fehlschlag des Madrider Vertrags wird sein Kanzler ihn doch umstimmen können, die Welt nicht nur in Schwarz und Weiß zu sehen. Karl muss dir vertrauen und Kompromisse eingehen.«

Margot verflocht ihre Finger. »Es freut mich, dass du meine Ansicht teilst! Den ganzen Mittag habe ich über Schadlosstellungen für Burgund gebrütet. Sie könnten auch im finanziellen Bereich liegen. Karl braucht ja dringend Geld!«

»Margot, lassen wir den Tag mit einem Mahl ausklingen! Riechst du den Duft des Rehbratens, der aus der Küche aufsteigt? ... Morgen werde ich mich sogleich damit befassen!«

»Ja, feiern wir unser Wiedersehen!« Sie schenkte ihm ihr bezauberndes Lächeln und lispelte: »Ich habe dich in den letzten Wochen sehr vermisst! Du sollest kürzere Dienstreisen machen.«

Einen Wimpernschlag blitzten Antoines Augen zu Margot herüber und erwiderten ihren Blick mit einer Intensität, die ihr das Herz höherschlagen ließ.

24 Die Rettung des Abendlandes

Antoine de Lalaings Spion lauerte als Mönch verkleidet am Platz vor Mechelns Sankt Rombout Kirche. Er kniff soeben die Augen zu Schlitzen, um sich vor der Helle des Maimorgens zu schützen, als drei Edelmänner mit blitzenden Juwelen den Platz überquerten und im Gotteshaus verschwanden. Der Spion schob seine Kapuze in die Stirn und folgte ihnen.

Gegenüber einer Madonnenstatue hatten sich die Herren Gesandten auf den Eichenbänken niedergelassen. Der Geheimagent blickte zögernd auf die Bänke hinter ihnen, aber schlich sich dann zur Marienstatue, vor der er sich niederkniete. Während er eifrig die Perlen seines Rosenkranzes durch die Hände gleiten ließ, spitzte er die Ohren. Die Gesandten sprachen Latein und wähnten sich ungestört.

»Wie gesagt, alles weist darauf hin, dass geheime Besprechungen zwischen Madame Louise und der Erzherzogin im Gange sind!«, sagte eine aufgeregte Stimme. »Wir sollten unsere Kräfte bündeln! Venedig lässt sich nicht nochmals auf dem Altar des Friedens opfern!«

»Sitzt Euch etwa noch immer der Schrecken von 1508 in den Gliedern?«, erwiderte höhnisch der englische Gesandte.

»Euer Scharfsinn ist zu bewundern, Sir Hackett! Aber ich warne Euch, die Franzosen wechseln die Fronten rascher als ihre Kleidung. Diesmal könnten

auch England und der Heilige Stuhl vor unangenehme Tatsachen gestellt werden.«

»Nun ja, Sir Hackett«, mischte sich der päpstliche
Legat ins Gespräch. »Ich teile die Besorgnis Venedigs,
zumal da ich aus geheimer Quelle vernommen habe,
dass Kaiser Karl der Erzherzogin schon die Vollmachten erteilt hat und zurzeit in der Stadt Cambrai
eine ohrenbetäubende Geschäftigkeit herrscht.« Er
seufzte hörbar. »Zwischen den Abteien von St. Pol
und St. Aubert wird in aller Eile ein fürstlicher Steg
errichtet, Quartiere werden requiriert und Fuhrwerke strömen mit Vorräten in die Stadt!«

»Das ist ja unfassbar!«, fauchte der Engländer. »Das
muss ich unverzüglich nach London weiterleiten!«

Der Spion schlug ein Kreuz und schlich sich aus
dem Gotteshaus. Er hatte genug Informationen.
Dass so viel durchgesickert ist, wird dem Grafen von
Hoogstraten nicht gefallen! Und noch dazu stehen
unsere Beziehungen zu England auf dem Spiel! Er
beschleunigte seine Schritte in Richtung des Hofs
von Savoyen.

Umweht vom Duft nach frischem Gras und Rosen
begleitete Antoine de Lalaing am nächsten Morgen
Margot durch die Parkanlage ihres Palasts. Ein wol-
kenloser Junihimmel spannte sich über ihnen. Aber
Margot hatte in diesem Moment kein Auge für die
Schönheit der Natur. Ihre Gedanken kreisten um das
bevorstehende Treffen mit Louise. Auf einer Mar-
morbank ließen sie sich nieder.

»Haben wir alle Optionen im Geist durchgespielt,

Antoine? Was könnten wir noch übersehen haben?«
Sie seufzte und starrte stumm auf ihre Hände im
Schoß, die ein Seidentüchlein zerknitterten.

Antoines Augen sprühten vor Zuversicht. »Margot,
seit Wochen haben wir alle Forderungen sorgfältig
überdacht. Wir haben sie im Tageslicht und der Dun-
kelheit der Nacht geprüft und sind uns über die Folgen klar geworden, auch über unbeabsichtigte.«

»Wenn es Louise nur diesmal aufrichtig meint!«

»Daran zweifelst du noch? ... Niemand steht mehr
zu ihrem Caesar. Er braucht den Frieden, wie andere Speise und Trank. Übrigens, Louises Möbel
und Wandteppiche sind schon in der Abtei von St.
Pol eingetroffen und in den Gemächern aufgestellt.
Deine ebenfalls. Auf der Wand hinter dem Unter-
handlungstisch prangt Hieronymus Boschs Weltgericht!«

Antoine hob lächelnd die Hände. »Letztendlich
liegt alles in Gottes Händen!« Er zwinkerte ihr zu, »...
und natürlich auch in den Deinen. Dein diplomatisches Talent hast du ja wiederum bei den Engländern
bewiesen. Ohne die Versicherung, ihnen niemals zu
schaden, hätten sie sich nicht mit der Rolle eines Be-
obachters beim Treffen mit Louise abspeisen lassen!«

Ein Hauch geschmeichelter Eitelkeit hellte Margots
Miene auf. Erst jetzt bemerkte sie das Farbenmeer
der Blüten. Sie sah zur Sonne auf und sog den Ro-
senduft ein. Vor vielen Jahren hatte sie in Cambrai
ihren ersten politischen Triumph gefeiert. Weshalb
sollte sie nicht ebenfalls ihren letzten in dieser Stadt
erringen? Ein Lächeln stahl sich auf ihr Gesicht, als

sie sich Antoine zuwandte. »So Gott will, werden wir in drei Tagen nach Cambrai aufbrechen!«

Die Glocken der Kirchen Cambrais erklangen, als sich an einem schwülen Julinachmittag eine schaulustige Menge um den Domplatz drängte. Die Menschen wollten sich die Einzüge der hohen Damen nicht entgehen lassen. Sie lechzten nach fürstlichem Glanz.

Das nahende Dröhnen von Pferdehufen ließ das Stimmengewirr verstummen. Hoch zu Pferde bildeten Bogenschützen den Anfang des niederländischen Trosses. Vier Rappen mit einer geschlossenen Sänfte, umringt von schwarz gekleideten Gardisten, überquerten den Platz.

»Die Erzherzogin!«, riefen die Menschen in der vordersten Reihe und schielten auf die Sänfte.

»Soll ich die Vorhänge öffnen, damit du den Leuten zuwinken kannst?«, fragte Aline.

»Nein, lasse das, mir ist nicht danach. Wenn wir den Vertrag geschlossen haben, bietet sich reichlich Gelegenheit dazu.« Margot gähnte und lehnte sich zurück in ihre Kissen.

»Was für ein Trauerzug!«, murrte das Volk.

Die Pfiffe, die ihre berittenen Edelleute begrüßten, hörte sie nicht mehr.

Nach einer Weile ertönten erneut die Glocken und vermischten sich mit Trommelgedröhn. Diesmal marschierte eine Garde mit bunten Wimpeln und geschlitzten mehrfarbigen Wämsern über den Platz. Ihre Hellebarden glitzerten im Sonnenlicht. Ahs und

Ohs waren zu hören. Als eine Prunkkutsche durch die Menschenschneise rollte, brach Tumult aus. Louises Leibgarde kreuzte die Hellebarden, um den Zugang zur Karosse abzuriegeln. Mit vornehm angewidertem Blick wandte sich darin eine spitznasige Matrone von der gaffenden Menschenmasse ab.

»Mir scheint, mit der Königinmutter ist nicht zu spaßen!«, entschlüpfte es einer Frau.

»Das braucht Ihr auch nicht!«, grinste der Mann neben ihr. »Das wird schon die Tante des Kaisers erledigen, die ihr in nichts nachsteht.«

Margot stand am geöffneten Fenster ihres Gemachs in der Abtei von St. Aubert und blickte in den Abendhimmel. Von der Kapelle wehte der Gesang der Mönche herüber. Sie schloss die Augen, um die weihevollen Töne in sich einströmen zu lassen. Die Reise in der holpernden Sänfte lag gottlob hinter ihr. Wie sollte sie vorgehen? Gleich heute Louise ihre Aufwartung machen? Nachdenklich schob sie ihren Unterkiefer hin und her, als die Dielen am Gang unter Schritten ächzten. Aline eilte zur Tür und öffnete sie einen Spalt.

»Wie schön, dich wiederzusehen!«

Aline blinzelte Louise ganz und gar nicht erfreut an.

»Ich komme doch nicht ungelegen?« Ohne die Antwort abzuwarten, schob Louise ihren fülligen Leib zur Tür herein.

Margot holte Luft und wandte sich vom Fenster ab. Die Frage des Antrittsbesuchs hatte sich erledigt!

Während sie auf Louise zuging, erschrak sie. Nichts wies mehr auf ihre frühere Zierlichkeit hin, nur der zu schmale Hals auf dem gedrungenen Körper. Ihr Rücken war gebeugt und das Gesicht voller Falten.

Louise verzog ihren Mund zu einem honigsüßen Lächeln. Sie fielen einander in die Arme. Hoffentlich war das kein Judaskuss, durchzuckte es Margot. Sie setzte ein gewinnendes Lächeln auf und wies auf den Stuhl vor dem Schreibtisch. Sie nahm dahinter Platz.

»Es freut mich, dass du mich sogleich aufgesucht hast! Wie geht es dir?«, erkundigte sich Margot.

»Ach, mein Steinleiden plagt mich, aber das soll uns nicht an unserem Vorhaben hindern!« Louises Augen blitzten vor Tatendrang.

Unterdessen hatte Aline zwei Kelche mit Wein gefüllt und reichte sie den beiden Damen. Louise erhob das Glas: »Möge die Sonne des Friedens über unsere Länder scheinen!«

Margot erwiderte die Geste. Während sie an ihrem Wein nippte, sah sie Louise gespannt an.

Louise stellte den Pokal beiseite, faltete ihre Hände wie zum Gebet und ihre sonst so kalten Augen begannen zu leuchten. »Margot, wir müssen die Gunst der Stunde nutzen! Kein Mensch auf diesem Erdball hätte sich jemals träumen lassen, dass eines Tages zwei Frauen über das Schicksal des Abendlandes entscheiden! Mit einem Friedensschluss erlangen wir unsterblichen Ruhm!«

Ein Lächeln flitzte über Margots Gesicht. »Aber um das zu erreichen, müssen wir vorerst hart arbeiten!«

»Was meinst du, wenn unsere Delegierten unter

Anführung von Duprat und Lalaing die meisten Artikel des Vertragsentwurfs abhandeln? Wir könnten uns dann ausschließlich den strittigen Punkten widmen!«

»Daran habe ich ebenfalls gedacht!« Margot lächelte zustimmend. »Burgund und Italien sind heikle Fragen, die nur wir beide klären können.«

»Was mich betrifft, könnten wir morgen nach der feierlichen Eröffnung der Konferenz mit Sondierungsgesprächen beginnen.«

»Louise, du nimmst mir das Wort von der Zunge!«

Sie erhoben sich und reichten einander die Hand. Louise war schon an der Tür, als sie sich umwandte. »Der geheime Steg, der unsere Quartiere verbindet, ist eine umsichtige Maßnahme! Alle Achtung, Margot! Wir können ungestört zusammentreffen und kein Sterbenswort wird nach außen dringen.« Sie feixte. »Ich sehe schon die langen Gesichter der englischen und italienischen Beobachter vor mir!«

Vierzehn Verhandlungstage hatte sie hinter sich. Margot hob den Kopf und beobachtete das Spiel des Sonnenlichts, das durch das Fenster des Gemachs fiel. Nichts war reibungslos verlaufen. Alles hatte sie hart erkämpfen müssen. Sie verzog schmerzlich den Mund. Das Stechen in ihrem Bein wuchs zu einem scharfen Brennen aus. Nur jetzt nicht krank werden, herrschte sie sich an.

Als sie sich zu ihrem Schreibtisch schleppte, um die Agendapunkte für die nächste Sitzung durchzunehmen, raschelte ein Schlüssel an der Geheimtür. Ein

Klopfen folgte und Antoine stand vor ihr. Sein Gesicht strahlte so hell und warm wie das Sonnenlicht, als er ihr die Hand küsste. »Kein Graf von Flandern wird mehr dem französischen König den Lehnseid schwören! ... Unsere Ansprüche auf Artois sind ebenfalls unter Dach und Fach.«

»Gratuliere!« Margots Lippen verzogen sich zu einem winzigen Lächeln.

»Margot, du siehst bedrückt aus, legt sich Louise wieder quer?«

Sie nickte. Die Schmerzen in ihrem Bein wollte sie nicht erwähnen. »Burgund ist noch immer der Zankapfel. Louise besteht darauf, dass es ein anheimgefallenes Kronlehen ist, und weigert sich, dafür eine geldliche Entschädigung zu bezahlen. Karls Schulden beim englischen König will sie ebenfalls nicht begleichen. Sie komme doch nicht auf für Karls mörderische Kämpfe gegen François!«

Antoines Miene gefror. »Ohne Abfindungssumme wird Karl niemals Frieden schließen!«

»Das habe ich Louise schon mehrmals angedeutet.«

Antoine runzelte die Stirn. »Will sie etwa mit leeren Händen heimkehren und ihre Enkel weiterhin in Karls Kerker schmachten lassen?«

»Aline meint«, Margot blickte verlegen auf ihre Hände, »dass die Wahrsager und Kartenleger, die Louise umschwärmen, ihr ins Ohr geblasen haben, die Himmelskörper schützten sie vor Reparationszahlungen ... Wie dem auch sei, könntest du Montmorency aufsuchen und ihn über den Ernst der Lage unterrichten?«

Antoine sah auf die Uhr am Schreibtisch. »Am besten sehe ich gleich bei ihm vorbei. Um diese Stunde verweilt er in der Nobelschänke am Domplatz.«

Während Margot am nächsten Morgen in ihrem Gemach auf Louise wartete, rasten ihr einige Optionen durch den Kopf. Ihre Miene verfinsterte sich, als sie sich zu ihrem Schreibtisch begab. Sollte Louise bei der heutigen Sitzung keine Konzessionen machen, müsste sie zum äußersten Mittel greifen! Margots Blick fiel auf Louises Stuhl. Er war so aufgestellt, dass sie, wenn sie auf die Wand starrte, unweigerlich in die lodernden Flammen von Hieronymus Boschs Hölle schaute. Diesen Kunstgriff konnte sich nur Aline ausgedacht haben! Margot schüttelte den Kopf. Gut gemeint! Aber ob sich Louise davon mürbemachen ließe?

Mit einem zuckersüßen Lächeln trat die Königinmutter ein und nahm auf ihrem Stuhl Platz. »Margot, eine Hand wäscht die andere! Ich bin bereit, euch bei der Freilassung meiner Enkel 300.000 Goldtaler zu zahlen!«

Margot kniff die Lippen zusammen. War Louise von allen guten Geistern verlassen? Für einen Pappenstiel wollte sie sich den Frieden ergattern! Margot holte Luft. »Louise, gestern habe ich mich dazu durchgerungen, anstelle von 2.000.000 Goldtalern nur 1.200.000 in bar zu fordern. Auf dein Angebot kann ich mich nicht einlassen! Du wirst tüchtig draufsatteln müssen, willst du Burgund behalten und deine Enkel wiedersehen!«

Louise starrte auf die Wand. Sie sah die verzerrten Bilder der Dämonen und die lodernden Flammen. War das ein Omen? Nein, davon ließ sie sich nicht einschüchtern. Nicht sie! Sie hatte genug Gold für ihr Seelenheil gespendet! Und mit einem hinterhältigen Lächeln auf den Lippen wandte sie sich an Margot: »Um des Friedens willen verdopple ich den Betrag!«

»So kommen wir nicht voran!« Margot warf ihr einen drohenden Blick zu. »Ich wiederhole 1.200.000 Goldtaler in bar, die Bezahlung von Karls Schulden beim englischen König und danach erfolgt die Freilassung deiner Enkel, wofür ich mich mit dem gesamten niederländischen Adel verbürge.«

Wie auf glühenden Holzkohlen saßen sie in ihren Stühlen und belauerten sich. Die Minuten versickerten, doch Louise antwortete nicht.

Margot schluckte. Sie musste sie zur Vernunft bringen! »Ich reise ab!«, hörte sie sich sagen. »Unsere Bemühungen sind gescheitert!« Gespannt beobachtete sie Louises Mienenspiel. Was ging in ihrem Kopf vor? Was für eine Wirkung löste ihre Drohung in Louise aus?

»Ist das dein letztes Wort?«, fragte Louise mit einer seltsam belegten Stimme und sah sie misstrauisch an.

»Ja, allerdings!« Margots Miene verhärtete sich und ihre Augen blitzten.

Das Gesicht zur Maske erstarrt, erhob sich Louise, raffte mit beiden Händen die Röcke und verließ das Gemach.

Stunden waren vergangen und Louise war nicht zum Verhandlungstisch zurückgekehrt. Hatte sie sich geirrt? Margot sank auf den Stuhl hinter ihrem Schreibtisch und verbarg das Gesicht in den Händen. Ihr Bein schmerzte.

Karl nähme ihr den Abbruch der Verhandlungen nicht übel. Er glaubte ohnehin nicht an diesen Frieden. Doch schien sich in den letzten Tagen alles zum Guten zu wenden. Louise hatte dem französischen Abzug aus Italien zugestimmt und, ohne mit der Wimper zu zucken, ihre Verbündeten im Stich gelassen. War sie so versessen auf Geld, dass es ihr den Verstand raubte?

Langsam bewegte sich Louise durch den überdeckten Gang. Margots Drohung abzureisen, hatte sie wie ein Faustschlag getroffen. Sie wollte doch nur ausloten, wie viel sie herunterhandeln konnte. Man jagt doch sein Geld nicht zum Schornstein hinaus!

Sie stand vor Margots Tür. Sie hob die Hand, um anzuklopfen, ließ sie aber wiederum sinken, haderte mit sich, ob es nicht besser wäre, doch umzukehren. Nein, sie musste ihren Stolz überwinden, es stand zu viel auf dem Spiel.

Ein Pochen an der Tür ließ Margot zusammenzucken. Sie rückte ihre Haube zurecht und rief: »Tretet ein!«

Mit roten Flecken im Gesicht stand Louise vor ihr. Margot wies auf den Stuhl.

Nachdem Louise Platz genommen hatte, legte sie die Hand aufs Herz und verdrehte die Augen himmelwärts. »Ein bedauerliches Missverständnis!«

Einen langen Augenblick starrte Margot sie an. Was führte sie im Schilde?

»Es tut mir leid!« In Louises Augen schimmerte Angst. »Meiner Enkel wegen nehme ich deine Forderungen an.«

Als fiele ihnen eine zentnerschwere Last vom Herzen, sahen sie sich an. Für einen Moment glaubte Margot, das Glitzern von Tränen in Louises Augen zu sehen.

»Jetzt haben wir Frauen das Abendland vor den Kriegen der Männer errettet!«, sagte Louise seltsam nachdenklich.

Margot legte ihren Kopf schief und lächelte sie an. »Und wenn wir erfüllen, was wir versprochen haben, gehen wir als Friedensstifterinnen in die Geschichte ein!«

»Ja, das werden wir! Und niemand wird erfahren, wie schwer es uns gefallen ist!«

»Sollen wir die Glocken läuten lassen und dem Volk die Freudenfeuer gönnen?«

Louise sah sie erschöpft an. »Sehnst du dich nicht ebenfalls nach einer geruhsamen Nacht?«

»Einverstanden! Wir verschieben die Bekanntgabe auf morgen!«

Vorsichtig schob Aline ihren Kopf bei der Tür zu Margots Gemach herein. Soeben war Louise über den Geheimgang zurück in ihre Unterkunft geschlurft.

Margot saß mit geschlossenen Augen in ihrem Stuhl, die Hände zum Gebet gefaltet. Ihre Lippen umspielte ein Lächeln. Als spürte sie Alines Anwesenheit, öffnete sie die Augen. »Es ist geglückt!«, rief sie ihr zu. »Louise ist über ihren Schatten gesprungen!«

Ihre Freundin eilte auf sie zu und sie fielen einander in die Arme. Margot löste sich aus der Umarmung, nahm Alines Hand und strebte zu den Bänken am geöffneten Fenster.

Es war ein lauer Sommerabend. Lilienduft wehte aus den Abteigärten herüber. Über ihnen spannte sich ein mit Sternen übersäter Himmel. Ergriffen blickten sie aufs Firmament.

Margot zögerte und suchte nach Worten. »Aline, du hast mich durch alle Höhen und Tiefen meines Lebens begleitet. Es hat Zeiten gegeben, wo ein Unglück das nächste jagte. Du bist nie von meiner Seite gewichen, hast meine Einsamkeit gelindert und mir geholfen, die Fesseln der Verzweiflung abzustreifen.«

Aline schaute sie gerührt an, aber zugleich fiel ein Schatten über ihr Gesicht. »Margot, was hast du vor? Das alles klingt nach Abschied!«

»Aline, ich habe alles erreicht, wovon ich früher nur träumen konnte. Meine Aufgabe ist erfüllt! Ich werde meine Nichte Maria in die Niederlande beordern und sie zu meiner Nachfolgerin ausbilden. In etwa einem Jahr könnten wir nach Brou ziehen und uns einem beschaulichen Leben widmen. Zusammen weinen und lachen wie früher! Was sagst du dazu?«

»Margot, das ist nicht dein Ernst?« Aline schaute sie ehrlich verblüfft an. »Du hast deine Stellung hart erkämpfen müssen und stehst auf dem Höhepunkt des Erfolgs. Durch dein Zutun ist die Welt ein besserer Ort geworden!«

»Es freut mich, eine Spur in der Geschichte zu hinterlassen! Aber es wird Zeit, dass die jüngere Generation das Steuer übernimmt. Auch muss ich mich um mein Seelenheil kümmern!« Ihr Gesicht verdunkelte sich. »Nur selten konnte ich nach meinem Gewissen handeln. Die Macht hat mir Ansehen beschert, zwei saubere Hände aber nicht.«

Aline schüttelte den Kopf. »Du übertreibst!«

Sie ergriff Margots Hand und sah ihr tief in die Augen. »Wenn dir Brou zur inneren Ruhe verhilft, folge ich dir gerne!«

Die Zustimmung Alines hatte Margots letzte Zweifel über ihren Rücktritt ausgeräumt. Sie lehnte sich auf ihrer Bank zurück. Ihr Blick verlor sich im funkelnden Firmament. Sie fühlte ihre Seele in die Nacht hinausfliegen hinauf zu den Sternen.

Nachwort

Im Laufe des Jahres 1530 verschlechterte sich Margots Beinleiden. Sie wollte es aber nicht wahrhaben und arbeitete wie besessen an der Ausführung des Vertrags von Cambrai. Am 30. November konnte sie das Bett nicht mehr verlassen, da sich die Wundinfektion in ihrem Körper ausbreitete. Ihr Zustand verschlimmerte sich schlagartig. Die Ärzte schlugen eine Beinamputation vor. Aber sie erlag noch in derselben Nacht dem Wundfieber.

Ein beschaulicher Lebensabend in Brou war ihr nicht vergönnt. Da die Grabkirche noch nicht vollendet war, bestattete man sie vorläufig im Kloster Maria Verkündigung in Brügge. Im Jahr 1532 überführte man ihre sterblichen Überreste nach Brou und setzte sie neben Philibert bei. Die Grabmäler Margots und Philiberts sind noch heute zu bewundern.

Der Frieden, den sie zusammen mit Louise von Savoyen vereinbarte, währte vier Jahre. Im Jahr 1534 kam es erneut zu kriegerischen Auseinandersetzungen zwischen Karl V. und François I.

Mein Interesse an Margarete von Österreich entstand in den sechziger Jahren des vergangenen Jahrhunderts, als ich eine Dissertation schrieb über den Friedensvertrag von Cambrai. Die Art, wie sie politische Entscheidungen traf, faszinierte mich und beeinflusste meine wissenschaftliche Laufbahn, in der ich mich mit Entscheidungsfindung beschäftigte.

Nach Beendigung meiner Laufbahn wollte ich eine Biografie über Margarete schreiben. Da ich aber entdeckte, dass es einige aktuelle Monografien über sie gab, entschied ich mich, ihr Leben in einem Roman umzugestalten.

Beim Erzählen der Geschichte der Margarete von Österreich habe ich mich an historische Fakten gehalten. Aber man darf nicht vergessen, dass dies ein Roman ist.

Ihre Gefährtin, Aline de Valois, ist meiner Fantasie entsprungen.

Für diejenigen, die mehr über Margarete und ihre Zeit erfahren wollen, habe ich im Anhang eine Personenliste und eine Zeittafel zusammengestellt.

Anhang

Personen

Adrian von Utrecht (1459–1523), geistlicher Erzieher Karls V., später Papst Hadrian V.

Aline de Valois (1476–1535), Hofdame und Vertraute Margaretes von Österreich, Bastardtochter von König Louis XI. (*nicht historisch*)

Anne de Beaujeu (1461–1522), Tochter von König Louis XI., Regentin von Frankreich bis zur Volljährigkeit ihres Bruders Charles VIII.

Anne de Bretagne (1476–1514), Tochter des letzten Herzogs der Bretagne, Gattin von Charles VIII. und Louis XII.

Bayard, Gilbert de (1490–1548), Bischof von Avranches, Gesandter Louises von Savoyen

Bosch Hieronymus (1450–1560), niederländischer Maler

Charles d'Angoulême (1459–1496), Gatte Louises von Savoyen, Vater von François I.

Charles VIII. (1470–1498), König von Frankreich, erster Gatte Margaretes

Cisneros, Francisco Jiménez de (1436–1517), Erzbischof von Toledo, Kanzler Isabellas von Kastilien

Claude de Brosse (1460–1513), Stiefmutter Herzog Philiberts II. von Savoyen

Deza, Diego (1443–1523), Erzieher von Kronprinz Juan, Bischof von Salamanca

Eleonore (1498–1558), Tochter Philipps I. und Juanas von Kastilien, Nichte von Margarete

Elisabeth von Culemborg (1475–1555), Haushofmeisterin von Margarete, Gattin Antoine de Lalaings, Gräfin von Hoogstraten

Erasmus von Rotterdam (1466–1536), niederländischer Humanist und Theologe

Ferdinand I. (1503–1564), Sohn Philipps I. und Juanas von Kastilien, Erzherzog von Österreich, römisch-deutscher Kaiser, Neffe Margaretes

Fernando von Aragón (1452–1516), Gatte Isabellas von Kastilien, katholischer König, Schwiegervater Margaretes

François I. (1494–1547), Sohn Louises von Savoyen und Charles' von Angoulême, König von Frankreich, Widersacher Karls V.

Fugger, Jacob (1459–1525), Bankier, Geldgeber der Habsburger

Gattinara, Mercurino von (1465–1530), Ratgeber Margaretes, Großkanzler Karls V.

Guillaume de Croy, Herr von Chièvres (1458–1521), Erzieher und Berater Karls V., Widersacher Margaretes

Halewijn, Jeanne de, Haushofmeisterin Margaretes von York

Heinrich VII. Tudor (1457–1509), König von England, wollte Margarete heiraten.

Heinrich VIII. Tudor (1491–1547), König von England

Isabella von Kastilien (1451–1504), Gattin Fernandos von Aragón, katholische Königin, Schwiegermutter Margaretes

Isabella (1501–1526), Tochter Philipps I. und Juanas von Kastilien, Nichte Margaretes

Juan von Aragón und Kastilien (1478–1497), Sohn der katholischen Könige, Kronprinz, zweiter Gatte Margaretes

Juana von Kastilien (1497–1555), Tochter der katholischen Könige, Gattin Philipps I., starb geistig umnachtet.

Julius II. (1443–1513), Papst, Widersacher Maximilians I.

Karl der Kühne (1433–1477), Herzog von Burgund, Großvater Margaretes

Katharina von Aragón (1507–1578), Tochter der katholischen Könige, Königin von England

Lalaing, Antoine de (1480–1540), Graf von Hoogstraten, Ratgeber Margaretes

Lalaing, Philippe de (1510–1555), Bastardsohn von Antoine de Lalaing

Lemaire, Jean (1473–1524), Hofdichter Margaretes in Savoyen

Louis von Orléans (1462–1515), Ratgeber Charles' VIII. und sein Nachfolger, Louis XII.

Louise von Savoyen (1476–1531), Schwester Philiberts II., Mutter François' I., Regentin von Frankreich

Margarete von Österreich (Margot) (1480–1530), Tochter Maximilians I. und Marias von Burgund, Erzherzogin von Österreich, Königin von Frankreich, spanische Kronprinzessin, Herzogin von Savoyen, Statthalterin der Niederlande

Margarete von York (1446–1503), dritte Gemahlin Karls des Kühnen, Stiefgroßmutter Margaretes

Maria von Burgund (1457–1482), Mutter Margaretes von Österreich

Maria (1505–1558), Tochter Philipps I. und Juanas von Kastilien, Nichte Margaretes und ihre Nachfolgerin

Martír, Pedro (1459–1526), Literat und Erzieher von Kronprinz Juan

Maximilian I. (1459–1519), Vater Margaretes, Erzherzog von Österreich, römisch-deutscher Kaiser

Montmorency, Anne de (1493–1567), Jugendgefährte François' I., Ratgeber von Louise von Savoyen

Philibert II. (1475–1504), Herzog von Savoyen, dritter Gatte Margaretes

Philipp I. (1478–1569, Sohn Maximilians I. und Marias von Burgund, Erzherzog von Österreich, Herzog von Burgund, König von Kastilien, Bruder Margaretes

Polheim, Wolfgang von (1458–1512), Freund Kaiser Maximilians I.

René von Bresse (1468–1525), Halbbruder Philiberts II., Regent von Savoyen, wegen Hochverrats des Landes verwiesen

Segré, Madame de, Gouvernante Margaretes in
Frankreich

Torre, Juana de la, Amme Kronprinz Juans

Zeittafel

1477	Tod Karls des Kühnen
	Hochzeit Erzherzogs Maximilians mit Herzogin Maria von Burgund
	Beginn des burgundischen Erbfolgekrieges zwischen Maximilian, Frankreich und den niederländischen Ständen
1478	Geburt Erzherzogs Philipps in Brügge
1480	Geburt Margaretes in Brüssel
1482	Tod Marias von Burgund nach einem Reitunfall
1483	Anne de Beaujeu wird Regentin von Frankreich für ihren minderjährigen Bruder Charles.
	Die flandrischen Stände zwingen Maximilian zum Frieden mit Frankreich und senden Margarete als Braut des Dauphins an den französischen Hof. Das Herzogtum Burgund ist Mitgift.
	Hochzeit mit Kronprinz Charles
	Tod König Louis' XI.
	Charles und Margarete werden in Reims gekrönt
1485	Heinrich VII. Tudor König von England
1486	Wahl Maximilians I. zum römischen König
1488	Louise von Savoyen verlässt Amboise und heiratet Charles von Angoulême
	Gefangenschaft Maximilians I. in Brügge
	Kaiser Friedrich III. befreit seinen Sohn

328

1490	Maximilian schließt ein Bündnis mit England gegen Frankreich zum Schutz der Bretagne Maximilian heiratet in Stellvertretung Anne de Bretagne
1491	Bretonischer Feldzug Charles VIII. Annullierung der Ehe mit Margarete Charles VIII. heiratet Anne de Bretagne Margarete lebt als Geisel in Mélun
1492	Königin Isabella und König Fernando erobern Granada
1493	Friede von Senlis zwischen Maximilian I. und Charles VIII. Beginn des Geldernkrieges (Karl von Egmont) Rückkehr Margaretes in die Niederlande Tod Kaiser Friedrichs III.
1494	Geburt Francois' I. König Maximilian übergibt Herzog Philipp die Niederlande
1495	Doppelhochzeit per procuram zwischen Margarete und Juan bzw. Philipp und Juana
1496	Hochzeit Philipps und Juanas in Lier
1497	Abreise Margaretes nach Spanien Papst Alexander VI. verleiht Isabella und Fernando den Titel katholische Könige Hochzeit Margaretes und Juans in Burgos Tod Don Juans in Salamanca Margarete verliert ihr Kind
1498	Margarete bleibt als Pfand in Spanien Tod Charles' VIII. Louis von Orléans wird französischer König

mundschaft über die Kinder Philipps I. Geldernkrieg
Freundschaftsvertrag zwischen den Niederlanden und England

1508 Maximilian nimmt den Kaisertitel im Dom von Trient an
Geldernkrieg
Margarete verhandelt in Cambrai mit Frankreich und schließt die Liga von Cambrai
Waffenstillstand mit Geldern

1509 Tod Heinrichs VII. Tudor
Heinrich VIII. wird englischer König

1511 Geldernkrieg
Papstplan Maximilians

1514 Geldernkrieg

1515 Volljährigkeitserklärung Karls V.
Ende der ersten Statthalterschaft Margaretes
François I. wird König von Frankreich

1516 Geldernkrieg
Tod Fernandos von Aragón

1517 Abreise Karls nach Spanien
Zweite Regentschaft Margaretes

1519 Tod Maximilians I.
Kaiserwahl Karls (Karl V.)

1520 Margarete erhält erweiterte Vollmachten
Krönung Karls in Aachen
Luther veröffentlicht seine Schriften

1525 Gefangennahme des französischen Königs in Pavia und Einkerkerung in Madrid
Louise von Savoyen Regentin von Frankreich

1526	Vertrag von Madrid zwischen Karl V. und François I.
	Geiselnahme der Söhne des französischen Königs
1527	Plünderung Roms durch die kaiserlichen Truppen
1528	Bruch des Vertrags von Madrid durch François I.
	Margarete schließt Frieden mit Karl von Geldern Waffenstillstand mit England
1529	Margarete und Louise von Savoyen schließen in Cambrai Frieden zwischen Frankreich und Habsburg
1530	Kaiserkrönung Karls V. in Bologna
	Freilassung der Söhne Francois' I.
	Tod Margaretes in Mecheln